DREAMBOOKS

DREAMBOOKS

DREAMBOOKS

DREAMBOOKS

시니어 신무협 장편소설
ORIENTAL FANTASY STORY & ADVENTURE

# 일보신권

㉒

dream books
드림북스

## 일보신권 22 집으로

초판 1쇄 인쇄 / 2015년 4월 10일
초판 1쇄 발행 / 2015년 4월 17일

지은이 / 시니어

발행인 / 오영배
책임편집 / 편집부
펴낸 곳 / (주)삼양출판사 · 드림북스

주소 / 서울시 강북구 도봉로 173
대표 전화 / 02-980-2112  팩스 / 02-983-0660
편집부 전화 / 02-980-2116  팩스 / 02-983-8201
블로그 / blog.naver.com/dreambookss

등록번호 / 제9-00046호
등록일자 / 1999년 3월 11일

© 시니어, 2015

값 8,000원

(주)삼양출판사 · 드림북스의 서면 허락 없이는 어떠한
형태나 수단으로도 이 책의 내용을 이용하지 못합니다.

ISBN 979-11-313-0326-9 (04810) / 978-89-542-3281-4 (세트)

* 지은이와 협의하에 인지는 생략합니다.
* 잘못된 책은 구입한 곳에서 바꾸어 드립니다.

이 도서의 국립중앙도서관 출판시도서목록(CIP)은 서지정보유통지원시스템홈페이지(http://seoji.nl.go.kr)와
국가자료공동목록시스템(http://www.nl.go.kr/kolisnet)에서 이용하실 수 있습니다.
**(CIP제어번호: 2015010792)**

시니어 신무협 장편소설
ORIENTAL FANTASY STORY & ADVENTURE

# 일보신권

집으로

일보신권

## 목차

**제1장** 절대 공간 　*007*

**제2장** 삼자대결 　*047*

**제3장** 대난투 　*087*

**제4장** 북해의 무력 　*127*

제5장  드러낸 야욕  167

제6장  장건의 위진사해(威振四海)  207

제7장  비장의 한 수  249

제8장  불회(不回), 불회(不悔)······ 불회(不會)  289

제1장

절대 공간

초봄의 햇살이 따갑다.

싸늘한 적막이 삼황채의 봉우리를 고요하게 흐르고 있었다.

어느 순간.

한 줄기 외침이 적막을 뒤흔들었다.

"타핫!"

문사명은 날카로운 안광을 빛내며 공력을 끌어 올렸다.

오른손으로 검결지를 쥐어 단 하나의 검기만을 칼처럼 뽑아내었다. 순수한 검기가 심해(深海)의 푸른빛을 담고 햇빛을 굴절시키고 있다.

건곤귀일(乾坤歸一).

단순하지만 가장 빠른 찌르기의 검초다.

푸른 검기가 장건을 꿰뚫을 것처럼 공간을 가로질러갔다.

문사명의 의지에 따라 검기의 날이 사라져간다. 검날이 점점 오그라들며 오직 검첨(劍尖)만이 남는다.

말로는 설명하기 어려운 형태다. 앞에서 보면 하나의 점이고 옆에서 보면 긴 꼬리를 가진 유성 같은 점이 약간의 호를 그리며 날아가는 듯했다.

파칫!

앞으로 나아가던 검기가 갑자기 크게 흔들렸다.

장건이 뿜어낸 기의 권역!

바닥이 두부처럼 뭉개진 경계선을 들어가면서 검기가 휘청이더니 앞으로 나아가는 속도가 줄어든다. 검기는 점차 아래로 휘어지며 장건의 발아래를 향했다.

문사명은 계속해서 앞으로 검결지를 뻗으려 했지만 검기는 급격한 호선을 그리며 추락했다.

검기가 휘어지다니!

지켜보던 참관객들이 경탄의 눈빛을 지었다. 이것은 문사명의 재간이 아니다.

"크윽."

문사명은 신음을 흘렸다.

검기가 공간을 지나지 못한다. 장건의 기로 가득 찬 공간을 지나려면 눈에 보이지 않는 무형지력(無形之力)을 꿰뚫어야 했다. 하나 그것을 꿰뚫지 못하고 힘에 밀려 떨어지고 있는 것이다.

그만큼 장건이 내뿜는 기가 농밀하고 강력한 힘을 지녔다는 뜻이었다.

문사명은 장건까지의 거리가 극히 멀다고 느꼈다. 어마어마한 공간이 응축되어 문사명과 장건의 거리 사이를 막고 있는 것 같았다.

퍽.

아주 작은 타격음을 내며 문사명의 검기가 장건의 앞쪽 바닥을 찍었다. 장건은 조금도 움직이지 않은 채다.

옷깃도 스치지 못했다!

문사명은 이글거리는 눈빛으로 장건을 노려보았다.

문득 기수식도 차리지 않았다는 생각이 들었지만…….

뭐 어떤가? 저런 괴물을 상대로!

"비키시오!"

문사명의 검기가 고작 장건의 권역을 침범하는 정도에 그친 것을 본 고현이 내공을 한껏 끌어올려 뛰어올랐다.

고현은 검을 뒤로 한 채 허공에서 아래로 일장을 내려쳤다.

천룡강림!

해일 같은 장력이 장건을 향해 폭사되었다.

우르르릉!

장력이 장건의 권역과 마주치면서 천둥소리를 낸다.

장건의 내공이 급속도로 늘었다지만 고현의 내공도 만만치 않다. 복호장법의 묘리로 천룡강림의 장력이 두 배로 중첩되면서 훨씬 강력해졌다.

천룡강림에 부딪친 장건의 권역이 크게 흔들렸다.

고현은 손바닥의 감각으로 공격이 성공했음을 깨달았다. 우지끈하고 권역이 붕괴되는 울림이 피부와 뼈를 통해 고현의 뇌까지 생생히 전해온다.

장건을 치는 게 목적이 아니라 기의 권역을 부수는 게 목적이었다.

'됐다!'

천룡강림의 중첩된 장력 뒤에 숨어 있던 최심장이 권역의 무너진 틈으로 파고들었다.

장건은 안법을 쓰고 있었기 때문에 시커먼 기운이 은밀히 다가오는 걸 볼 수 있었다.

장건이 기의 가닥 세 개를 뽑아내 최심장을 막았다.

쉬쉭!

기의 가닥 세 개가 최심장과 부딪쳐 폭발했다.

퍼퍼펑!

고현은 최심장이 폭발한 충격으로 부르르 몸을 떨었다.

'최심장을 어떻게 알고 파괴했지?'

묻고 싶었지만 물을 수 있는 상황은 아니었다.

연이어 문사명이 쇄도했다. 장건이 다시 기의 권역을 펼칠 기회를 주지 않고 근접해서 승부를 보겠다는 생각이 역력했다.

찌익! 찍!

거칠게 대기를 쥐어뜯는 파공음이 들려왔다.

문사명의 손가락 끝에서 뻗어 나온 두 개의 검기가 장건을 난도질할 것처럼 날아든다.

한 사람이 아니라 두 사람이 공격하는 듯 검기가 따로 논다. 화산파의 매화 검수 둘을 상대하는 것과 같다.

장건은 검기의 궤도를 눈에 담고 보법을 밟을 준비를 했다. 무게가 없는 순수한 검기는 검을 휘두르는 것보다 배는 빠르다. 문사명의 검기는 쾌검의 고수가 펼치는 초식보다도 훨씬 빨랐다. 제아무리 장건이라도 순수한 보법으로 검기를 모두 피해낼 수는 없었다.

더구나 무작정 휘두르는 것도 아니고 검의 득의(得意)를 깨달은 문사명의 검초였다.

장건은 기의 가닥을 펼쳐 마치 검을 맞대듯 검기를 때렸다.

파팍!

강도가 약한 기의 가닥이 순식간에 잘려나갔다. 하지만 문사명도 중간에 뭔가에 둔하게 걸린 듯한 느낌을 받았다.

절대 공간 13

그 바람에 검기의 힘과 속도가 조금 떨어졌다.

검기의 속도가 느려지자 피하기는 한결 수월해졌다. 장건은 금강부동신보로 몸을 빙글 돌려 검기를 피해냈다. 한 가닥의 검기는 장건의 왼쪽 귓불 아래를 반촌(半寸) 차이로 지나갔고 다른 한 가닥의 검기는 오른쪽 무릎 슬개골을 스치듯 지나갔다.

장건의 몸이 자잘한 잔상을 남기며 흔들렸다. 이미 검기를 피한 지 한 호흡이 지났는데 그제야 훅! 하고 바람이 일며 장건의 옷자락이 왼쪽으로 휘날린다.

문사명의 얼굴이 일그러졌다.

검을 피한다는 건 쉬운 일이 아니다. 대개 초식은 변화를 내포하고 있다. 상대가 도중에 피하면 다른 초식으로 전개하여 공격을 이어갈 수 있다.

그러나 장건처럼 초식의 전개가 완전히 끝에 이를 때까지 기다렸다가 피해버리면 다른 초식으로 전환할 도리가 없다. 그것으로 공격의 호흡이 끊어지고 만다.

문사명은 검결지를 풀고 주먹을 쥐어 검기를 없앴다가 다시 손가락을 펼쳤다. 눈 깜짝할 사이에 재차 검기가 튀어나온다.

드러났던 허점이 사라지고 검세가 초기로 돌아간 것이다.

장건은 기의 가닥을 뽑아 문사명을 공격하려다가 흠칫해서 다시 몸을 뺐다.

문사명이 손목을 위로 꺾자 장건의 옷 앞섶이 잘려나가며 검기가 솟구쳤다.

투투툭!

아슬아슬하게 피해냈지만 문사명의 공격은 멈추지 않았다. 문사명이 양 손에서 세 개씩의 검기를 쭉 뽑아내어 손목을 회전시키자 검기의 다발이 제각기 따로 놀듯 허공을 휘저었다.

사람이 그 안에 서 있다면 수십 조각으로 잘려나가고도 남을 만했다.

"윽!"

검기의 작은 폭풍이 정신없이 휘몰아쳤다. 몸을 옴짝달싹하기도 어려울 만큼 날카로운 검기들이 옥죄어 온다.

하나의 검기가 한 명의 매화검수와 같다. 여섯 명의 매화검수가 동시에 장건을 공격하는 것이다.

장건의 머리카락이 마구 휘날렸다.

눈 깜짝할 사이에 토막 난 고깃덩이가 될 판이다.

장건은 크게 심호흡을 하고 내공을 사지백해(四肢百骸)로 퍼뜨렸다.

분명히 위험한 상황이지만 위협적으로 느껴지지 않았다.

기운은 충만하다. 뭐든 할 수 있을 것 같다는 생각이 든다.

장건은 몸 안의 근육들을 이용해서 진각을 밟았다.

쿵!

남들이 보기엔 그저 움찔하는 정도의 동작이었지만 위력은 다르다. 엄청난 진동이 바닥을 출렁이며 장건을 중심으로 동심원을 그리며 퍼져나갔다.

장건의 웅크려 모은 왼발과 오른발의 발가락들로부터 전달된 힘이 발바닥, 종아리로 오르고 무릎을 한 바퀴 돌아 허벅지를 타 골반 위의 대맥(大脈)에서 만난다. 두 개의 경력이 서로 얽히면서 허리를 감고 척추의 독맥을 통해 등을 타고 오르더니 뇌호에서 만나 백회에서 부딪친다.

펑—!

정신이 아득해져오는 내부에서의 폭발이 머리를 온통 뒤흔들다가 입가의 지창과 대영까지 순식간에 이동했다.

소리 내는 걸 싫어하는 장건이지만 내부의 힘을 감당하지 못해 저절로 입이 벌어졌다. 꾹 다물렸던 장건의 입이 열리면서 막대한 내공이 실린 고성이 튀어나왔다.

"으아아아아아아—!"

문사명의 눈이 크게 떠졌다.

거대한 진동의 파도가 문사명을 덮쳤다. 문사명은 이를 악물고 천근추의 수법으로 몸을 고정시켰다.

"크으윽!"

머리카락과 옷깃이 마구 펄럭거렸다.

장건이 토해낸 내공의 파도에 쓸린 검기가 쪼개지기 시

작한다.

으직, 으직.

문사명의 검기가 사그러든다. 예리한 검기는 단련된 쇳덩이도 자를 수 있지만 더 강한 검기를 만나면 무력하게 스러지기도 한다. 암석을 부수는 작은 물줄기가 큰 물줄기를 만나면 그대로 쓸려버리는 것과 같다.

문사명이 만들어낸 작은 검기의 폭풍은 더 버티지 못하고 눈 녹듯 사라졌다.

그야말로 어마어마한 내공이다.

사자후도 아닌 순수한 내공의 기파를 검기가 견뎌내지 못하는 것이다.

드드드득.

문사명은 거의 일장도 넘게 밀려났다. 바닥이 길게 패어 두 줄기의 흔적이 남았다.

우르르르르.

장건의 고함소리가 어찌나 컸던지 삼황채의 봉우리 전체가 진동하기 시작했다.

투두둑.

자그마한 돌멩이들이 절벽을 타고 굴러 떨어졌다.

참관객들은 바닥이 흔들리자 놀란 얼굴들이다.

최고수들이 외쳤다.

"야, 이놈아. 조심해!"

"여기 무너지면 다 죽어!"

장건은 최고수들을 보고 머리를 긁적거렸다.

"헤헤."

갑작스럽게 불어난 내공에 아직까지도 적응이 잘 되지 않은 장건이다. 일단 끌어올리긴 했는데 제어가 되지 않아 흘러넘친 내공을 어쩔 수 없이 그냥 내보냈을 뿐이다. 그런데 그게 이 정도의 위력을 보인 것이니 스스로도 얼떨떨한 기분이었다.

하지만 아직 상황은 다 끝나지 않았다.

"장 소협!"

장건의 측면에서 쇄도하던 고현은 장건이 딴청을 피우자 장건을 소리쳐 불렀다.

장건은 고현의 공격을 눈치 채고 신법으로 몸을 돌렸다. 장건의 모습이 흐릿해진다 싶더니 순식간에 고현의 정면을 마주보고 섰다. 처음부터 정면을 보고 있었던 것 같은 착각을 불러일으킬 정도의 빠른 신법이었다.

"갈(喝)!"

고현은 일갈하며 검을 뒤로 하고 좌권(左拳)을 내뻗었다.

훅!

막대한 권경이 주변 공기까지 모두 휘몰아 장건을 향해 쏟아졌다. 공기의 휘말림이 족쇄가 되어 장건의 움직임을 제약하고 동작을 굼뜨게 만든다.

장건은 이번에도 피하지 않고 다시 한 번 내공을 끌어 올렸다.

옷이 팽팽하게 부풀어 오르는데 옷섶끼리 부딪치면서 쨍쨍 쇳소리를 낸다.

금종조!

장건은 마보의 자세로 서서 양팔을 내리고 고현의 권을 가슴으로 받았다. 문사명의 검기도 내력을 발산해서 무산시켰으니 고현의 권초도 충분히 막을 수 있을 것 같았다.

두웅!

두터운 종을 울리는 소리가 나며 고현의 주먹이 장건의 가슴을 직격했다.

반탄력에 의해서 고현의 기운이 고스란히 되돌려진다. 고현은 장건이 금종조를 쓸 때부터 이미 그 같은 일을 예상하고 있어, 빠르게 한 가지의 공력을 덧붙였다.

고현이 최초에 가한 일권은 다름 아닌 금강권이다. 거기에 나한권의 공력이 더해졌다. 바위를 부수고 산을 무너뜨린다는 금강권과 일진불퇴(一進不退)의 굳건함을 자랑하는 나한권이 태상의 손을 거쳐 고현의 손에서 새롭게 재결합되었다.

쿵! 진각을 밟은 고현의 발이 바닥의 청석을 뚫고 들어갔다. 진각으로 얻은 경력이 고현의 주먹 뼈를 으스러뜨릴 듯했던 반탄력을 되돌려 보냈다. 반탄력에 나한권의 전진력이 합쳐져 금강권의 경력에 한층 힘을 불어넣었다.

으직.

쇠가 우그러지는 소리가 나며 장건의 부푼 옷이 푹 패었다. 패인 부분에 균열이 빽빽하게 차오르더니 잘게 부서진 옷 조각들이 사방으로 튀며 나부낀다.

으지직!

고현의 주먹이 한 치를 더 전진했다.

깜짝 놀란 장건이 단전을 쥐어 짜 내공을 끝까지 당겨 올렸다. 장건의 몸에서 폭발적인 기운이 쏘아져나갔다. 이번에도 역시 생각보다 과하게 힘이 써졌다.

펑!

고현은 장건이 일으킨 내력의 폭발에 튕겨나감과 동시에 우수(右手)를 흔들었다.

장건이 신법을 써서 상체를 빠르게 돌리는 순간 장건의 목 옆으로 밝은 빛이 스쳐갔다. 장건의 목을 노리고 검을 휘두른 것이다. 장건의 뺨에서부터 목까지 옅은 혈흔이 생겨났다.

고현은 몇 걸음이나 밀려나서 겨우 중심을 잡고 장건을 쳐다보았다. 그 와중에도 반격을 가했지만 살짝 베인 것뿐이라 큰 영향은 주지 못했다.

장건은 가볍게 심호흡을 했다.

소림사의 승려들은 그런 장건을 보며 의아하게 생각했

다.

평소 장건은 최소한의 힘을 써서 상대와 겨루었다.

한데 지금은 너무 비효율적으로 내공을 쓰고 있는 것처럼 보였다. 문사명과 고현의 공격을 순전히 내공으로만 막아냈으니 어마어마한 내공이 소모되었을 터였다.

하지만 장건의 입장은 보는 이들의 시각과 전혀 다르다. 남들 보기엔 어마어마한 내공인데 장건에겐 남아도는 내공의 일부다.

장건에게 있어 내공은 특수한 종류의 내공을 제외하고는 언제든 먹어서 보충할 수 있는 공짜 먹거리였다. 공짜라고 막 쓸 이유는 없지만, 그래도 배고프게 몸을 움직이는 것보단 공짜인데다 지천에 널려있는 내공을 쓰는 게 훨씬 덜 아깝다. 그래서 손을 움직이는 대신에 기의 가닥을 뽑아 쓰는 것이다.

방금도 남는 내공을 활용하여 저만한 실력의 고수 둘의 공세를 막아내었으니 장건으로서는 꽤나 이득을 본 셈.

오히려 방금 깨진(?) 옷이 사용한 내공보다 더 아깝게 느껴지는 장건이었다.

그렇게 승려들이 이상하게 생각하는 와중에도 문사명과 고현의 공격은 계속해서 이어지고 있었다.

퍼펑! 펑!

장건은 가만히 서서 그 둘의 공격을 내공만으로 튕겨내

고 있었다. 물론 장건에게 있어서 아직까진 '남는' 내공이다.

힘을 한껏 쏟아 부어도 공격이 통하지 않으니 고현도 혀를 내둘렀다.

"지독하군."

장건의 내공이 이루는 호신기를 뚫으려면 통상적인 방법으로는 어렵다.

문사명이 고함을 질렀다.

"어디까지 하나 보자!"

문사명은 십성 공력을 담은 쌍권을 뻗었다. 오성이나 팔성도 아니고 십성의 공력이다. 단단한 암석도 부술 만한 강력한 권경이 장건의 호신기를 두드렸다.

거의 동시에 고현도 합세했다. 고현의 권도 장건의 호신기에 작렬했다.

쿠쿵!

두 사람이 합한 공격의 충격으로 장건의 몸이 심하게 흔들리며 발이 바닥을 파고들었다. 하지만 반탄력으로 문사명은 네 걸음, 고현은 두 걸음을 밀려났다.

"끙."

장건은 제자리에서 고개를 흔들어 털었다. 땅에 발목까지 박혀 있던 발을 뽑아 털었다. 내장이 흔들리는 듯해서 조금 정신이 없었지만 그래도 여전히 여유가 있다.

이를 지켜보던 원호와 소림사의 승려들은 표정이 묘해졌다. 최고수들도 흐흐 하고 실없는 웃음을 흘렸다.
"이건 뭐 어마어마하구먼."
손꼽는 고수 둘의 공격을 혼자서 맞받아내고도 여전히 상황은 우세하다.
"천룡검주에게는 안됐지만 오늘 무림맹주를 보긴 힘들 겠어."
"검성의 제자 녀석도 마찬가지고."
참관객들이 저마다 한마디씩을 했다.
누구도 지금의 장건을 쓰러뜨릴 수는 없을 것 같았다.
장건을 상대하는 고현과 문사명은 옆에서 지켜보는 이들보다 더 기가 막히다.
문사명이 이를 갈았다.
"이 정도까지냐……?"
장건의 내공 소모가 심할 것이라 예상한다 쳐도 고현과 문사명 역시 평소보다 내공 소모가 심하긴 마찬가지였다.
그런데도 심지어 장건은 금세 지칠 것 같지 않아 보인다. 지금처럼 계속해 봐야 고현과 문사명이 먼저 나가떨어질 것 같다.
"이대로는 안 되겠군."
고현은 신중히 검을 아래로 향하고 내공을 불어 넣었다.
우우우웅!

청명한 검명이 울렸다.

길게 검기를 뽑아내지 않았지만 검극에 밝은 빛 덩어리가 별처럼 맺혔다.

검강!

세상에 존재하는 모든 것을 삭제할 수 있는 힘, 검강.

검강은 고현의 내공을 물먹은 솜처럼 뭉텅이로 빨아들였다. 제아무리 고현이라도 오래 유지하기는 힘들다. 그래도 장건의 호신기를 무용지물로 만들려면 이 방법뿐이었다.

문사명은 밝게 빛나는 고현의 검을 보더니 자신도 호흡을 고르고 집중했다.

문사명의 손가락 끝에 고현의 그것처럼 밝은 별빛이 조용히 맺히더니 점점 길어지기 시작했다.

맨손으로 뽑아낸 검기의 끝에 검강이 어린 것이다.

치칫, 칫.

쭉 뻗은 검강이 바닥의 돌조각을 녹이며 가벼운 파찰음을 냈다.

참관객들은 혀를 내둘렀다.

"저 젊은 나이에 검강까지……!"

하나 검강을 유지하는 게 다소 버거운지 문사명의 이마에는 금세 땀이 맺혔다.

"다시 해 보자."

문사명과 고현은 서로 흘기듯 시선을 마주치더니 좌우로

갈라져서 장건을 압박했다.

고현이 검을 퉁기며 장건을 공격해갔다.

검강의 긴 줄기가 쭉 뻗어오자 장건은 기의 가닥을 뽑아쳐 보았다. 기의 가닥은 검강에 닿기가 무섭게 흔적도 없이 소멸되었다. 예상했던 바지만 고현의 검초는 아무런 방해도 받지 않고 장건의 어깨를 그대로 찔러온다. 아까 문사명의 검기를 둔하게 만들었을 때와는 다르다. 검강을 호신기로 방어할 수 없는 것은 자명하다.

지지직.

고현의 검이 장건의 공간 안쪽으로 파고들자 아무 것도 없는 허공에서 연기가 피어올랐다. 장건이 내뿜고 있는 기운이 검강에 대항하지 못하고 녹아서 사라지고 있는 중이었다.

장건은 반걸음을 움직여 고현의 검을 피해냈다.

고현은 검을 회수하지 않고 장건의 공간을 비집고 들어가 자리를 차지하더니 돌연 빠르게 검을 휘저었다.

검이 수 갈래로 갈라졌다. 얼핏 붓으로 난(蘭)을 치는 모습과도 닮았다. 여러 번 같은 궤적으로 검로를 그리다가 한 점에서 방향을 바꿔 사방으로 쳐내는데 그 모습이 마치 커다란 줄기에서 잔가지가 자라나는 듯했다.

'어?'

장건도 의아했지만 문사명도 눈썹을 치켜 올렸다.

매화검법?

아니, 매화검법과 거의 비슷하지만 매화검법 특유의 느낌과는 다른 유사 초식이었다.

문사명의 검강이 장건의 좌측에서 대각선으로 치고 들어왔다. 그리곤 고현의 검과 비슷한 변화를 일으켰다.

굵은 가지에서 수없이 작은 가지가 돋아나 공간을 점유한다.

앗! 하는 짧은 순간에 장건의 사방 전후가 완전히 굵고 가는 검강의 가지들로 얽혔다.

머리가 아플 정도로 매화향이 가득해졌다.

움직일 수 있는 공간들이 온통 검강의 가지에 가로막혀 몸을 운신하는 데에 제약이 심해진다. 장건은 점점 몰렸다.

고현의 검이 또다시 천변(千變)을 일으키고 그에 문사명의 검도 변화를 시작해 가세한다.

드득.

마른 나뭇가지를 비트는 것처럼 검강의 가지들이 비틀리면서 작은 가지에 봉오리들이 돋았다.

꽃봉오리들이 벌어지면서 다섯 개의 꽃잎이 드러나고, 활짝 피려 한다.

몸을 조금만 움직이면 베일 것 같은 위험한 꽃잎이 피어나면서 빼곡하게 장건을 감싸고 있었다. 이대로 꽃이 만개하면 꽃잎 한 장 한 장이 모두가 강기의 칼날이 되어 장건을 만 갈래 조각으로 썰어버릴 것이다.

 장건은 심상치 않은 압박감을 느꼈다. 피부에 오돌토돌 소름이 돋았다. 더 이상 공간을 허용하면 돌이킬 수 없을 지경이 될 거라는 걸 몸이 먼저 느꼈다.

 장건은 금강부동신법에 제마보를 사용했다. 전 방위에서 들어오는 공격을 모두 감지해서 운신할 수 있는 틈을 찾고 대응하기 위해서다.

 금강부동신법에 제마보를 쓰면 사방 어디에서 보아도 장건의 정면을 마주하게 된다. 서로 다른 방향에서 공세를 퍼붓고 있는데 고현도 문사명도 장건의 전면을 보고 있다.

 문사명은 기분이 이상해졌다. 어떻게 신법을 쓰고 보법을 밟아도 장건의 눈을 피할 수가 없다. 장건이 뒤로 피하고 옆으로 몸을 틀고 하는데도 계속 얼굴 정면이 보이니 괴상하기 짝이 없다. 옆모습을 조금도 볼 수가 없었다.

 자신이 초식을 펼치는 광경을 똑바로 지켜보고 있는 것 같아 왠지 모를 부담감이 심해진다. 자신의 검초를 꿰뚫어 보는 듯하여 마음이 조급해졌다.

 고현도 마찬가지였다. 어디를 어떻게 움직여도 얼굴의 정면만이 보인다는 건 굉장히 꺼림칙하다. 무슨 수법을 써도 다 파훼할 것 같은 불안감이 든다.

 아니나 다를까.

 장건은 전후좌우의 팔방을 동시에 보고 한꺼번에 인식했

고, 그 순간 고현과 문사명이 펼쳐내는 합공의 틈을 찾아냈다. 아주 작은 엇갈림의 빈틈이었다.

뚜두둑.

장건은 몸 안의 뼈와 근육들을 미세하게 조종했다. 흐물거리며 몸이 주저앉는가 싶더니 장건의 팔다리가 꺾어질 수 없는 방향으로 휘었다. 몸이 갈지자[之] 마냥 비틀렸다.

장건은 그 상태에서 취팔선보의 보법을 이용해서 세 걸음을 뒤로 물러났다.

고현과 문사명의 표정이 굳었다. 장건 주변의 공간을 포위한 수백 개의 검기와 검강이 한순간에 무용지물이 되는 순간이었다.

쏟아지는 비를 모두 피해서 지나가라고 해도 이 정도는 할 수 없을 것 같았다.

아니, 하기야 팔 다리가 저 정도로 말도 안 되게 휘면 사람의 몸으로도 못할 동작이 없을 것 같긴 하다.

목은 어디로 갔는지 턱이 목 사이에 파묻혀서 뺨이 쇄골에 맞닿아 있는가 하면 왼팔은 뒤로 꺾여서 거꾸로 놓은 낫처럼 되었는데 오른팔은 팔꿈치부터 손가락까지 한 바퀴가 훌쩍 돌려져 있다. 허리는 부러졌대도 이상하지 않을 정도로 비틀렸고 한쪽 다리는 앉은뱅이마냥 위로 틀어졌는데 반대쪽 발바닥은 등허리에 닿았다.

성격 고약한 고수가 사람의 뼈를 마디마다 부러뜨려서

기괴한 모양으로 만들었다고 하면 딱 지금 장건의 모습일 터였다.

장건은 공세에서 벗어나 몸을 털었다.

우두둑, 뚜둑.

백 개의 뼈와 근육들이 벗어났던 자리로 돌아가며 장건은 다시 살아있는 인간의 형태를 되찾았다.

이쯤 되면 싸울 의욕도 사라질 만하다. 제대로 싸우는 느낌이 아니라 괜히 찝찝하달까?

고현과 문사명은 공세를 이어가지 못하고 잠시 멈출 수밖에 없었다.

장건의 기행이 익히 알려지긴 했지만 참관객들 중에는 직접 보긴 처음인 이들도 있었다. 그들 역시 감탄하면서도 찝찝한 얼굴들이었다.

"참으로 기괴하군."

"정파의 무공이 아닌 것 같으면서도…… 또 사악한 기운은 없고……."

"그나저나 검강을 쓰는 둘을 상대로 한 치도 밀리지 않으니, 이대로라면 장 소협을 쓰러뜨린대도 의미가 없겠소."

지금의 대결은 문사명이 끼어듦으로써 다소 의미가 이상해진 감이 있었다. 본래 고현의 무림맹주 자격을 두고 벌이는 비무였으니, 이대일로 장건을 쓰러뜨린다면 의미가 퇴

색된다. 고현 개인으로서의 실력을 인정받기가 힘든 것이다.

참관객들의 말을 듣던 산산노사가 말했다.

"하지만 이게 끝이라고 생각한다면 너무 섣부른 판단일 거요. 장가 녀석이 우세한 것은 사실이나, 저 두 사람이 정말로 최선을 다했는지는 알 수 없는 일 아니오?"

참관객들이 무슨 의미냐는 뜻으로 산산노사를 돌아보았다.

"언뜻 저 두 사람은 전력을 다한 듯 보이오. 그리고 전력을 다한 것도 사실일 거요. 문제는 과연 최선을 다했느냐지."

"그게 무슨 말이오?"

참관객들이 의아해 하며 고개를 갸웃거렸다.

장건을 상대로 전력이든 최선이든 다 하지 않고서 어떻게 이길 수 있단 말인가?

산산노사가 웃었다.

"흐흐흐. 강호에서 한 수쯤 숨겨두지 않은 이가 어디 있겠소."

"그야 그렇지만……."

"만약 녀석이 방심했다가는 크게 낭패를 볼 것이오. 아니, 어쩌면 거기서 그대로 승부가 끝날 수도 있겠지."

그때 다시 비무가 재개되고 산산노사가 입을 다물었으므

로 사람들의 시선은 자연스럽게 장건을 향할 수밖에 없었다.

고현은 한 번 실패했음에도 재차 매화검법류를 펼치려 준비를 하고 있었다.

문사명도 마찬가지였다. 고현이 따로 전음을 보낸 것도 아닌데 다시 매화검법의 자세를 취했다.

장건은 두 사람이 검초를 펼치는 걸 보면서 이미 머릿속에 다음 동선을 그리는 중이었다. 매화검법의 검초 간 빈틈이 명확하게 보였다. 피할 수 있다고 확신했다.

'이번에 끝내야겠어.'

장건은 반격을 어떻게 할지까지 궁리를 마쳤다. 이제까지 대개 초장에 싸움을 끝내왔는지라 장건에겐 이쯤 끝내는 게 가장 자연스러웠다. 끝낼 수 있다는 자신감도 있었다.

상대의 수는 모두 파악했고 아직도 장건은 기운이 넘친다. 질래야 질 수가 없는 일이었다.

'이제 집으로 갈 수 있어!'

장건은 벌써 끝난 것마냥 가슴이 벅차올랐다. 스스로 방심했다고 생각하지는 않았다. 날아오는 검초는 하나하나 모두 파악하고 있었다. 상대의 동작과 근육, 관절의 움직임에 다음 검로를 예측하고 몸이 반응했다.

장건은 아까처럼 순식간에 매화검법의 가지들에 둘러싸

였지만 완전히 궁지로 몰리진 않았다. 조금의 틈을 놓치지 않고 찾아내어 취팔선보와 금강부동신법으로 살짝살짝 몸을 빼냈다.

고현과 문사명의 검이 장건을 가두는 게 아니라 뒤를 쫓는 듯한 형태였다. 어찌 보면 외려 장건이 둘을 유인하는 듯했다.

가두는 게 아니라 허겁지겁 쫓는 듯한 양상이 되다 보니 공격이 한 박자씩 늦는다.

장건은 차근차근 공력을 끌어올려서 공격을 준비했다. 두 사람이 비슷한 검법을 사용하고 있다곤 하지만 서로 엉키지 않으려고 신경 쓰다 보니 초식 중에서도 사용할 수 있는 검로는 정해져있다.

위에서부터 아래로, 상하에 검강의 가지를 그려내며 고현의 검이 짓쳐들어온다. 아래에서부터 위로, 좌우에 매화꽃을 피우며 문사명의 검기가 뻗어온다.

칠절매화검법의 만화성막(萬花成幕)과 십사수매화검법의 설매창연(雪梅蒼然)의 초식이 겹치는 순간이었다.

장건의 눈이 반짝였다. 이것이 아까 전 장건이 몸을 빼낼 수 있었던 그 엇갈린 틈이다. 상하좌우 피할 수 있는 공간이 없는 듯하지만 이 검초가 겹치는 순간에 문사명의 검이 고현의 검보다 빨라서 빈틈이 생긴다.

'지금!'

장건은 금강권을 발출할 준비를 했다. 눈 깜짝할 사이에 오른발 밑에서부터 발생된 나선형의 경력이 허리를 거쳐 어깨까지 도달했다. 아주 찰나의 차이를 두고 왼발에서도 나선의 경력이 발생해 타고 오른다.

오른발에서 시작된 경력으로 금강권을 펼쳐 고현의 가슴 어림에 있는 위기를 타격하고, 바로 다음 왼발에서 시작된 경력으로는 문사명의 허리 대맥 부근에 있는 위기를 공격할 셈이었다.

푸아앙!

장건의 옷이 거칠게 휘날리며 회오리바람이 일었다.

집으로 갈 수 있는 마지막 권!

그야말로 장건 일생일대의 권이다.

강기를 상대하는 것이기도 하고 마지막이라 생각하니 평소보다 힘이 더 들어간 것도 사실이었지만 권초 자체에는 허점이 없었다.

두 사람을 거의 동시에 눕힐 완벽한 기회에 완벽하게 펼쳐지려는 금강권이었다.

장건의 눈에 십 년 전 울면서 헤어졌던 모친의 모습이 떠오른 바로 그때였다.

갑자기 고현은 매화검법과 유사한 초식을 사용하는 와중에 새로운 검법의 초식을 섞었다.

번쩍!

고현의 검이 눈부시게 밝은 검광을 뿌리기 시작했다.

모용가의 분광검이 가지고 있는 묘리!

매화검법의 공간 장악능력에 분광검의 환혹(幻惑)이 섞였다. 검광으로 시야를 가리는 분광검의 묘리가 피어나는 매화가지의 궤도를 감춘다.

"앗?"

그것은 고현이 의도한 것보다 장건에게 훨씬 큰 피해를 입혔다. 장건은 두 사람의 무수한 동시 공격을 파악하기 위해 명법을 쓰고 있었다. 일반적인 시야로 보는 것보다 훨씬 많은 풍경을 광각(廣角)의 시야로 한꺼번에 담기 때문에 분광검의 검광이 어느 각도에서 번쩍이든 모두 시야에 들어오고 만다.

장건의 시야가 온통 백색 섬광들로 어른거린다. 장건은 순간적으로 완벽하게 시야를 잃었다.

"으윽!"

장건은 눈이 시큰거려 눈물을 흘리면서 눈을 질끈 감았다.

고현은 장건이 눈을 감기 전 동공이 크게 확대되며 잠깐 동안 초점이 흔들리는 걸 똑똑히 확인했다.

'분광검이 제대로 먹혔군!'

장건은 시야를 잃기 전, 잠깐이었지만 모친을 생각하며 딴 생각을 한 탓에 집중력이 흐트러져 있었다. 그렇다 해도 감각을 최대한 일깨우면 못 피할 건 아니다.

눈은 제 기능을 못하고 있지만 장건의 날카로운 감각은 날아오는 강기의 공격을 모두 감지할 수 있었다.

장건은 일권은 그대로 뻗어 공격을 이어가고 다른 일권의 경력은 신법으로 전환해 회피하려 했다.

'건방으로 돌아 감의 방위에서 금강권을 사용하고 진방으로 불영신보를 밟으면 피할 수 있……'

그런데 갑자기 이상한 기분이 들었다.

뎅! 뎅!

머리에서 위험을 알리는 종소리가 울렸다. 하지만 전혀 위험하다는 기분은 들지 않는, 기묘한 감각이었다.

장건은 전신의 모공을 모두 열었다. 작은 솜털 하나하나까지 모두 꼿꼿하게 섰다.

공기의 흐름과 장건을 둘러싼 미세한 기의 유동이 감지되었다.

사방팔방에서 쏟아지는 강기가 일백삼십육 개였다. 그 중에서 팔십구 개의 강기가 갑자기 흐릿해져갔다.

어째서인지 흐릿해진 강기는 위협적으로 느껴지지 않았다. 위협이 느껴지지 않으니 궤도가 명확히 감지되지도 않는다. 있는지 없는지, 어디로 날아오는지 긴가민가하다. 하지만 위협이 없더라도 거기에 닿았다가는 몸이 두부처럼 썰려나갈 것은 자명하다.

장건은 깜짝 놀랐다. 이렇게 불분명하게 감지되면 대처를 할 수가 없다. 화살이 어디로 날아오는지도 모르고 무작정 피해야 하는 꼴이 되고 만다.

방심했다고 생각하지 않았지만 상대의 공격을 모두 알고 있다고 생각한 자체가 방심이었다.

'어, 어떻게 된 거지?'

초점 잃은 눈으로 어리둥절해 하는 장건이다.

그런 장건을 보는 고현의 눈가에 황금빛 기운이 스쳐가고 있었다. 장건의 감각을 피하기 위해 불가의 심법을 운용하고 있는 것이다!

물론 그것은 태상이 가르친 불문의 무상심법이었다.

'모든 사물은 공(空)이어서 일정한 형상이 없으니, 무상개공(無相皆空)! 형상은 없으나 존재하는 공을 비어있는 허(虛)한 마음에 담음으로써 마음이 공으로 가득차고 흔들리지 않는 단단함을 가지게 되니, 금강무상(金剛無常)!'

무상심법으로 내공을 운기하는 고현의 검에서 더 이상 살기가 느껴지지 않고 있었다.

살기가 없는 것[虛]이 아니다. 살기가 없어져 그 반대의 기운인 평화로움[和]이 생긴 게 아니다. 살기의 형상은 있으나 그 안에 살심(殺心)이 없는 것[空]이다.

칼을 휘두르면 사람이 죽는다는 걸 알고는 있지만 비몽사몽간에 깨닫지 못하고 무심코 칼을 휘두르는 것과 유사

하다.

눈으로 보고 있으면 별빛처럼 빛나는 검강이 날아가는 게 확실히 보이지만 눈을 감고 있으면 느껴지지 않는다. 무심한 살기가 이미 대자연의 일부로써 자연스러운 질서 현상이 되었기 때문이다.

가공할 공력으로 맺은 고현의 검강이 대기 속에 존재감을 감추고 녹아들어 장건을 향해 날아간다. 매화검법에 이은 분광검과 무상심법의 연환식은 고현이 자신만만하게 숨기고 있던 한 수였다.

살기가 느껴지지 않아 더더욱 지독하리만치 살기 어린 이 모순적인 검세는 눈이 보이지 않는 장건에게 실로 치명적이었다.

장건으로서는 어떻게 갑자기 상황이 이렇게 되었는가 싶다. 그야말로 아차한 순간에 벌어진 일이었다.

팔다리를 하나 내주고서라도 피할 수 있다면 좋겠으나 그조차 마음대로 되지 않을 것이었다. 이제껏 내내 장건이 우세하게 상황을 이끌고 있긴 하였으나 고현은 장건이 부상을 입는 순간을 놓칠 정도로 하수가 아니었다. 거기다 문사명의 공격 또한 날카롭게 쏟아지는 중이다.

무엇을 하든 멀쩡하게 벗어날 수 없다!

'어떻게 할까.'

위기의 순간, 무인으로서의 본능이 혼란스러운 머리를

차갑게 식혔다.

 장건의 머리가 팽팽 소리가 날 정도로 빠르게 돌아가기 시작했다.

 공력을 잔뜩 끌어올려 호신기와 금종조를 펼쳐봐야 강기에는 무용지물!

 하지만 장건에게는 주체 못할 막대한 내공이 있다!

 우선 장건은 공력을 퍼트리는 문원의 수법을 사용하기로 했다. 심생종기에 따라 장건의 내공은 무(無)에 가까운 시간 동안 삽시간에 흩어졌다. 고현의 검강에 맞서 내공을 분산시키자 장건의 모습은 똑같이 자연 속의 일부로 존재감을 감추었다.

 눈으로 보고 있지만 장건이 정말 거기에 있는지 판단할 수 없는 기묘한 감각이 고현의 눈을 어지럽혔다.

 마치 귀신을 보는 것 같아 고현은 아주 잠깐 흠칫했다.

 하지만 그것도 잠시.

 불문의 심법답게 무상심법이 고현의 마음을 진정시키며 혼란을 없애주었다. 덕분에 고현은 장건의 진짜 모습을 놓치지 않고 볼 수 있었다.

 "잔재주는 통하지 않을 것이오!"

 고현의 검이 망설임을 멈추고 장건의 요혈 곳곳을 파고들었다.

 그러나 그 잠시의 망설임이 장건에게 필요한 시간을 벌

어주었다. 자연 속에 녹아들면서 강한 빛에 시려왔던 눈이 편안해지고 잃었던 시야도 어느 정도 회복되었다.

 장건은 일부러 흩었던 내공을 다시 모았다. 내공을 모으면서 새로 배운 운기 공법을 이용하자 사방팔방 흩어졌던 내공이 여섯 타래로 나뉘어 단전에 차곡차곡 쌓인다.

 장건은 그 중에서 뇌가기공만을 끄집어내어 끌어올렸다.

 환골탈태로 인해 더욱 무공에 적합해진 몸이 삽시간에 뇌가기공을 극한까지 뽑아낸다.

 장건은 눈을 떴다.

 빠작빠작.

 장건의 눈에서 작은 뇌전의 조각들이 튀었다.

 예전의 장건이었다면 거기가 한계였을 텐데 이번엔 아니었다. 뇌가기공을 극한으로 끌어올린 상태에서 새로 배운 운기공법의 묘리를 더했다.

 풍목 계열의 기운을 북돋는 소음이기와 소양삼기의 경락에 나머지 다섯 타래의 막대한 내공을 흘리자 풍목 계열인 뇌가기공이 상생(相生)의 힘을 받아 더 크게 불어났다.

 빠자자작!

 더 크고 시퍼런 뇌전의 조각들이 생겨났다.

 뇌가기공만을 사용하는 게 십성(十成) 극성이라면 다른 내공을 이용하여 뇌가기공에 힘을 더하는 건 십이성(十二成) 대성이다. 십이성의 뇌전 조각들이 장건의 몸을 감싸며 아래에서부터 위로 용솟음치며 타고 올라 퍼진다.

사방으로 튀는 뇌전 조각들이 강기로 맺힌 매화꽃과 부딪치며 매화꽃을 태워버리고, 매화의 가지는 뇌전에 방해를 받아 줄기를 뻗지 못한다.

파파팟!

장건의 주위는 붉은 매화와 시퍼런 뇌전으로 온통 가득하다. 보는 이들의 혼을 빼놓을 만큼 아름답거나 혹은 끔찍한 광경이었다.

뇌전이 강기의 검세를 헤치고 좁은 길을 열어주었다.

고현은 그 길로 장건이 공격해올 것을 알았다.

드러난 길 사이로 장건이 비스듬히 서서 고현을 노려보고 있다.

소름이 끼치도록 가공할 뇌가기공의 공력을 품은 채!

고현은 솔직히 감탄할 수밖에 없었다.

'대단하군. 태상! 그대의 안목에 찬사를 보내오.'

왜 태상이 그토록 장건장건 노래를 불렀는지 알 것 같았다. 이만큼 했는데도 장건을 완전한 궁지로 몰아넣을 수가 없는 것이다.

'하나! 그대가 바라는 소년은 오늘 나의 손에 쓰러질 것이외다!'

고현은 이를 악물고 검초를 전개했다. 그에게는 아직 숨겨놓은 수가 있었다.

이번의 돌격으로 누가 더 많은 피해를 볼 것인지는 알 수 없었다. 어차피 어느 정도의 피해는 각오하고 있었다. 부상을 입더라도 죽기를 각오하지 않으면 이길 수 없는 상대이지 않은가!

그런데 그때, 돌연 장건을 둘러싸고 있던 수많은 검강과 검기들이 눈 녹듯 사그라졌다. 고현이 뿜어내던 강기도 마찬가지였다. 또한 장건의 몸을 휘감고 돌던 뇌전의 조각들이라고 다를 바 없었다.

모두가 허상처럼 순식간에 흩어져 버렸다.

너무도 갑작스러운 일이었다.

"큭!"

고현이 답답한 신음을 내뱉으며 멈칫거렸다. 진기가 끊겨 이어지지 않는다. 갑자기 움직임이 불편해지고 혀 아래에 핏물이 고였다.

"윽!"

장건도 고현처럼 답답한 신음을 뱉었다. 무엇에 방해를 받았는지 경락이 꽉 막혀서 내공의 운행(運行)이 되지 않았다.

억지로 내공의 운행이 중지되어서 기혈이 진탕된 탓에 내상까지 입었다. 목구멍에서 비릿한 피내음이 올라왔다.

이해할 수 없는 상황이었다.

대기가 급격하게 무거워져 있었다.

불현듯 장건은 문사명을 놓치고 있었다는 걸 깨달았다.
 설마 지금의 이 상황을 문사명이?
 "크크크! 죽어!"
 문사명이 옆쪽에서 쇄도했다. 문사명은 검결지에서 검기도 뻗지 않고 장건의 미간을 찍어오고 있었다. 공력이 느껴지지 않는 것으로 보아 문사명도 내공을 제대로 쓸 수 없는 모양이었다.
 장건은 입안에 밴 핏물을 삼키며 문사명의 손가락 끝을 주시했다.
 '검기도 없는데 뭘 하려고……'
 한데 문사명의 검결지 끝이 두어 뼘 앞으로 다가온 순간까지 지켜보고 있던 장건은 갑자기 답답하던 공기가 확 풀리는 걸 느꼈다.
 동시에 문사명의 검결지에서 푸르스름하고 맑은 기운의 검기가 쏜살같이 뻗어 나왔다.
 "앗!"
 피할 시간이 촉박했다. 장건은 미간이 꿰뚫리는 서늘한 기분에 자기도 모르게 외마디 비명을 지르며 급히 보법을 밟았다.
 그때 고현이 달려와 후고(後靠)의 수법으로 문사명을 들이받았다.
 쾅!

내공은 사용하지 않았으나 몸 전체의 중심을 싣고 등으로 밀어친 것이라 문사명은 두 바퀴나 구르며 나가떨어졌다.

덕분에 미간으로 날아가던 검기는 방향을 틀어 장건의 목을 스치고 지나갔다.

촤악!

장건의 목 왼쪽에서 피가 뿜어져 나왔다.

고현의 행동이 오히려 더 상태를 악화시켰다. 검기가 핏줄을 제대로 건드린 모양이었다.

"어……, 어?"

장건은 공황상태에 빠졌다. 팔다리를 베인 것과 목이 베인 것은 받아들이는 느낌이 달랐다.

잠깐 사이에 엄청난 피가 쏟아졌다. 앞섶이 흠뻑 젖었고 아직도 피가 줄줄 새었다.

지켜보고 있다가 놀란 원호가 전음으로 소리쳤다.

『인영(人迎)혈을 짚어라! 어서!』

장건의 머리에서 쨍 하고 원호의 전음이 울렸다. 장건은 정신을 차리고 목의 인영혈을 짚었다. 일단 피가 멎었지만 단시간에 많은 피가 흘러 머리가 어지러웠다.

장건이 머리를 붙잡고 비틀거리면서 겨우 앞을 내다보니 고현과 문사명이 서로 격돌하고 있는 중이었다.

채챙!

창졸간에 고현과 삼합을 주고받은 문사명이 이를 갈며 소리쳤다.

"무슨 짓이야!"

고현도 마주 고함을 질렀다.

"내가 물을 말이오! 어째서 나를 방해했소!"

둘이 서로를 노려보았다.

문사명이 아니었다면 고현은 장건과 정면 승부를 벌일 수 있었다. 숨겨둔 수로 승기를 취할 수 있었는데 그 기회를 문사명이 개입하여 날려버렸다.

문사명도 억울하긴 같았다. 고현이 아니었다면 장건에게 치명적인 공격을 가할 수 있었다.

그러나 애초에 둘은 승리를 양보할 수 있는 입장이 아니었다. 둘 다 자신의 손으로 장건을 쓰러뜨려야 할 목적을 가지고 왔다.

고현은 문사명이 장건을 쓰러뜨리면 무림맹주가 될 수 없다. 문사명에게 공을 빼앗기면 이대일로 싸웠음에도 곁다리 노릇이나 했다는 비난을 피할 수 없을 터였다.

그리고 그는 태상이 보란 듯 장건을 쓰러뜨리고 싶었다. 질투라고 해도 좋고 인정받고 싶기 위해서라 해도 좋았다. 하지만 장건을 죽이고 싶은 마음은 없었다. 그에게 제이의 생명을 준 태상이 슬퍼할 일을 할 수는 없는 일이다. 그래서 문사명이 살수를 쓰는 것도 두고 볼 수 없었다.

한편 문사명 역시도 장건을 반드시 자신의 손으로 쓰러뜨려야 했다.

머리에서 계속 소리가 울렸다.

장건을 죽이라고.

그래야 스승이 예전처럼 자신에게 돌아온다고.

으드득!

장건의 피가 멈춘 걸 본 문사명이 고현을 향해 악독한 원망의 눈빛을 보냈다. 수많은 무공의 오의를 깨달아 자유로이 묘리를 조합하며 사용하는 고현은 껄끄럽기 그지없는 상대였다.

고현도 입술을 꾹 다물고 문사명을 노려보았다. 문사명은 내공과 초식 운용이 셋 중에서는 가장 뒤지는 편이나 엄청난 속도의 검기를 자유로이 다루는 데다 방금 본 것처럼 정체를 알 수 없는 미지의 무공을 숨기고 있어 극히 위험했다.

서로가 장건을 쓰러뜨리게 내버려둘 수 없지만 저 괴물 같은 장건을 쓰러뜨리려면 마냥 대립할 수도 없었다. 어느 정도는 힘을 합쳐야 할 필요도 있었다.

이제 서로가 본심을 완전히 드러내게 된지라 상황이 묘해졌다.

세 사람은 신중하게 서로를 견제하며 천천히 원을 그리고 돌았다.

팽팽한 긴장감이 삼황선원을 가득 채웠다.

참관객들은 피부를 찌릿찌릿 자극해 오는 긴장감에 마른침을 삼키며 최고수들의 눈치를 살폈다.

방금 일어난 일에 대해서 최고수 중 누군가 얘기해주길 바라는 것이다.

참관객들 대부분이 고수 축에 속하는 이들이라 갑자기 매화검법의 강기들이 사라진 이유가 문사명이라는 건 알았다. 하지만 그것만으로는 불충분하지 않은가.

무영문의 화룡소 반오가 그들의 마음을 알았는지 혼잣말처럼 중얼거렸다.

"어린 나이에 절대공간을 가지고 있다니. 저것은 본래 화산의 것은 아니었을 터. 그렇지 않으냐?"

누구에게 한 질문인지 참관객들이 어리둥절해 할 무렵, 조그마한 소녀가 대답했다.

"예. 본가의 큰할아버님께서 창안하신 무공입니다."

모두의 눈이 소녀, 남궁지에게 쏠렸다.

문사명이 사용한 건 다름 아닌 검왕의 무공이었던 것이다.

제2장

삼자대결

　남궁호와 친분이 있는 반오가 지긋한 눈으로 남궁지를 보았다.
　"그 친구가 언젠가 말했지. 진정한 제왕의 검은 제왕 자신이라고."
　남궁지가 반오를 마주보며 천천히 고개를 끄덕였다.
　"따라서 제왕의 검은 그가 허용하는 공간에서의 유일한 검이라 하셨습니다."
　"무엇이라 하더냐?"
　반오의 질문에 남궁지가 답했다.
　"명명하시길, 제왕진검이라 하셨습니다."
　참관객들이 외쳤다.

"제왕진검!"

검왕의 새로운 무공. 그의 심득이 담긴 진전이라면 결코 제왕검형의 아래라 볼 수 없었다. 오늘 처음 강호에 등장한 무공이니 남길 파장이 적지 않을 터였다.

심지어 반오는 그것을 일컬어 '절대공간'이라고까지 하지 않았는가!

내공이나 무위의 고하에 관계없이 시전자 혼자만의 검만이 통용된다면 그것은 절대라는 수식이 아깝지 않은 무공이었다.

그런데 남궁지의 표정은 밝지 않았다.

남궁지가 조그만 소리로 중얼거렸다.

"하지만……."

문사명을 바라보는 남궁지의 무덤덤한 눈빛이 흔들렸다.

\*     \*     \*

문사명은 자신만만하게 검기를 뽑아내며 고현과 장건을 쳐다보았다.

아까보다 훨씬 자신만만한 얼굴이었다.

고현이 고개를 끄덕였다.

"그랬군. 검왕의 심득이라."

우우웅.

고현은 검명을 올리며 검기를 뽑아내었다. 재차 격돌할 준비를 하려는 참이다.

그것을 본 문사명이 서늘히 웃었다.

고현의 눈이 휘둥그레졌다.

"윽!"

고현은 또다시 신음을 토하더니 주춤거리고 물러났다. 그의 검기가 온데간데없이 사라졌다.

"망할……."

고현이 이를 갈았다.

장건도 운기하던 내공이 갑자기 멈춰서 단전으로 되돌아갔기 때문에 고현에게 무슨 일이 벌어졌는지 알 수 있었다. 문사명에 의해 강제로 공력 운용이 취소된 것이다.

내공의 흐름이 갑자기 정지된다거나 역류하면 몸에도 충격이 온다. 더 많은 내공을 운용할수록 피해가 크다. 고현과 장건은 한순간 기혈이 꼬여 숨이 막히고 내장이 흔들렸다.

때문에 자연히 주춤거릴 수밖에 없었는데, 만일 긴박하게 싸우던 중이었다면 큰 빈틈을 내보인 셈이 되었을 터다.

문사명을 보니 문사명의 검기도 희미하다. 장건과 고현의 내공을 쓰지 못하도록 만들면 자신도 제대로 쓸 수 없는 모양이었다.

고현이 숨을 고르면서 말했다.

"문 소협! 저 소저의 말처럼 그대가 유일하게 내공 어린 검을 쓸 수 있을지는 모르나 그만한 검기로는 마른 풀도 베기 힘들 것이오!"

"후후. 정말 그럴지 보겠소?"

문사명은 음산하게 웃으면서 검기를 강화한다.

파팟!

투명하게 사라져가던 검기가 환한 빛을 발하며 짙어졌다.

그러더니 갑자기 문사명을 향해 달려들었다.

매화점개(梅花漸開)!

부드러운 바람이 살랑거리면서 고현을 향해 날아들었다. 허공에 피어난 검기가 유영하는 바람을 따라 살포시 이동하며 고현의 전신 사혈을 노린다.

매화검법에는 고현도 조예가 있다. 화산에 존재하는 여덟 가지 매화검법 중 백삼십이 초식을 안다.

매화점개는 가벼운 검초라 위력적으로 보이지 않지만 점점 거세져서 후에는 다섯 개의 연계초식으로 이어진다. 초반에 대응하지 않으면 나중에는 감당하기가 어려워지는 위험한 수법이다.

고현은 매화점개와 상반되는 개방의 타구봉법을 검초에 응용해 휘둘렀다. 고아하게 들어오는 문사명의 검초를 너저분하게 보이는 검초로 상대한다. 문사명의 걸음마다 피어나는 검기의 꽃을 채 피기도 전에 무자비하게 때려잡는 단순한 검초였다. 하나 그 위력만은 대단해서 문사명이 피워내는 매화꽃의 검기는 족족 부서지고 있었다.

고현은 그 틈에 왼손에 은풍장을 준비해 문사명의 경혈을 노렸다.

한데 그때 문사명의 검세가 휙하니 사라지더니 고현의 내부 경락이 온통 뒤흔들렸다.

"컥!"

경락에 연결된 오장육부가 배배 꼬인 듯 고통스러웠다. 근육이 움츠러들고 몸이 생각대로 움직이지 않아 멈칫거리게 된다.

그 순간 문사명의 검지와 중지가 뻗어왔다. 고현의 왼쪽 눈이 그 일직선상에 있다.

고현은 화들짝 놀라서 철판교의 수법으로 몸을 뒤로 젖혔다.

찌익!

검기가 뻗어 나오는 속도는 번개보다 빠르다. 검기를 보기도 전에 피했는데 고현의 왼쪽 눈꺼풀 위를 두 치나 베고 검기가 지나갔다.

문사명이 고현의 다리를 걸고 옆구리를 걷어찼다.

퍽!

고현은 맞는 동시에 그 힘을 이용해 허공에 몸을 날렸다.

세 번이나 몸을 회전해서 뒤로 물러나 착지했다. 옆구리의 통증은 그대로였지만 다행히도 추가적인 공격은 벗어날 수 있었다.

"크흡."

눈은 상하지 않고 피부만 베였지만 피가 흘러 얼굴 반쪽이 온통 피범벅이었다.

문사명이 고현에게 경고했다.

"내 인내는 여기까지요. 더 이상 끼어들지 마시오."

"으음."

고현은 소매로 눈을 닦으며 낮은 신음소리를 냈다.

내공을 쓰지 못하게 하는 수법이라니!

여간 골치가 아픈 게 아니었다. 문사명이 자신만만한 이유가 있었던 것이다.

문사명이 거칠 것 없는 걸음으로 장건에게 다가갔다.

장건은 문사명을 보면서 검왕 남궁호의 제왕검형을 떠올렸다.

제왕검형은 주변을 장악하여 자신의 권역으로 만드는 무공이었다. 그가 퍼뜨리는 위기의 파편은 권역 내에서 통용되는 유일한 권력이었고 모든 사물이 검왕의 위기에 굴복하여 억눌렸다.

문사명의 제왕진검도 그와 비슷했다.

하지만 위력은 더 강해졌다.

제왕검형은 회오리를 일으켜 위기의 파편을 사방으로 날려 보내는 수법이었다. 한 번 발동하면 영역을 계속해서 확대해가기 때문에 거두기가 쉽지 않았다.

 그에 비해 문사명은 위기를 거미줄처럼 뻗었다. 때문에 그가 일으키는 권역이 검왕의 제왕검형보다 좁긴 하였으나 내보내고 거두어들이는 것을 아무 때고 자유자재로 조절할 수 있었다.

 더구나 위기의 특성상 내공이 더 깊은 자를 만나면 위기가 위축되어 제대로 된 위력이 발휘되지 못해야 하는데, 문사명은 자신보다 배나 내공이 깊은 장건과 고현의 내공 운용을 완전히 제압했다. 이전처럼 장건이 위기의 파편을 받아쳐서 파훼할 수가 없는 완벽한 무적의 권역이었다.

 그가 가진 공간은 그야말로 절대공간.

 장건은 난감해졌다.

 이러면 마음 놓고 내공을 운용할 수가 없었다.

 제왕진검을 사용하는 동안에는 문사명 본인도 내공을 제대로 쓰지 못한다지만, 그는 언제고 자신이 원하는 때에 절대공간을 열고 닫고를 결정할 수 있었다.

 만일 장건이 내공을 운용하고 있는 중에 그가 제왕진검을 발동해 절대공간을 열어버리면, 장건은 순간 경락이 꼬여 내상을 입고 허점을 보이고 말 것이다. 그러면 문사명은 절대공간을 닫고 빛살처럼 빠른 검기로 장건을 공격할 게 뻔했다.

'어쩌지?'

문사명이 검기를 뽑은 채 다가오는 걸 보면서 장건은 아직 대처 방법을 찾는 중이었다. 좀 전에 내공을 쓸 수 없게 되면서 점혈도 풀렸는지 다시금 목의 상처에서 피가 새기 시작한다.

장건은 다시 혈을 눌러 지혈했다. 흘린 피로 머리도 어지러웠다.

엄청난 내공을 얻어 희희낙락했던 것이 일장춘몽과도 같아서 쓴 웃음이 나왔다.

문사명이 갈피를 잡지 못하는 장건을 보면서 승리를 확신했는지, 입모양으로 중얼거렸다.

"죽어……."

장건은 그의 입을 보고 울컥 화가 났다.

"십 년을 다 버텼는데…… 내가, 내가 여기서 죽을 줄 알고?"

그동안 버텨온 세월이 아까워서라도 죽지 못할 것 같았다.

예전에 장건은 내공을 쓰지 못했던 때가 있었다. 하지만 그때에도 무공을 쓰지 못했던 건 아니었다.

장건은 크게 호승심이 치밀었다.

살기 위해 무공을 배웠듯 살기 위해 싸울 것이다.

집에서 기다리는 모친을 위해서라도.

  \*    \*    \*

한편, 원호는 상황이 좋지 않게 흘러가는 걸 보고 마음이 불안해졌다.

가뜩이나 옆에서 소왕무와 대팔이 쫑알거리는 탓도 있었다.

"방장 사백님! 이러다 건이 죽겠어요. 저기 피 좀 보세요!"

"이제 말려야 하는 거 아닙니까?"

보다 못한 나한승이 소왕무와 대팔을 원호에게서 떼어놓았다.

"이놈들아, 금분세수의 행사 도중에 그만두는 법이 어디 있단 말이냐."

소왕무와 대팔이 떼를 썼다.

"하지만 이거 정정당당하지도 않고 도리에도 안 맞는 거잖아요!"

"맞습니다! 처음부터 잘못된 건데 중간에 그만두면 좀 어떻습니까?"

참관객들이 다 지켜보고 듣고 있는 와중이라 나한승은 사람들의 눈치를 살피며 눈을 부라렸다.

"아니, 이놈들이?"

"방장니이임. 우리 건이 좀 살려주세요!"

"저 문사명이란 놈은 이기려고 하는 게 아니라 건이를 죽이려고 하잖습니까."

원호가 그런 둘을 보더니 조용히 물었다.

"건이가 스스로 한 선택이다. 너희들은 건이를 믿지 못하겠느냐?"

소왕무와 대팔이 우물거렸다.

"그건 아니지만……."

원호가 장건에게로 시선을 옮기며 둘을 타이르듯 말했다.

"그럼 지켜봐주어라. 건이의 눈빛이 포기한 것으로 보이진 않는구나."

소왕무와 대팔은 주먹을 꾹 쥐고 장건을 보았다.

원호의 말대로, 장건의 눈빛은 생생했다.

소왕무가 중얼거렸다.

"건이 임마, 죽으면 안 돼. 나중에 내가 좋은 데 데려가준다고 했으니까 그 약속을 지키게 해달라고."

소왕무는 나름대로 조용히 읊조린 말이었는데 그 말에 대팔이 '응?' 하고 소왕무를 쳐다보았다.

원호와 나한승들까지도 소왕무를 쳐다보았다.

소왕무는 가슴이 조마조마해져서는 급히 얼버무리기 위

해 소리쳤다.
"건아! 빨리 끝내고 우리 맛있는 거 먹으러 가자!"
어차피 장건은 완전히 집중하고 있어서 소왕무의 말을 들을 수 없었다.
하지만 원호는 속지 않았다. 소왕무를 노려보곤 말했다.
"나중에 방장실로 와라."
소왕무는 머리를 푹 숙였다. 풀이 죽어 쥐꼬리만 한 목소리로 '네…….' 하고 대답할 수밖에 없었다.
눈치 없는 대팔이 소왕무의 옆구리를 찌르며 속삭였다.
"야. 나도 끼워주라, 응?"

\* \* \*

문사명이 막 공격을 시작하려는 즈음이었다.
놀랍게도 이번엔 장건의 선공이었다. 장건이 빠르게 두 걸음 앞으로 다가오자 문사명은 제왕진검을 펼쳤다.
하지만 장건은 첫 걸음을 내딛은 후 벌써 내공을 흩어버린 후였다.
장건은 호흡이 무거워지는 걸 느끼긴 했으나 움직임에 제약을 받진 않았다.
문사명은 장건이 조금도 멈칫대지 않자 속았다는 걸 깨닫고 검결지를 쥐어 뻗었다. 검결지의 끝이 장건의 어깨 견

정혈을 향했다.

그때 장건의 손이 움직였다.

타탓, 빠르게 문사명의 팔꿈치를 치고 손목을 틀었다. 문사명이 아차 한 사이에 문사명의 팔은 고스란히 접혀 가슴에 얹혀 있었다. 장건의 특기인 이불 접는 용조수였다!

문사명은 가슴이 다 섬뜩해졌다. 중간에 놀라서 검기를 회수하지 않았다면 자신의 검기에 자신이 베일 뻔 했다.

"이, 이게!"

놀란 문사명이 내공을 끌어올려서 양 어깨로 보내면서 상체를 흔들었다. 혈도를 당해 팔이 접힌 줄 알고 해혈을 하려 한 것인데 의외로 손쉽게 내공이 어깨에서부터 손가락 끝까지 이어졌다. 점혈을 당하지 않은 상태였던 것이다.

문사명이 급하게 내공을 쓰면서 기의 유동이 생기자 장건이 기의 가닥을 뽑았다.

푸아앙!

동시에 발밑에서도 회오리가 일었다. 나선 경력을 이용한 장건의 금강권이다.

문사명은 장건에게서 일렁이는 기의 감각을 느끼자 어쩔 수 없이 제왕진검을 다시 발동했다.

강제로 내공의 운행이 금지되고 장건이 '큽' 하고 답답한 숨을 삼키자 문사명은 오른손 검결지로 장건의 명치를 짚으려 했다. 장건은 예상하고 있었기 때문에 용조수로 문사명의 손목을 꺾었다.

 하지만 그건 문사명이 의도한 허초였다. 오른손을 내주고 왼손으로 장건의 허리를 노렸다.

 장건이 금강부동신법으로 몸을 회전시켰다.

 피잉!

 날카로운 검기가 튀어나오며 장건의 허리를 베고 지나갔다. 옷자락이 베여 펄럭댔다. 문사명이 자유로워진 오른손을 꾹 말아쥐었다가 약지와 소지를 폈다.

 장건이 황급히 어깨를 틀자 지풍처럼 쏘아진 검기가 장건의 어깨와 팔뚝의 위아래로 스쳐갔다.

 장건이 옆으로 허리를 누인 상태에서 우장을 뻗었다.

 천리삼수!

 제갈영이 사용하는 금나수를 장건이 사용한 것이다. 문사명의 등허리나 명문혈을 쥐어 제압할 수 있는 수법이었다.

 하나 명문혈을 잡혀도 전문적으로 조법(爪法)을 단련한 것도 아니고 내공도 없이 큰 타격을 줄 순 없었다.

 문사명은 제왕진검을 발동하고 장건의 공격을 무시한 채 반격했다. 장건의 시야가 미치지 않는 사각에서 무릎으로 장건의 낭심을 걷어 올렸다.

 장건은 문사명의 근육 움직임을 보고 공격을 예측했다. 천리삼수의 방향을 바꿔서 문사명의 어깨를 밀며 문사명이 중심을 두고 선 중심다리의 발목 복숭아뼈를 찼다.

문사명이 중심을 잃고 휘청댔다. 문사명은 뒤로 엉덩방아를 찧기 직전에 아예 몸을 눕혀서 한 손을 짚고 뒤로 재주를 넘었다. 현란하게 한 바퀴를 돌아 중심을 잡아 서면서 손가락을 뻗어 장건을 향해 펼쳤다.

장건이 숨을 멈추고 급히 몸을 돌렸다. 목의 상처에서 피가 흐르고 있어 한순간 어질했다.

그 순간 문사명의 옆에서 고현이 나타나 문사명의 팔목을 잡았다.

고현은 내공을 쓰지 않고 악력만으로 문사명의 손목을 뒤틀었다.

우두둑.

팔이 꺾이면서 무릎이 꿇려지기 전, 문사명이 이를 악 물고 어깨를 털었다.

뚝!

스스로 강제 탈골을 시켜 팔이 자유로워지자 문사명은 다른 손을 뻗어 응조(鷹爪)로 손가락을 갈고리처럼 만든 후 고현의 허벅지를 움켜쥐었다. 고현이 잡힌 다리를 축으로 몸을 돌리며 뒷발로 문사명의 가슴을 걷어찼다.

후마각(後馬脚)!

찌직! 하고 옷이 찢기는 소리와 퍽! 소리가 동시에 울렸다. 문사명은 네 걸음이나 죽 밀려났다.

"크윽!"

고현의 다리 하의는 한 움큼 찢어져 있었고 문사명이 움켜쥐고 있는 천조각엔 검기가 삐죽이 솟아나와 있었다.

보기만 해도 모골이 송연하다. 자칫 다리에 구멍이 숭숭 뚫릴 뻔했다.

고현은 밀어낸 문사명을 향해 몸을 숙이고 달려들었다.

문사명은 가슴을 부여잡고 억지로 제왕진검을 발동시켰다. 고현이 문사명의 주위를 빙글빙글 돌며 사학팔보비권(蛇鶴八步秘拳)으로 공격했다.

손끝이나 발끝으로 급소만 골라 때리는 내공이 크게 필요하지 않은 권각법이었다. 날렵하게 몸을 일으켜 문사명의 목울대를 찍는가 하면 늑골을 뜯고 무릎을 타거나 발등을 밟는다.

탈골된 어깨를 아직 맞추지 못한 문사명으로서는 한 손으로 두 손을 당해야 하는 셈이라 쉽지 않았다. 그나마 고현이 내공을 제대로 운용하지 못하고 있었으므로 문사명은 순간순간 내공을 사용한 빠른 움직임으로 위기를 모면할 수 있었다.

그러자 고현도 눈치를 보곤 내공을 끌어올렸다. 그 순간을 놓치지 않고 문사명이 제왕진검을 발동했다.

"음!"

고현의 눈동자가 흔들리며 머뭇거리자 문사명은 망설임

없이 검결지를 고현의 어깨에 꽂아 넣었다.

푸욱.

고현의 어깨 뒤로 긴 검기가 꿰뚫고 튀어나왔다.

"으음."

지직 지직, 살 타는 소리가 매캐한 냄새를 피운다.

고현이 문사명의 손목을 뒤늦게 잡았지만 문사명은 고현을 비웃었다.

"멍청한……."

그런데 문사명을 내려다보는 고현의 눈빛이 차갑다. 어깨를 관통당하고 부상을 입은 이의 눈초리가 아니었다.

고현이 통증에 약간 미간을 찌푸리며 천천히 입을 열었다.

"귀하는 태상이 말한 것과 다르군."

"뭐, 뭣?"

"당대 최고의 두 스승에게 사사한 것 치고 부족하단 말이오. 태상이 찬사를 보낸 재능으로 제왕진검이라는 희대의 무공을 익히고도 고작 이 정도인 것이오?"

문사명의 눈이 시뻘개지면서 분노가 차올랐다.

"나를 능멸하려는가!"

문사명이 노호성을 지르면서 검기에 더욱 공력을 불어넣어 고현을 갈라버리려는데 고현이 문사명의 손목을 잡은 상태에서 내력을 밀어 넣었다. 그리고는 반대 손을 문사명의 관자놀이에 대었다. 고현의 장심에서 뿜어나온 내력이 문사명의 뇌를 뒤흔들었다.

강호에서 흔히 사용되는 장법인 백라장공(百羅掌攻).

죽을 정도는 아니었으나 문사명을 무력화시키기에는 충분했다.

"크억……."

문사명은 입에 거품을 물고 축 늘어졌.

"소협이 공력을 쓰면 나 또한 쓸 거라는 건 조금도 생각하지 못했소?"

고현은 얼굴을 가까이 대고 문사명의 눈을 들여다보았다.

"혼탁해. 태상의 그것과 같아."

걱정스러운 목소리였지만 문사명이 그것을 알 리 없었다.

"놓, 놓아라!"

"감정을 절제하지 못하며 비이성적이지. 무공의 성취는 뛰어나나 사리판단이 어딘가 뒤늦고……. 오성에 문제가 있는가?"

"으으, 놓지 않으면 죽여 버릴 테다."

고현은 고개를 끄덕거렸다.

"쉬고 있으시오. 나중에 긴 얘기를 해야 할 것이오."

고현이 문사명의 마혈을 짚었다. 이미 기운이 빠진 문사명은 몸이 빳빳하게 굳었다. 분노와 증오가 가득한 눈으로 고현을 노려보았으나 고현은 그를 무시했다.

참관객들은 문사명이 한 팔을 쓰지 못하는 사이 담대하게 승부를 건 고현의 수법에 감탄했다.

고현은 어깨를 가볍게 풀었다. 구멍이 나긴 했어도 일부러 급소를 피해 내어준 것이라 큰 지장은 없었다. 이 정도면 그래도 문사명을 쓰러뜨리는 대가를 최소로 치른 셈이었다.

고현은 장건과 마주 섰다.

"장 소협."

우우웅! 고현의 검에 청명한 기운이 어렸다.

"이제 승부를 봅시다."

장건은 마주 내공을 끌어올렸다. 피를 너무 흘려 오래 끌 생각이 없는 건 마찬가지였다.

"네."

고현과 장건이 서로 다가섰다.

고현은 한 모금의 진기까지 남김없이 끌어올려 그가 준비했던 마지막 한 수를 펼쳤다.

스르륵, 고현의 자세가 변했다. 분위기가 사뭇 부드럽게 돌변했다.

양팔을 내리고 몸을 뒤로 비스듬히 눕힌 채 한 발을 내밀어 앞꿈치로 가볍게 선 허보를 취한다. 얼핏 공격의 의도가 없는 듯 보이는 허점투성이의 묘한 자세였다.

지켜보던 이들이 '응?' 하고 의아하게 생각한 정도였다면 장건은 그야말로 경악할 정도로 놀랐다.

가슴을 답답하게 죄어 오는 이 느낌.

도저히 잊을 수가 없다.

'무량세!'

홍오에게서 처음 배웠던 바로 그 자세였다.

'무량세를 어떻게 이 아저씨가……!'

고현의 모습에 홍오의 모습이 겹친다. 이것은 부인할 수 없는 홍오의 독문 무공이다.

홍오는 천하의 모든 무공을 쓰기 위해 이 무량세를 만들었다고 했다.

그의 장대한 포부가 고현을 통해 세상에 첫 선을 보이고 있다.

'대사님…….'

장건의 눈빛이 흔들리는 걸 본 고현은 역시 태상과 장건의 관계가 심상치 않다는 걸 깨달았다.

'그래서 나는! 나는 더욱 더 장 소협을 거꾸러뜨리고 싶은 것이오. 태상은 나를 이용하고 싶었을지 모르나 나는 그대의 가르침으로써 그대가 아끼는 장 소협을 뛰어넘고 말 것이오!'

고현은 장건을 향해 검을 뻗었다.

'천룡검문의 독문 무공과 태상의 무량무해로!'

고현은 이미 무량무해의 깨달음을 얻어 수많은 무공들을 함께 펼쳐낼 수 있었다. 굳이 무량세의 자세를 취할 필요가 없었다.

그러나 이것은 일종의 의식 같은 것이다. 태상에게서 사사한 무량세를 세상에, 장건에게 알리는 의식이다. 하여 거기에는 천룡검문의 무공만이 운용된다. 신성한 의식에 타 문파 무공의 묘리를 사용하지 않기로 한다.

그렇게 천하의 무공을 자유로이 사용할 수 있는 무량세가 천룡검문의 독문 무공과 합해지면서 고현만의 무량세가 탄생했다. 고현은 태상이 바랐던 바와 달리 무량세를 이용하여 천룡검문의 모든 무공을 언제 어떤 순간에라도 합치고 나누고 쪼개서 사용할 수 있게 되었다.

그의 심득을 이제야말로 제대로 펼쳐 보일 순간이다.

촤아악!

장건을 향해 쭉 뻗은 고현의 검이 세 번의 변화를 일으키며 뒤집혔다.

천룡검문의 탄지무공인 여의지공(如意指攻)이 변화 중에 사용되었다.

찌익, 찌이익.

비단을 마구잡이로 찢는 듯한 소리가 나며 검면을 타고 지풍이 튀어나간다.

장건은 안법을 써서 지풍의 궤도를 볼 수 있었다. 보법을 밟으며 기의 가닥으로 여의지공에 대응했다.

 퍼펑! 퍼퍼펑!

 허공에서 기의 가닥과 여의지공의 탄지기공이 부딪쳐 연신 폭음이 울렸다.

 장건은 남는 기의 가닥으로 고현을 공격했다. 고현은 기의 움직임을 느끼고 호신기로 방어했다.

 허공에서 다시금 펑펑 소리가 나며 고현의 옷자락이 휘날렸다. 고현이 천공부퇴번신으로 몸을 눕혀 검초를 전개하며 장건을 몰아세웠다.

 찌익 찍!

 초식을 펼치는 도중에도 계속해서 여의지공이 사방으로 쏘아진다. 장건은 기의 가닥으로 여의지공을 막으면서 고현의 검을 피했다.

 고현이 여의지공을 쓰면서 검기와 검강을 동시에 뿜어냈다. 검기로는 승룡개천의 초식을 펼치고 검강으로는 포검망월을 운용한다. 검기가 펼쳐지는 궤도와 전혀 다르게 반대 방향으로 검강이 튀어나왔다.

 지풍과 검기와 검강이 검 하나에 공존하여 따로 움직인다. 문사명이 검기마다 각기 초식을 사용하는 것과는 사뭇 다르게 고현은 하나의 초식으로 세 가지의 효과를 동시에 내고 있었다.

장건은 고현을 공격할 수 있는 빈틈을 찾으려 했으나 기회가 오지 않았다. 눈앞에서 수십 개의 암기를 동시에 날린 것처럼 정신이 없었다.

장건은 흐릿한 잔상을 남기며 최고의 속도로 신법을 전개해 좌우로 움직였다.

장건의 보법이 워낙 기가 막혀서 고현의 공격은 툭툭 흐름이 끊겨야 마땅했다. 하지만 고현은 무량세를 운용함으로써 어떤 순간에도 초식의 흐름이 끊기지 않았다.

승룡개천에서 눈 깜짝할 사이에 붕검탄비요격으로 초식을 바꿔 운용하는데 돌연 그 끝에서 노도와 같은 기운이 터져 나왔다.

기운이 좌우로 갈라지는데 한쪽은 천룡강림의 장력이고 다른 쪽은 천룡현신(天龍現身)의 강기였다. 두 개의 기운이 광풍처럼 몰아쳐서 하나의 공력을 더 생성하는데 붕검탄비요격의 충이었다. 천룡강림과 천룡현신의 기운을 머금은 충의 검강이 장건을 분쇄시킬 듯 쏟아진다.

콰아아—.

거대한 기의 파도가 장건을 뒤덮었다.

파도가 지나가는 동안 걸리는 돌멩이나 바닥의 물체들이 낙엽처럼 바스러진다.

충의 검강이 파도의 본체이고 파도가 만들어내는 물보라는 붕검탄비요격 쇄의 검기로 화했다. 쇄의 검기가 장건을 마구 난도질할 듯 튀어나온다.

고현의 가공할 무위에 참관객들이나 최고수들조차 혀를 내둘렀다.

"엄청나군!"

"저 공력이면 산도 뒤엎을 수 있겠어!"

게다가 하나도 아닌 최상승의 무공들을 마음대로 조합하고 분리하여 사용하는 건 보고도 믿기지 않는 광경이었다. 설사 최고수들이라 할지라도 저 복잡하게 얽힌 가공할 공격은 도무지 막아내기가 어려울 터였다.

"저것이 진정한 본신의 무공인가?"

최고수들은 연신 감탄하면서도 그리 좋은 표정을 지을 수는 없었다.

이런 실력과 고강한 독문 무공을 지녔으면서 타 문파의 무공을 모방한 듯한 유사 초식들을 사용했던 이유를 알 수가 없었다.

그것은 마치 '너희 문파들의 무공을 난 더 잘 펼칠 수 있다. 그런 조잡한 무공들 따위 내겐 그리 대단하지 않다'고 역설적으로 강변하는 듯하였다.

"만일 오늘의 대결에서 이긴다 하더라도 두고두고 말이 나올 걸세."

"그렇겠지."

중소 문파 무인들의 절대적 지지를 받는 고현을 당장의

의혹만으로 섣불리 추궁할 수는 없을 것이다. 하나 그가 권력의 중심에 선 순간부터 그것은 그를 끌어내리려는 세력들에 의해 커다란 빌미가 될 터였다.

마치 소림사를 단번에 늪으로 끌어당긴 홍오의 사건처럼…….

"그 망할 친구가 떠오르는군."

최고수들은 인상을 쓰며 씁쓸한 미소를 지었다. 그리 생각하고 싶지 않은 홍오의 모습이 고현 때문에 떠오르고 만 탓이었다.

"하나 어쨌든 그것도 저자가 건이를 이긴 후의 얘길세."

"흠."

최고수들은 다시 대결에 집중했다.

지금 고현이 보이는 가공할 공력은 그가 무림맹주로 손꼽히기에 무위 면에서는 부족함이 없다는 걸 보이는 한 수였다.

한데 그에 상대하는 장건의 대응은 어딘가 이상하다.

참관객들이 의아해했다.

"뭐하는 짓이지?"

장건의 옷이 팽팽히 부풀어 오르고 나선형의 회오리바람이 피어오른다. 최대로 공력을 끌어올린 것이다.

그래놓고 하는 건 뭔가 이상한 엉거주춤이었다. 엉거주춤, 마보의 자세를 할까 말까 하는데 자꾸 움찔움찔거리는 게 뒷간이라도 가려는 듯한 투다.

도대체가 지금은 그럴 상황이 아니지 않은가!

고현이 장건의 뼛조각 하나 남기지 않을 기세로 공력을 퍼붓고 있는데!

참관객들은 장건이 피를 너무 흘려서 정신이 온전하지 못한 중이라고 생각했다. 일부는 대결을 중지시켜야 하지 않느냐고까지 외치고 있었다.

하지만 최근에 장건의 수련을 도운 최고수들은 장건이 무엇을 하고 있는지 알았다.

기수식이었다.

물론 말은 기수식이지만 장건으로서는 힘을 모으는 동작 중인 것이다.

"정면으로 부딪칠 셈이로군."

최고수 육망지의 말에 대결을 멈춰야 한다던 참관객들이 입을 다물고 의아한 눈으로 육망지를 쳐다보았다.

"저게 어디가 정면으로 부딪칠……."

딸그락.

데굴데굴.

참관객들은 갑자기 들려온 이상한 소음에 기묘한 기분이 들어 바닥을 보았다.

자그마한 돌멩이들이 스스로 구르고 있었다. 아니, 굴러가고 있었다. 흙먼지까지 돌멩이와 함께 장건을 향해서 굴러간다.

데구르르!

그들은 섬뜩한 기분에 놀라 고개를 돌렸다.

훅!

장내의 공기가 모두 장건이 서 있는 한 점으로 빨려 들어간다.

"크윽!"

참관객들이 급하게 숨을 들이쉬며 저마다 내공을 끌어올려 기류에 대항했다. 옷이며 머리카락이며 바람이라도 부는 것처럼 마구 휘날렸다.

드드드드.

바닥이 흔들리고 어깨가 무겁게 짓눌렸다. 장건이 그러모은 내공이 워낙 거대하여 주변의 사물들이 저절로 당겨지고 있는 것이었다.

장건은 고현의 일 초식 사이에 열 가지도 넘는 초식이 파편으로 산재해서 펼쳐지고 있음을 보았다. 보법을 밟아 피하면 거기에 걸맞은 검초가 튀어나올 테고, 신법으로 유리한 지점을 찾으려 하면 또 거기에 맞는 검초가 튀어나올 게 분명했다.

장건이 어떤 무공을 사용하든 고현의 파상적인 공세는 멈추거나 줄어들 리가 없다.

애초에 무량세가 그런 목적으로 만들어진 것이니까!

그걸 알기에 장건은 정면승부를 선택했다.

장건은 왼발과 오른발에서 일으킨 나선의 경력을 우권에 모았다. 평상시였다면 여기에서 멈추고 금강권 이중첩의 권을 사용했겠지만 오늘은 한 번 더 경력을 끌어내었다.

허리의 대맥에서 유통되는 내공을 잔뜩 비틀어 총 세 개의 나선 경력을 만들어 낸 것이다.

전신 근육이 배배 꼬이며 엄청난 힘이 응축되었다.

"끄으응……!"

장건은 간만에 찾아오는 고통에 신음소리를 내며 이를 악물었다. 빨래의 물기를 짜는 것처럼 뒤틀린 전신 근육들이 금방이라도 파열될 것만 같았다.

더 이상 힘을 모으는 것이 불가능하다 싶은 순간 장건은 주먹을 뻗었다.

고삐가 풀린 금강권의 경력이 눈 깜짝할 사이에 쏘아졌다.

푸— 아— 앙—!

금강권 삼중첩!

장건의 몸에서 일어난 소용돌이가 반경 오 장까지 거센 바람을 일으켜냈다. 장건에게로 당겨지던 작은 사물들이 소용돌이에 휩쓸렸다가 튕겨나갔다.

참관객들은 거센 풍압에 잔뜩 내공을 끌어올린 채 손으로 얼굴을 가렸다. 하지만 시선만큼은 장건과 고현에게서 떨어지지 않는다.

 꿀꺽.

 누구랄 것도 없이 모두가 마른침을 삼켰다.

 고현의 공력도 입이 다물어지지 않을 정도의 수준인데 장건은 더했다.

 고현이 장건을 이길 수 있을까?

 참관객들이 그렇게 생각한 순간 장건의 주먹이 벌써 뻗어 있었다. 언제 주먹을 내질렀는지도 모를 정도였다.

 한데 주먹의 위치가 이상했다. 고현의 팔꿈치에서 조금 엇나간 방향이었다.

 저렇게 무지막지한 위력을 품고서 헛친다고?

 참관객들은 납득하기 어려운 표정을 지었다. 하나 곧 그들의 머리에 강호 무림을 뒤집어놓았던 한 마디가 떠올랐다.

　　그건 빗나갔잖아!

 소림사를 폐문의 위기에서 구해냄과 동시에 당시 수많은 이들을 경악케 만들었던 최고의 유행어였다.

 강호 역사상 최고의 언어도단(言語道斷)으로 손꼽히며 원호를 당당히 기피대상 일순위에 올려놓았던 한 마디.

 정말 빗나갔느냐 하면, 당연히 아니었다.

권이 빗나갔는데 하늘과 땅이 쪼개지는 소리가 나고 아래로 뛰어내리던 사람이 다시 위로 돌아가 지붕 위에 소담스럽게 널려지고, 폭발의 영향으로 수백 명이 주저앉아 이명으로 인한 통증을 호소했을 리가 없지 않은가!

제대로 맞은 건 확실하다. 다만 저 권초가 원래 안 맞고 빗나간 듯 보이는 형태라고 생각될 수밖에.

고현은 심호흡을 했다.

전에도 저 수법에 당한 적이 있다. 뒤는 없다. 지금의 이 한 수가 그의 최선이었다.

우르르릉!

천지를 뒤흔드는 굉음과 함께 고현의 공력과 장건의 공력이 충돌했다.

유형화된 공력이 산화하여 물안개처럼 오색빛깔을 빛내곤 흩어진다.

놀랍게도, 산마저 뒤엎을 수 있을 것 같다던 고현의 공력은 장건의 금강권에 밀리고 있었다.

검강에서 분화된 붕검탄비요격 쇄의 검기는 장건의 금강권이 내뿜는 기세에 휘말려 사그라지고, 충의 검강은 석영(石英)의 육방정계(六方晶系) 모양으로 빛의 산란을 피워내며 천천히 부서지고 있다.

우르릉!

장건의 금강권이 고현의 검초를, 기의 파도를 차례차례

부수면서 뚫고 들어간다.

고현은 한 줌의 진기까지 모두 끌어내 벽을 쳤다. 덕분에 장건의 금강권도 빠르게 나아가지는 못하고 있었다.

장건의 내공이 고현보다도 우위에 있었기에 고현은 전력을 다해야만 했다. 얼굴에서 피와 땀이 범벅되어 뚝뚝 떨어졌다.

참관객들은 아무런 소리도 내지 않고 둘의 대결을 지켜보았다.

건곤일척의 승부였지만 장건의 우세는 확실했다.

고현은 장건의 금강권에 가닥가닥 부서지는 자신의 공세를 보면서 쓴 미소를 지었다.

'대단하군.'

장건의 금강권은 얼핏 단순히 주먹만을 뻗은 일권으로 보인다. 하지만 무식하게 힘으로 밀어붙이는 것도 아니고 그 안에는 그동안 장건이 체득한 수많은 무학의 묘리가 담겨 있다.

기운을 더하는 일기가성의 묘를 안으로 갈무리해서 품었고, 금강부동으로 진각의 공력을 내부에서 일으켜 유원반배와 태극경을 이용해서 주먹까지 완벽하게 전달했다. 근육들이 수축되고 뻗으며 발생하는 근력(筋力)을 건신동공의 미세근육조종을 통해 더욱 강하게 배가시켰고, 그렇게 만들어진 나선형의 금강권 외가발경 공력에는 전사경의 내공

회전력을 더해 침투경을 발생시켰다. 양발에서 따로따로 발생시킨 침투경은 역근경의 지식법(止息法)을 이용해서 응축시킨다. 이 모든 기운을 삼첨상조의 자세에서 만들어내는데 마지막에 응축된 기운을 백보신권의 원리로 발출하여 위기를 타격한다.

장건의 금강권은 총 이백칠십구 번의 촌식으로 이루어져 있으니, 실제로는 이백칠십구 번의 묘리가 사용된 것과 마찬가지였다. 이백칠십구 가지의 무공을 단 하나의 초식에 넣은 셈이다.

이미 승부는 난 것이나 다름이 없었다.

언젠가 무량세를 더욱 갈고 닦으면 고현도 장건처럼 할 수 있을지 모르나 지금은 아니다.

단 하나의 권.

그야말로 무학의 정수라 부를 수 있는 장건의 일권.

어쩌면 이것이 태상이 그토록 바랐던 궁극에 가장 가까운 일권인지도 몰랐다.

'나의 패배다.'

고현은 깨끗이 인정했다.

곧 장건의 주먹이 고현의 위기를 직격했다.

**쩌어억!**

고현의 위기가 금방이라도 깨어질 듯 금이 갔다. 고현은 전신이 쪼개지고 뇌가 뒤흔들리는 충격을 받았다. 추위 속에 발가벗고 선 듯 오랜만에 추위를 느끼고 위축되기까지 했다.

그런데 그때.

고현의 눈이 크게 떠졌다.

그건 장건 때문이 아니었다. 혈도를 찍어 움직이지 못하게 했던 문사명이 장건의 뒤에서 나타난 걸 본 탓이다.

'어떻게?'

고현을 점혈했던 수법은 천룡검문의 독문 점혈법이라 스스로 해혈이 불가능했다.

장건도 고현에게 공격을 적중시키고 '끝났다!' 생각한 순간 스산한 살기를 느꼈다.

'앗!'

문사명에게서는 대단한 기운이 느껴지지 않는다. 하지만 장건은 잘 알고 있었다. 문사명의 제왕진검이 지금의 상황에서 굉장히 위협적인 요인이라는걸.

고현의 공력은 대부분 장건에 의해 해소되어 거의 남아 있지 않지만 장건은 여전히 막대한 내공을 운용하고 있는 중이다. 이때 문사명이 제왕진검을 발동해버리면 운공 중이던 내공이 강제로 취소되어 장건은 단전과 경락에 심각한 손상을 입고 만다.

반대로 문사명에게는 가장 좋은 기회.

문사명은 검기가 없는 검결지를 쥐어 장건의 목 뒤 연수를 향한 채 살기 어린 목소리로 외쳤다.

"죽어!"

그 순간 시간이 느릿하게 흘러가는 듯했다.

장건의 귓가에 문사명의 목소리가 메아리처럼 느릿하게 들려온다.

장건은 힐끗 시선을 돌려 문사명의 위기에서부터 뻗어나오는 거미줄 같은 진기의 실타래들을 보았다. 끈끈하고 촘촘하여 도무지 피할 수 없는 그물이다. 그물이 닿으면 그물이 침범한 경락에서부터 내공이 강제로 역행하고 만다.

동시에 문사명의 검지와 중지에서 자그마한 빛이 발생했다. 검지와 중지의 지첨에서 발생한 빛이 튀어나오며 하나로 합쳐져 밝은 광휘를 내더니 순식간에 길게 뿜어진다. 느릿한 시간의 흐름 속에서도 엄청난 속도로 자라나는 검기다.

장건의 뒷골을 꿰뚫어 즉사시킬 수 있는 살초였다.

제왕진검을 발동시킨 상태에서 온 힘을 다해 고도로 정제된 매화검기를 뿜어내는 문사명이다.

그도 전력으로 승부를 걸고 있는 것이다!

장건이 찰나에 공력을 흩어버린다 해도 신법을 펼치기 어려우니 매화검기에 의해 머리에 구멍이 날 테고, 공력을 흩어버리지 않으면 내상의 충격으로 움직이지 못하고 구멍이 뚫릴 터.

이렇게 되면 장건도 맞공격뿐이다.

'하지만 왼손 금강권은 늦어!'

우권으로는 고현을 공격하는 중이고 좌권은 자유롭다. 하지만 좌권을 돌려 뻗는 것보다 쏘아지는 검기와 제왕진검의 확산이 더 빠르다.

사면초가의 상황에서도 장건은 살아야 한다는 의지를 불태웠다. 장건의 사고능력은 극도의 집중력을 발휘했고 심생종기는 최대에 도달했다.

장건은 금강권을 유지하는 가운데 등에서 기의 가닥을 뽑아냈다. 장건의 단전 배꼽을 기준하여 우측의 경락을 도는 내공은 금강권을 펼치고 있는 우권으로, 남은 내공은 남김없이 등에서 뽑아낸 기의 가닥으로 향했다.

구백 번의 생멸이 일어나는 시간, 찰나생멸(刹那生滅)!

찰나의 시간을 구백 개로 쪼갠 그 일기생멸(一期生滅)의 시간, 찰나보다도 더 한없이 무(無)에 가까운 그 시간 동안에 장건의 내공은 심생종기를 따라 모든 이동을 마쳤다.

그리고 섬절의 묘리를 이용하여 내공을 남김없이 쏟아냈다. 장풍보다도 더 폭발적으로 장건의 내공이 폭사하며 튀어나간다.

당가의 가장 빠른 암기술인 섬절이 장건의 내공을 담고

날아가 문사명이 찌른 검기와 교차했다.

**쩡!**

얼핏, 한 번인 듯한 파열음.
하지만 울림 속에서 미약하게 느껴지는 두 번째의 파열음은 그 순간 분명히 두 번의 타격이 있었다는 걸 알려주었다.
그리고 이내 장건의 앞쪽에선 고현이 튕겨져 나가고, 등 뒤로는 문사명이 날려졌다.
구웅!
거대한 기의 울림이 전율과 함께 장내를 훑었다.
소림사의 승려들과 초고수들, 그리고 참관객들은 드디어 강호 무림의 장래가 걸린 싸움의 결과를 목도하였다.
"고 문주가 패배했어!"
장건의 압도적인 무력이 온 천하에 드러났다. 한 명도 아니고 둘을 상대로, 그것도 제왕진검과 무량세라는 절세의 무공을 상대로!
이제 장건은 누구도 부정할 수 없는 당대 최고의 고수였다.
약관도 채 되지 않은 나이.
모든 이들의 말문을 막히게 하는 대사건이었다.

쿠당탕탕!

고현과 문사명은 거의 동시에 바닥을 굴렀다.

휘이이잉.

뒤늦은 회오리바람이 장건을 중심으로 사방에 퍼져나갔다.

장건은 한동안 주먹을 든 채 서 있다가 천천히 팔을 내렸다. 모든 내공을 쏟아버린 장건은 완전히 지쳐버렸다.

"후우……."

몇몇 군데 근육이 찢어졌는지 엄청나게 아프고 쑤셨지만 뼈가 다 부러지고 탈골됐던 예전에 비하면 거의 다친 데가 없는 거나 마찬가지였다.

전신에 땀이 배이기 시작하고 목의 상처에서도 피가 다시 흘렀다. 다리가 후들거려서 서 있기도 힘들 지경이었다.

하지만 말할 수 없이 상쾌한 기분이 들었다. 그것은 내공을 주천시키면서 느끼는 황홀감하고는 또 다른 느낌이었다.

채우는 게 아니라 비우는 데에서 느낄 수 있는 쾌감.

전력을 다하고 힘을 소진했을 때에만 느낄 수 있는 만족감.

그런 것들이다.

장건은 제자리에서 눈을 감고 크게 심호흡을 했다.

"이제…… 끝났어."

강호에서의 모든 의무가 끝났다.

이젠 개운한 마음으로 집에 돌아갈 수 있다…….

이루 말할 수 없이 허탈한 마음과 반가운 마음이 동시에 들고 괜히 울컥 눈시울도 붉어진다.

누군가가 지금 장건이 가장 하고 싶은 일이 무엇이냐 묻는다면, 아마도 장건은 그냥 빨리 집으로 돌아가고 싶다고 말할 터였다.

"으으음."

고현이 신음소리를 내며 정신을 차렸다.

위기가 크게 상했지만 마지막 순간에 장건이 힘을 나눈 탓에 완전히 깨지진 않았다.

일전의 해변소에서와 마찬가지로 이번에도 몸 전체에 금이 간 듯한 감각 외에 문사명과 싸우며 입은 상처나 약간의 내상 말고는 크게 다친 데도 없었다.

나가떨어지면서 긁히거나 부딪친 상처 정도였다. 운기요상을 할 필요도 없을 지경이었다. 내공도 대부분 소진해 단전이 휑할 지경이었으나 그거야 당분간 쉬면서 운기조식으로 채울 수 있는 부분이었다.

다만 더 싸우고 싶은 마음이 남아 있지 않았다. 몸은 멀쩡하지만 더 싸울 수가 없는 기묘한 상태였다.

한 번도 아니고 두 번째.

'이제 세 번째의 기회는 없는가……?'

고현은 망연히 하늘을 바라보고 있다가 기운을 쥐어짜 이를 악물고 일어섰다.

백 쌍이 넘는 눈이 고현을 주목하고 있었다.

고현은 자신이 해야 할 일을 잘 알았다.

천천히, 정중하지만 결코 초라하지 않은 모습으로 장건을 향해 포권했다.

차마 입이 떨어지지 않아 말은 조금 뒤늦게 나왔다.

"패배를…… 인정하겠소."

하지만 참관객들은 미묘한 표정을 지을 수밖에 없었다.

장건은 막 무림을 은퇴하려던 중이었다. 최고의 고수가 되자마자 은퇴해버리니 강호 무림의 후일이 애매해진 것이다.

"그럼 무림맹주는 누가 되어야 하지?"

그렇다고 고현에게 진 백리도일검이 맹주가 될 순 없지 않은가?

제3장

대난투

 장건이 이김으로써 더 복잡해진 상황을 맞이한 강호무림이었다.

 하나 상황이 복잡해졌더라도 그것이 그리 나쁜 일만은 아니었다. 만인지상(萬人之上)의 무림맹주 자리가 공석으로 남아있는 이상, 수많은 고수들은 경쟁을 마다하지 않을 터였다. 그리고 역설적으로 그 상황이 강호무림을 더욱 활기차게 만들어줄 것이다.

 우내십존이 실질적으로 강호의 위계를 지배하고 있던 수십 년 간, 상위 계층으로 비집고 올라갈 여지는 완전히 차단되어 있었다. 그때에 강호 무림이 얼마나 지독하게 정체되어 있었는지 사람들은 잘 알았다.

한때는 비주류인 고현이 그런 구도를 타파해 줄 수 있을까 기대감을 가지기도 하였으나, 그가 실패했다고 해서 다른 이들의 기회까지 날아간 건 아니었다.

 혹자는 끊임없이 싹이 피어나고 낙엽이 지듯 장강의 뒷물결이 앞물결을 밀어내는 역동적인 생명력이 강호의 참모습이라 하였다.

 사람들은 다가올 세대에 바로 그런 역동성을 기대하고 있었다. 그래서 고현의 패배를 너무 비통해 하지도 않았고 장건의 승리를 섭섭해 하지도 않았다.

 다만 남들처럼 속편하게 생각할 수 없는 이도 있었다.

 바로 문사명이었다.

 "크윽……, 아직! 아직 끝나지 않았…… 다."

 들려온 목소리에 참관객들이 돌아보니 처참한 몰골이 된 문사명이 시뻘겋게 붉어진 눈으로 비척대며 일어서려 하고 있었다. 문사명은 위기가 거의 박살이 났을 텐데도 아직 살기를 잠재우지 못했다.

 "끝나지 않았다고!"

 문사명의 비통한 외침에 원호가 고개를 저었다.

 "아니. 끝났네."

 원호가 나한들에게 명했다.

 "문 소협을 부축하여라."

 나한들이 문사명에게 다가갔다.

"크으으……, 비켜! 저리 비켜!"

하지만 문사명은 기운이 없어 무릎을 꿇었다.

초인적인 인내로 버티고 있긴 하였으나 그건 오롯한 그의 의지는 아니었다. 장건이 제왕진검보다 더 빠른 무공을 가졌으니 이길 수 없다는 걸 알면서도 머릿속에서는 패배를 받아들이지 못하고 있었다.

문사명은 분함과 무력함에 눈물까지 떨구었다. 남궁지가 그런 문사명에게 다가가 조용히 안아주었다.

참관객들은 과할 정도로 장건에게 집착하는 문사명이 불쌍해 보였다. 몇몇은 안타까워 쯧쯧하고 혀를 찼다.

심마에 들었다는 건 누가 봐도 확연하다. 다만, 검성의 총애를 받던 유망한 후기지수가 무슨 연유로 심마에 들어 저 모양으로 망가졌는가가 의아할 뿐이다.

어차피 제대로 서 있지도 못할 정도인데 더 이상의 대결이 무슨 의미가 있겠는가.

원호는 잠시 문사명을 바라보다가 고개를 절레절레 저었다.

장건을 쳐다보니 장건은 조금 멍한 채로 서 있다.

원호가 가까이 다가가서 장건의 머리에 손을 올렸다. 장건은 그제야 정신이 들어 원호를 보았다.

"방장 사백님."

"그래."

원호가 천천히 장건의 머리를 쓰다듬었다. 장건의 떨림이 손바닥에서 느껴져 온다.

장건은 넋이 나간 사람처럼 원호를 보며 물었다.

"이제 정말 다 된 거죠. 저…… 집에 갈 수 있는 거죠?"

장건은 자신의 손을 내려다보았다. 손도 살짝 떨리고 있다.

"그런데 왜 실감이 나지 않을까요."

원호는 바로 대답을 하지 못하였다.

"그건 아마도……."

뒷말을 흐리는데 문득 가슴이 뜨끈해져온다.

원호도 사실은 장건과 마찬가지로 실감이 나지 않았다.

정말로 이것으로 끝인가? 하고 몇 번을 혼자 자문하게 된다.

과연 장건을 보내고 나면 더 이상 그런 일들은 일어나지 않게 될까?

우내십존과 홍오의 일부터 시작하여 벌어진 수많은 괴사(怪事)들. 소림사를 통째로 들었다 놨다 했던 큼직큼직한 사건사고들.

원 자 배와 굉 자 배의 갈등으로 촉발된 그 일들의 이면에는 사실 수십 년간 억눌려 있던 강호무림의 욕망이 숨겨져 있었다.

어마어마한 시대의 격랑(激浪), 누구라도 버텨내기 힘들었을 그 중심에서 장건은 꿋꿋하게 버텨온 것이다.

원호의 입장에선 꽤나 고통스러운 적도 많았으나 그래도 참으로 잘해주었다는 생각이 든다.

원호 자신이었다 하더라도 지금의 장건만큼 잘 할 수는 없었을 터였다.

원호는 아직도 몽롱한 눈을 하고 있는 장건을 보고는 웃었다.

"그건 아마도 말이다. 네가 아직 집에 돌아갈 마음의 준비가 안 되어서일 게다."

한순간 몽롱함에서 깨어난 장건의 놀란 눈이 동그래졌다.

"네?"

원호가 짐짓 목소리를 엄히 하여 말했다.

"남은 의식을 치르고 나면 준비가 끝날 거야. 그렇지 않으냐?"

놀랐던 장건의 표정이 가라앉고 입가에는 서서히 웃음이 맺혔다.

"예. 방장 사백님 말씀이 맞아요. 그러면 집에 갈 마음의 준비가 끝날 거 같아요."

원호는 부드러운 눈빛으로 고개를 끄덕였다.

"오냐. 그럼 어서 마치고 오거라."

"예."

장건은 심호흡을 했다.

정말로 끝인지 스스로도 믿기지 않았지만, 어쨌든 지금은 나머지 의식을 진행해야 할 때였다.

이제 금대야에 피 묻은 손을 세 번 씻고 다시 천지신명께 술을 올리며 세 번 절을 하면 개회제삼천의 금분세수식도, 소림사에서의 생활도 모두가 끝나는 것이다.

나한들이 엉망이 된 제단을 정리하고 있었다. 금대야를 준비하고 꺼진 촛불을 켠다. 장건이 입을 두루마기처럼 긴 예식용 도포(道袍)도 가져왔다.

장건은 한 걸음 한 걸음, 붉은 융단 위에 놓인 금대야를 향해 걸어갔다. 몇 걸음 되지도 않는데 그렇게 멀어 보일 수가 없었다.

제단에는 허리까지 올라오는 낮은 탁자가 있고 그 위의 금대야에는 깨끗한 정화수(井華水)가 담겨 있었다.

장건은 나한이 건네준 새 도포를 웃옷 위에 걸치고 소매를 걷어 올렸다.

그런데 막 손을 씻으려는 순간.

장건은 쭈뼛 소름이 돋았다.

등 뒤에서 공력이 느껴졌다.

'설마 또!'

장건은 얼마 남지 않은 힘을 다해 옆으로 돌았다.

한 줄기 투명한 백색의 줄기가 장건을 스쳐 지나갔다.

백색의 줄기는 정확하게 금대야를 맞추었는데, 그러자 금대야에 기이한 일이 생겨났다.

금대야의 표면에 하얀 서리가 맺히더니 정화수가 얼어붙기 시작한 것이다.

치지직.

김까지 피어나며 꽁꽁 얼어버린 금대야를 보며 장건은 기가 막혔다.

이러면 손을 씻을 수가 없게 되지 않은가!

원호와 소림사의 승려들도 당황했다.

"아니?"

"이게 무슨!"

장건은 뒤를 돌아보았다.

첫날부터 와 있던 면사인과 중년인이 눈에 들어온다. 중년인이 손가락을 구부린 채 손바닥을 보이고 있는데 소매 주위에 하얗게 서리가 앉아 있었다. 그가 냉기의 장력을 발출한 게 확실했다.

모든 이들의 시선이 두 사람에게 쏠리자 두 사람의 근처에 있던 참관객들이 불안함을 느끼고 슬슬 비켜섰다.

장건은 어이가 없어 중년인을 쳐다보았다.

한데 중년인도 장건을 가만히 노려보기만 할 뿐 별 말을 하지 않는다.

원읍이 장건을 제지하며 앞으로 나아갔다.

"나무아미타불. 혹 시주께서는 행사의 진행에 마땅찮은 점이 있으십니까?"

중년인은 대답을 않았다. 대신 원읍이 다가오자 일장을 뻗었을 뿐이었다.

훅! 냉기가 어린 시퍼런 바람이 불었다.

원읍이 기겁하여 호신기를 끌어 올렸다. 쌍장을 뻗어 중년인의 장력을 해소시키려 했다.

중년인의 일장은 원읍의 쌍장을 순식간에 짓누르고 아무렇지 않게 원읍의 호신기까지 뚫었다.

퍽.

원읍의 어깨가 새하얗게 얼어붙었다.

"큭!"

원읍은 신음을 토하며 뒤로 몇 걸음이나 밀려났다. 삽시간에 얼굴이 창백하게 질리고 자줏빛이 된 입술에서 핏물이 배어나왔다.

"사제!"

원호가 몸을 날려 원읍을 받으며 급히 원읍의 명문혈에 양강의 내공을 불어넣었다.

원읍의 안색에 혈색이 조금 돌아왔다. 조금만 늦었어도 오장육부가 얼어붙어 목숨을 잃을 뻔했다.

명백한 살수를 쓴 것이다.

참관객들이 놀라 소리쳤다.

"지독한 음한기공(陰寒氣功)!"

더욱이 소림사의 원주 급을 일장으로 쓰러뜨릴 수 있다는 사실도 놀라웠다.

"놈!"

원호가 분노하며 이를 갈았다. 원호는 원읍이 가부좌를 틀어 스스로 운공을 시작하자 일어서서 중년인과 그의 동행인 면사인을 쏘아보았다.

"다짜고짜 살수를 쓰다니! 뭐하는 짓이냐."

나한들이 곤을 들고 면사인과 중년인을 포위했다.

면사인과 중년인은 나한들은 안중에도 없는 듯 시선도 두지 않았다.

다만 면사인은 아쉽다는 투로 말을 내뱉었을 따름이었다.

"맞으라는 전승자는 맞지 않고 쓸데없는 중만 맞았네."

중년인이 고개를 숙였다.

"죄송합니다."

이 어이없는 광경에 원호가 노해 소리를 질렀다.

"무엇하는 짓이냐고 물었다!"

면사인은 원호의 노호성에 쿡 하고 웃음소리를 냈다. 그러더니 천천히 면사를 벗었다.

굉장한 미색의 젊은이였는데 단연코 눈에 띄는 건 치렁치렁한 머리카락이었다. 윤기가 흐르는 흑발에 은색이 섞여 있었다. 백발이 아니라 은발이다. 그것만으로도 묘한 분위기를 풍기는데 게다가 길게 찢어진 푸른 눈은 통상적으로 볼 수 있는 외모가 아니었다.

참관객들이 술렁거렸다. 특히나 첫날부터 면사인과 중년인을 궁금해 했던 최고수들의 의혹은 한층 더해졌다.

"어이어이, 저 예쁘장한 건 대체 뉘집 자식이야?"

"몰라."

최고수들이 서로를 마주보며 시선을 교환하자 산산노사가 쯧 하고 혀를 찼다.

"모르면 알아봐야지. 상황이 이따위로 흘러가는데 예의 차릴 것 있나."

산산노사는 별 말도 없이 대뜸 손을 썼다. 독문병기인 주판을 압수당한 채였으므로 손가락을 튕겨 지풍을 쏘았다.

중년인이 흐릿하게 신형을 이동시키더니 순식간에 젊은이의 앞을 가로막았다. 중년인이 쌍장을 뻗어 지풍을 쳐냈다.

퍼펑.

허공에서 은빛 얼음조각들이 산란하며 흩어졌다.

최고수들의 표정이 찡그릴 듯 말 듯 미묘해졌다.

"너무 오래전이라 잘 기억이 안 나는데 저 멀대같은 놈이 쓴 신법, 빙룡잠해(氷龍潛海)였지?"

"맞아. 그리고 방금 장풍의 수법은 확실히 유빙장(流氷

掌)이네."

산산노사가 젊은이와 중년인을 번갈아 보곤 물었다.

"북해에서 왔느냐?"

최고수들의 말을 들은 참관객들은 크게 놀랐다. 북해의 무력집단은 한 곳뿐이다.

"북해빙궁!"

북해빙궁이 강호 무림과 대적한 지가 육십 년이 더 되었다. 나이가 어린 무인들은 북해빙궁을 잘 모르지만 이 자리에 있는 참관객들은 대부분 나이가 있어 북해빙궁을 안다.

아니, 꼭 북해빙궁의 무인들을 본 적이 있다거나 하지 않아도 일전에 소림사로 찾아오던 북해빙궁의 사절단이 사라진 건 누구나 아는 일이었다.

야용비가 고운 아미를 찌푸리며 입으로는 살짝 미소를 머금었다.

"노인네들이 제법이네."

최고수들이 어이가 없어 웃었다.

"허어? 네가 지금 우릴 노인네들이라고 부른 거냐?"

"어디 핏덩이 같은 놈이 뭘 믿고 저러는 게야?"

"이놈아, 넌 우리가 무섭지 않으냐?"

야용비가 최고수들을 우습다는 듯 쳐다보며 혼잣말처럼 대답했다.

"시체가 무서운 바보도 있나보지?"

"뭐? 시체?"

"아무리 우리가 죽을 때가 다 됐어도 그렇지, 벌써부터 죽은 사람 취급은 좀 너무하잖나."

야용비가 쿡쿡 웃기만 하고 대답을 않자 최고수들은 기가 막혔다.

"저거 잡아다가 확 포를 떠버려?"

"방장 대사, 우리 말리지 말게. 오늘 저 어린 녀석 혼쭐을 좀 내줘야겠어."

하나 두 사람의 정체를 알게 된 원호의 심정은 복잡했다.

"잠시만 기다려 주십시오."

원호가 야용비와 냉고사를 보고 말했다.

"사절단의 일 때문에 온 것이라면 본사에 화가 났을 수도 있다는 건 인정하겠소. 하나……."

야용비가 원호의 말 중에 끼어들었다.

"방장 대사께 두 가지의 선택권을 주겠어요."

원호는 얼굴을 찌푸렸지만 고개를 끄덕였다.

"말해보시오."

야용비는 호리병을 들어 술을 한 모금 마시곤 원호를 응시했다.

"두 가지의 선택권 중 하나는 전승자를 우리에게 내어주는 것이에요."

"대체 누구를……."

원호가 되묻는 도중에 생각난 바 있어 입을 다물었다.

'가만? 전승자? 조금 전 전승자를 맞추지 못하였다고 자신의 입으로……'

장건이다!

원호는 순간적으로 떠오르는 복잡한 생각들에 말을 잇지 못하였다.

야용비는 원호가 무슨 생각을 하는지 안다는 듯 싱긋 웃으면서 장건에게 시선을 주곤 말을 계속했다.

"그리고 다른 하나는 전승자를 방장 대사의 손으로 죽이는 거예요."

"어림없는 소리!"

"대신 여기 있는 사람들 모두를 살려드리죠. 어때요? 전 이만하면 꽤 좋은 조건이라 생각하는데."

참관객들 중에 일부는 야용비의 말에 어이가 없어 웃음을 터뜨렸다.

참관객 중 신법에 일가견이 있어 장천호리(長天狐狸)라는 별호를 가진 노무인이 엄한 목소리로 야용비를 꾸짖었다.

"어린 계집년이 말도 안 되는 헛소리로 어른들을 놀리는구나!"

냉고사가 살기 어린 눈으로 장천호리를 노려보자 야용비가 가볍게 손을 들어 만류했다.

"왜 말이 안 되지요?"

"당연히 말이 안 되지! 눈이 있으면 방금의 일전을 보고도 모르느냐? 이 자리에는 차세대의 무림맹주로 거론되었던 고 문주나 그를 쓰러뜨린 장 소협이 있다. 그리고 바로 옆에는 각대 문파의 최고수로 꼽히는 분들 또한 함께 계시지. 모두가 대단한 고수들이다. 그러니 네가 여기 있는 모두를 죽이느니 살리느니 한다는 말 자체가 어불성설이 아니면 무엇이겠느냐!"

야용비가 피식 웃었다.

"그럼 혹시 내가 따로 믿는 게 있어서 그런다고는 생각해보지 않은 모양이군요?"

"따로 믿는 것?"

흠칫 놀란 장천호리가 말을 멈추고 고개를 좌우로 돌려보았다.

혹시나 싶었는데 아무런 일이 없자 장천호리는 크게 화를 냈다.

"이 요사한 년!"

그때 야용비가 입을 우물거렸다.

장천호리는 어쩐지 등골이 오싹해졌다.

'전음?'

누군가 소리쳤다.

"조심하시오!"

장천호리는 급히 뒤를 돌아보았다.

쉬익!

날카로운 살기와 함께 누군가가 그를 향해 쇄도해왔다. 세 뼘 길이의 세 자루 칼을 곡예하듯 휘두르며 그의 등허리를 베고 있었다.

장천호리는 다급하게 내공을 끌어올리며 신법을 밟았다. 치명상은 피했으나 옆구리가 길게 베여 피를 뿜었다.

"크억!"

장천호리가 혈도를 짚을 새도 없이 바닥을 굴렀다. 파파팍! 세 자루의 칼이 그를 쫓으며 연신 바닥을 찍었다.

"손을 멈추어라!"

무당의 청우가 끼어들어 장천호리를 공격한 인물을 향해 장풍을 쏘아댔다. 장천호리를 공격한 이가 조금은 아쉬운 표정으로 칼을 회수하고 물러섰다.

장천호리는 피가 철철 쏟아지는 옆구리를 붙들고 상대를 응시했다.

"네, 네놈이?"

모르는 얼굴이 아니었다.

청우가 외쳤다.

"석 문주! 이게 대체 무슨 짓인가!"

"클클클."

고현, 청우와 동행했던 육검문의 삼상비 석흠이 아무런 죄책감도 없는 얼굴로 피 묻은 칼을 닦고 있었다. 그가 방금 장천호리를 공격했던 것이다.

 참관객들은 어리둥절할 수밖에 없었다.

 강호에서 제일 잘 나가는 문파인 육검문이 왜 북해빙궁의 편을? 더구나 강호에 소문나기를, 육검문이 북해빙궁의 사절단을 공격했다지 않은가!

 실로 의아한 일이었다. 방금도 청우가 돕지 않았다면 장천호리는 두 동강이 날 뻔했다. 장천호리와 육검문 사이에는 아무런 원한이 없다. 다만 장천호리가 야용비에게 욕설을 했을 따름이다.

 하나 야용비도 그렇고 석흠도 그들의 관계에 대해 말을 않으니 더욱 궁금증만 커질 뿐이다.

 원호가 이를 갈았다.

 "못된 자들이 감히 소림의 행사에 수작질을 부리다니……."

 참관객 중 한 자루 도를 잘 쓰기로 유명한 사망대도(死亡大刀)가 원호에게 말했다.

 "방장 대사께서는 너무 염려하지 마시오. 그래봐야 몇 안 되는 놈들이오. 나의 이 귀두도로 저들을 뼈째 두툼하게 썰어다 대사의 앞에 바칠……, 바칠…… 음?"

 사망대도는 자신의 독문 병기인 귀두도를 집기 위해 허리춤으로 손을 가져가다가 당황했다.

 사망대도는 허리를 매만지며 삼상비 석흠을 쳐다보았다.

그의 귀두도는 구름다리를 건너기 전 환관들에게 맡기고 왔다.

그런데 삼상비 석흠의 무기는 그대로다.

"이, 이런?"

사망대도는 불안한 마음이 들었다.

참관객들이 술렁였다. 그러나 아직은 무슨 일이 벌어지고 있는지 확실하지 않았다. 수작질을 한다고 해도 드러난 건 고작 세 명이다. 대단한 위협이라고 할 수는 없었다.

무엇보다도 최고수들 여럿이 함께 하고 있다는 게 든든했다. 어떤 일이 생겨도 쉽게 당하진 않을 거라는 믿음이 있었다.

야용비는 재미있다는 듯 사람들을 지켜보다가 원호에게 말했다.

"자기가 유리하다고 생각할 때에 협상하기란 참 어렵지요. 하지만 동물적인 판단을 하시는 원호 대사님이라면 좀 다르실 줄 알았습니다만?"

원호는 야용비의 말에 넘어가지 않았다.

"흰소리는 그만하고 정말 원하는 바를 말해보시오. 이 난리를 피워놓고 건이를 넘겨준다한들 정말 그만두겠소?"

야용비가 깔깔대고 웃었다.

"맞아요. 당연히 아니죠! 그냥 어떻게 나오나 장난해본 것뿐이에요."

야용비는 잠시 해가 중천에 떠 있는 하늘을 보더니 말했다.

"오시(午時). 슬슬 때가 되어가는군요."

야용비가 고개를 돌렸다. 모든 사람들의 시선이 야용비의 고개를 따라 갔다.

멀리에서 몇 줄기의 연기가 피어오르고 있었다. 신호인 듯 했다.

"어?"

"저긴……."

참관객들이 경악했다.

"소림사가 있는 쪽이다!"

참관객들은 놀라서 야용비를 쳐다보았다. 원호와 소림사의 승려들도 얼굴이 굳었다.

원호의 굵은 눈썹이 치켜 올라갔다.

"시간을 끌었군."

야용비가 미소를 지었다.

"자, 그럼 이런 건 어떨까요. 여기 있는 모두의 목숨을 살리느냐 아니면 소림사의 승려들을 살리느냐? 참고로 저 연기는 본궁의 사대 고수 중 한 명인 광혈풍이 삼천 무사들을 끌고 소림사를 향해 진격하기 시작했다는 신호이지요."

참관객들이 소리쳤다.

"거짓말 마라!"

야용비가 대답했다.

"과연 거짓말일까요? 머잖아 소림사는 잿더미가 되어버릴 거예요. 원호 대사님의 재치로 지난 한 번의 위기는 모면할 수 있었을지 모르나 두 번째는 없습니다."

참관객들이 저마다 고함을 질러댔다.

"바로 지척에 동창이 와 있는데 어떻게 대인원을 움직일 수가 있었단 말이냐!"

"설사 그게 사실이라 해도 소림사가 고작 삼천 명에 무너질 리가 없다!"

야용비가 미소를 지우고 싸늘하게 답했다.

"본궁은 강호 무림 전체를 상대로 준비하였는데 한낱 소림사 따위가 무너질 리 없다는 건 무슨 얘기죠?"

"저년의 말은 거짓말이오! 안 그렇소이까, 방장 대사!"

하지만 원호는 참관객들의 물음에 쉬이 대답할 수가 없었다.

원호는 의외로 분노를 가라앉히더니 낮은 목소리로 물었다.

"방금, 한 번은 면했어도 두 번은 안 될 거라 하였소?"

"그래요."

그러자 원호는 이제야 알았다는 듯 고개를 끄덕였다. 그러더니 몸을 돌려 참관객과 최고수들을 향하곤 깊이 머리를 숙여 반장했다.

"일이 이리 되어 참으로 송구합니다. 면목 없지만 여러분께 한 가지의 부탁을 드려야 할 것 같습니다."

참관객들이 고개를 끄덕이며 가슴위로 손을 들어 포권했다.

"말씀만 하시오. 무슨 일이든 돕겠소."

원호가 진중하게 말했다.

"모두 힘을 합쳐 이곳을 최대한 빨리 벗어나야 할 것 같습니다."

"어디로 간단 말이오?"

"허공잔도를 뚫고 본사까지 가야 합니다. 아마 잔도에 손을 써두었을 수도 있으니 벽호공을 할 줄 아셔야 할 겁니다."

무영문의 반오가 물었다.

"방장 대사께선 저 어린 처자의 세 치 혓바닥에서 나온 말을 믿으시는 겐가?"

원호가 굳은 얼굴로 답했다.

"황궁이 저들을 돕고 있는데 어찌 믿지 않을 수 있겠습니까."

"황궁?"

"소승은 만일의 사태에 대비해 구름다리 밖에 본사의 나한 이백 명을 대기시켜두었습니다. 하나 본사에 변고가 생겼음을 알 텐데도 아무도 이곳 선원으로 들어오지 않고 있습니다."

 원호는 잠시 말을 멈췄다가 이었다.

 "구름다리는 동창의 고수들이 지키고 있었지요."

 반오도 심상치가 않다는 걸 느꼈다. 이백 나한 중 최소한 한 명이라도 달려와 원호에게 어떻게 해야 할 지를 묻거나 보고를 하던가 해야 했던 것이다.

 "완벽한 계략이었군. 첫날과 둘째 날, 인원을 통제했던 것도 그러한 이유였어."

 혈랑자가 야용비에게 소리쳤다.

 "요망한 어린 것아! 전승자니 뭐니를 핑계로 우리를 여기에 가둬두고 그 사이에 소림사를 없애려 하였느냐?"

 야용비가 싸늘한 얼굴로 미간을 찌푸렸다.

 "모처럼 아량을 베풀까 하였더니 끝끝내 권주를 마다하고 벌주를 챙긴다 이건가요?"

 "시끄럽다! 누굴 죽일지 고르라는 게 무슨 아량이더냐! 뭘 믿고 그리 당차게 구는지 모르겠으나 오늘 크게 실수한 줄 알도록 하여라. 이 어르신네가 너를 잡아서 거꾸로 들고 저 문으로 나가면 그때 누가 나를 막을 수 있는지 보겠다."

 혈랑자가 공력을 끌어올리고 곧바로 움직일 준비를 했다.

 그때 낮은 담으로 둘러진 전각의 밖에서 큰 고함소리가 울렸다.

"어떤 노망난 늙은이가 본궁의 소주에게 막말을 하는가! 그 입을 귀까지 찢어 삼 년 간 소림사의 불탄 기둥에 걸어 두리라!"

혈랑자가 출수를 하려다 멈추고 소리가 들려온 쪽을 쳐다보았다.

세 명의 범상치 않은 무인이 수십 명의 무사들을 대동하여 문으로 들어서고 있었다.

한 명은 길쭉한 체형에 창백한 안색이고 다른 둘은 지극히 나이가 들어 보이는 노인이었는데 그 중 한 명은 허리가 구부정하니 굽었다.

담 위로도 적잖은 숫자의 고수들이 올라섰는데 하나같이 수염도 없이 매끈하고 낯은 건에 감색 괘자를 걸쳤다.

다름 아닌 동창의 고수들이었다. 그 수도 족히 오십은 되었다.

게다가 환관들의 중간중간에는 다른 이들보다 화려한 무복을 입은 여덟이 있어 유독 존재감을 드러내고 있었다.

그들을 알아 본 참관객들이 신음을 흘렸다.

"황도팔위……."

황궁에서 마음먹고 키운 고수들이다. 우내십존에 근접한 고수들로 한 명 한 명의 실력이 최고수들과 맞먹는다.

황도팔위와 담 위의 환관들은 옷자락을 펄럭이며 도도한 태도로 서서 내려다보고, 그 사이 하나같이 시퍼런 칼을 든 북해의 무사들은 문으로 들어와 자리를 잡았다.

참관객들은 절로 한쪽으로 밀려나 소림사의 승려들이 있는 곳에 모이게 되었다.

전각을 뒤로 두고 삼면이 포위된 좋지 않은 형국이었다.

마당의 한쪽을 차지하고 퇴로를 막고서는 북해의 무사들이 야용비에게 허리를 숙였다.

"소주를 뵙습니다!"

야용비는 고갯짓만 까딱하여 인사를 받았다.

앞선 세 무인이 야용비의 곁으로 다가갔다.

무당의 청우가 그 중 한 명을 알아보았다.

"귀하는…… 은앙종의 적노?"

적수의가 눈꼬리에서 청백색의 뿌연 기운을 뿌리며 웃었다.

"흐흐흐. 본인은 은앙종의 적노 따위가 아니라 대북해빙궁의 적수의라 한다."

"으음."

참관객들 그제야 사태의 심각함을 깨달았다. 그들이 알지 못한 오래 전부터 이미 북해가 중원에 들어와 있었던 것이다.

그 와중에 장건도 한 명을 알아보았다.

길쭉한 체형의 백귀살 역시 장건을 보고 살기 어린 눈으로 이를 갈았다.

으드득!

혼신의 힘을 다한 백령무의귀천공을 펼치고도 패한 후, 수치를 안긴 장건에게 깊은 살심을 품은 백귀살이다.

알아본 건 당연히 그들뿐만이 아니었다.

적수의와 백귀살, 그 둘과 함께 등장한 작은 체구에 구부정한 노인이 최고수들 중 장안대호와 인사했다.

"요즘 표국은 잘 되시는가?"

점창파의 속가제자로 표국을 운영하는 장안대호는 예전에 독곡 근처를 지나며 표행을 하다 사갈마존의 독에 표사들을 잃은 적이 있었다.

장안대호가 노기를 띠고 노인을 노려보았다.

"네놈, 남방 독곡의 사갈마존! 죽지도 않고 아직 살아 있었다니. 네놈도 황궁에 빌붙었느냐!"

"내가 무얼 하든 곧 죽을 놈들이 알 바 아니니 그건 옥황상제에게나 가서 묻거라."

"이노옴!"

금방이라도 터질 듯 흉흉한 분위기가 장내를 감돌았다.

장건은 이런 분위기가 결코 편하지 않았다.

"설마…… 이게 다 저 때문인 건가요?"

원호가 고개를 저었다.

"너 때문이 아니다. 저들의 속셈은 따로 있다."

"그래도 겉으로는 저를 원하고 있잖아요. 제가 죽으면

모두가 살 수 있는 건가요?"

장건은 망연자실하여 옆의 소왕무와 대팔을 쳐다보았다.

소왕무와 대팔은 많이 주눅이 들어 있었지만 그렇다고 장건을 팔아넘긴다는 생각은 하지 않았다.

"그런 말 하지 마, 임마."

"나도 무서워 죽겠지만 그렇다고 너 때문이라고는 생각 안 해."

"하지만……."

장건은 선원을 포위하고 있는 저들의 실력을 잘 알았다. 황도팔위와도 싸워본 적이 있고 북해의 고수와도 싸운 적이 있다. 물론 꼭 그것 때문만이 아니더라도 위기의 덩어리를 통해 상대의 무위를 추측할 수 있었다.

이쪽에서는 원호와 최고수들까지 해서 열네 명 정도만이 상승 고수에 속하는데 저쪽은 그 이상의 고수가 넷에, 상승 고수가 여덟이었다. 얼핏 숫자상으로는 유리한 듯하나 네 명의 고수는 일전 뇌음사의 승려와 비슷한 수준이다. 더구나 저쪽은 모두 무기를 들고 있는데 이쪽은 무기를 빼앗긴 상태다.

"이대로라면…… 많이 다치고 죽을 거예요."

장건은 진지했지만, 장건의 말에 벽력도가 화를 냈다.

"까불지 마라. 그런 걱정은 어른들이 하는 거다."

장안대호도 한 마디 했다.

"사갈마존이 어떤 놈인지 안다면 네 말이 얼마나 어처구니가 없는지 알게 될 거다. 저 노괴는 단지 시끄럽다는 이유로 근처를 지나던 표사와 쟁자수 스물두 명을 한줌 독수로 만든 악귀다. 놈까지 불렀다는 건 어차피 여기서 누구도 살려 보낼 생각이 없다는 뜻이니라."

산산노사가 주판이 없어 허전한 손가락을 꼼지락거리면서 주판알을 튕기는 흉내를 냈다.

"손에 익은 놈이 없으니 허전하네. 그리 오래 버티기는 힘들겠어."

산산노사가 히죽 웃자, 다른 최고수들도 실소를 터뜨렸다.

"그렇군. 난 또 왜 허전한가 했네."

"껄껄껄. 아무래도 오늘 죽을 자리는 잘 찾아온 듯싶으이."

"암. 뒷방에서 붓대나 끄적이다 가는 것보다야 백번 낫지."

"평생 재수가 없나 생각했더니 말년에 운이 피는구먼. 이게 다 건이 덕분이려나?"

장건은 눈을 동그랗게 떴다.

"네?"

그들 역시 사정을 모르고 있는 건 아니었던 것이다. 그럼에도 웃으니 의아한 생각이 들었다.

청면도객이 말했다.

"넌 아직 육십 년은 더 살 거다. 그러니 죽기 전에 이렇게 싸워볼 수 있다는 게 얼마나 행복한 일인지 육십 년 후에나 알게 될 것이야."

운일도장은 검 대신 주변에 굴러다니는 마른 나뭇가지를 주워들었다.

"자, 그럼 가 볼까나."

최고수들이 운일도장의 뒤를 따라 나설 준비를 하자 다른 참관객들도 하나둘 나섰다.

"우리도 함께 하겠소!"

"맞습니다! 어차피 가만히 있으면 이래 죽으나 저래 죽으나 마찬가지인데 여한이나 없게 싸우다 죽겠습니다!"

모두가 한마음으로 전의를 불태웠다.

장건은 내력이 바닥난 상태라 어찌해야 할 줄 모르고 서 있기만 했다. 그러자 원호가 장건의 어깨 위에 손을 얹고 나지막하게 말했다.

"운기조식 하거라. 여길 벗어나려면 네가 필요하다."

"방장 사백님……."

장건은 원호의 신념에 찬 눈빛을 보았다. 최고수들이 보이는 눈빛과 똑같았다.

소왕무와 대팔도 장건을 보고 고개를 끄덕인다. 장건은 그 둘이 자신을 쳐다보는 눈빛에서도 같은 느낌을 받았다.

그건 곧 장건을 향한 신뢰였다.

장건은 가슴 속에서 무언가가 끓어올라 주먹을 꾹 쥐었다.

무엇을 해야 할 지 알 수 있었다.

"네, 알겠어요."

최고수들을 필두로 싸울 준비를 하는 강호 무인들의 모습을 보면서 야용비가 코웃음을 쳤다.

사갈마존이 야용비의 곁에서 말했다.

"노부가 나설 때인가?"

"아니, 전승자가 완전히 기력을 소진하였으니 본궁이 먼저 손을 써보도록 하지요."

야용비의 말을 들은 냉고사와 적수의, 백귀살이 야용비의 좌우로 나란히 섰다.

야용비가 살기를 머금고 명령을 내렸다.

"모두 죽이세요."

\* \* \*

소림사의 본사에도 비상이 걸렸다.

산문에서부터 시커먼 연기가 계속해서 피어오르고 있었다.

뎅 뎅 뎅!

연신 종이 울리고 승려들은 정신없이 경내를 오갔다. 워낙 상황이 긴급한지라 자리를 물려주고 뒷선으로 물러났던 굉 자 배의 승려들마저도 채비를 갖추고 뛰쳐나왔다.

외원과 내원을 가르는 천왕문(天王門)에 원 자 배의 수뇌급들이 급히 모였다.

"무슨 일입니까!"

지객당의 원면이 보고했다.

"정체를 알 수 없는 수천 명의 무사들이 본사를 오르고 있습니다. 반 시진 내에 산문을 통과할 것입니다!"

원주들이 술렁거렸다.

"그들의 목적은 알아보셨습니까?"

"여의치 않습니다. 다짜고짜 살수를 써 대화가 불가능하다고 합니다. 더구나 불탑과 불상을 모조리 파괴하고 불을 지르며 오고 있으니 저들이 결코 좋은 의도로 오는 것은 아닐 겁니다."

"허어! 하필 방장 사형이 없는 때에."

"저들도 그것을 알고 왔을 것입니다. 방장 사형께서 데려간 나한들이 선원의 안쪽에서 수상한 움직임이 있다고 연락을 해왔습니다. 하지만 동창의 고수들이 막고 있어서 진입할 수가 없다고 합니다."

"방장 사형까지?"

상황이 더욱 다급해졌다.

원주들이 나한전주 원락에게 청했다.

"우선은 원락 사형께서 지휘를 맡아주셔야겠습니다."

원락이 수락했다.

"그리하겠네."

원락은 곧바로 행동을 결정했다.

"방장 사형의 안전을 확인하는 것이 우선일세. 원우 사제는 무공이 뛰어난 정예 나한 백 명을 데리고 허공잔도로 가 대기 중인 나한들과 함께 방장 사형을 모셔오게. 막아서는 자는 설사 그것이 누구라도 서슴지 말고 손을 쓰시게."

"지금 가겠습니다."

원우가 곧바로 달려가자 원락이 다음 행동을 지시했다.

"적들 앞에 물러서지 않고 맞서 싸우는 것이 소림 제자의 의무이나, 방장 사형의 안위를 확인할 때까지 전면전은 포기함세. 외원에서 일차로 저지선을 형성하고 상황이 악화되면 전 제자들을 내원으로 후퇴시켜 미륵정인팔대호원진을 발동하도록 하겠네."

"알겠습니다."

원주들은 굳은 얼굴로 서로의 눈을 보고 고개를 끄덕였다.

"모두 방장 사형이 돌아오실 때까지 다치는 이 없이 무사하길 바라네."

그 어느 때 보다도 직접적인 위협을 앞에 두고 원주들의 표정은 결연할 수밖에 없었다.

		\*		\*		\*

쾅!

북해빙궁의 최고 전투조직을 이끌고 있으며 사대고수 중 한 명이기도 한 광혈풍은 길가에 세워져 있던 삼층석탑을 도끼질 한 번에 날려버리고는 그 위에 발을 얹었다.

보통 사람보다 머리 두 개는 더 크고 우람한 체격인데 양손에 한 자루씩의 도끼를 들었다.

"흐흐흐. 드디어 중놈들의 피를 맛볼 수 있겠군."

굳이 요란하게 진격하고 있는 건 별다른 명이 있었던 게 아니라 그의 성격 탓이었다.

"태을문의 잡것들하고 반년도 넘게 놀아주고 있었더니 좀이 쑤셔서 죽을 뻔했지."

광혈풍은 산문 계단의 중턱에서 고개를 들어 멀리 일주문을 올려다보았다.

"저기만 넘으면 드디어 소림사렷다?"

저 먼 북해에서부터 이곳 강호 무림의 심장과도 같은 소림사에 오기까지, 얼마나 고대하던 순간인가!

하지만 아직까지도 소림사에서 별다른 대응이 없자 광혈풍은 코웃음을 쳤다.

"시시하군. 파리 몇 놈을 쫓아 보냈더니 소림사의 중놈들이 아예 꼬리를 말았어."

광혈풍이 뒤를 돌아보며 수천 명의 북해 무사들을 향해 소리쳤다.

"여봐라! 내 흥이 깨지기 직전인데 누가 나의 흥을 돋워 보겠느냐?"

긴 미늘창을 든 가렵사(伽獵師)가 나섰다.

"제게 맡겨 주십시오. 제가 앞서 가 놈들의 비명 소리로 존주(尊主)의 흥을 돋우겠습니다."

서장에서 북방에 이르기까지 넓은 지역에서 수많은 사찰을 약탈해 사찰사냥꾼이란 이름으로 불리는 가렵사였다. 가렵사는 상당한 고수로 약탈한 사찰 승려들의 새끼손가락 마디를 잘라 뼈에 구멍을 내 목걸이로 만들어 걸고 다녔는데, 그 뼈의 개수가 벌써 수십 개가 족히 되었다. 때문에 움직일 때마다 뼈가 부딪쳐 짤랑거리는 소리가 났다.

"흐흐흐. 역시 가렵사로구나. 허락한다! 성공하면 대웅보전의 황금불상은 네 것이다."

"감사합니다."

곧 가렵사가 열 명의 북해 무사들과 함께 앞서 달렸다.

"가자!"

가렵사는 이백 개의 계단을 거침없이 뛰어 올랐다. 뛸 때마다 목걸이의 뼈가 계속 짤랑거렸다.

계단의 끝에는 거대한 석주(石柱)로 이루어진 일주문이 천하제일사찰의 현판을 달고 우뚝 서 있었다.

좌우에는 지객당이 자리했는데 뒤로는 멀찍이 외원으로 향하는 피안교와 금강문이 보인다.

하나 금강문의 틈으로 보이는 멀리의 외원 정문은 굳게 닫혀 있었다.

여전히 소림사의 승려들은 한 명도 보이지 않는다.

"어지간히 겁이 났나 보군. 이대로 돌파를……."

가렵사는 막 신법을 써서 열 명의 무사들과 단숨에 일주문을 통과하려다가 깜짝 놀라서 손을 들었다. 무사들도 막 달려 나가려다 급하게 멈추었다.

사악사악.

언제부터 있었는지도 모르게 일주문 한 가운데에서 비질을 하는 작은 체구의 노인이 있었다. 아무런 기운도 느껴지지 않는 평범한 노인 같았다.

전후의 긴장 상황과 관계없이 너무도 평온하게 비질을 하고 있어서 비현실적인 모습이기까지 했다.

가렵사는 잠시 노인을 바라보다가 비릿한 미소를 지었다.

"쯧, 소림사의 중놈들이 저 혼자 살겠다고 우리가 온 것도 알려주지 않은 것이냐?"

하나 노인은 아무런 일도 없는 것처럼 쳐다보지도 않고

비질만을 계속하고 있었다.

사악사악.

"귀머거리인가?"

사찰을 약탈하다가 귀머거리나 장님인 불목하니를 종종 보아왔기 때문에 그리 이상하게 생각되진 않았다.

그런데 가렵사가 그 말을 하자마자 노인이 고개를 돌려 가렵사를 보았다.

노인의 시선이 가렵사의 목을 향했다. 수많은 손가락뼈로 만들어진 목걸이. 그것을 본 노인의 쭈글쭈글한 미간이 꿈틀거렸다.

노인이 대뜸 말했다.

"새외에서 스님 손가락으로 못된 짓을 하고 다니는 시주가 있다더니 그게 너구나?"

"뭣이?"

"남들이 신경 안 쓰는 불목하니로 살다보면 이런 저런 얘기를 들을 때가 많거든."

처음 보는 노인이 아는 체를 하니 가렵사는 꺼림칙한 생각이 들었다.

가렵사가 살기를 띠고 노인을 노려보았다.

"별 볼 일 없는 불목하니 주제에 본 존자(尊者)를 잘 알고 있군. 늙은이, 너도 이 목걸이에 한 조각을 보태고 싶으냐?"

노인이 비질을 멈추었다.

그리곤 두툼하게 가라앉은 눈꺼풀을 열고 가렵사를 응시하며 말했다.

"그렇게 살지 마. 너 그러다 지옥 가."

"크크, 소림사의 중들을 모조리 죽여 버려 지옥을 꽉 차게 만들면 내가 갈 자리는 없을 것이다."

노인이 말없이 가렵사를 쳐다보았다. 새까만 동공과 아무런 감정이 없는 표정이 어쩐지 소름 끼쳤다.

"크크크."

가렵사가 공력을 끌어올렸다. 미늘창의 날에 푸르스름한 도기가 맺혔다.

"바쁜 몸이라 본 존자께서 더 놀아주지 못하겠구나. 살 만큼 살았을 터이니 원망하지 말고 죽어라, 늙은이."

스산한 살기가 뻗어나가 노인을 덮쳤다.

노인이 한숨을 쉬었다.

"에이. 아서."

노인이 손을 휘휘 젓자 가렵사의 살기는 씻은 듯 사라졌다.

가렵사는 막 달려가 노인을 베어버릴 태세였다가 어안이 벙벙해졌다. 그러고 나서 문득 평범한 노인이라면 자신과 이토록 편하게 말을 주고받을 수 없었을 거라는 걸 깨달았다.

노인이 자기 키보다 더 긴 빗자루를 뒤로 하고 뒷짐을 졌다.

"돌아가. 여기서부터는 아무도 못 지나간다."

가렵사가 더듬거렸다.

"대, 대체 늙은이는 뭐냐?"

노인, 문원이 가렵사를 지그시 바라보며 대답했다.

"나? 나 그냥 불목하니지."

"웃기는 소리! 일개 불목하니가 어찌 본존의 살기를……!"

가렵사는 말을 하다 말고 입을 다물었다. 계속 말하다가는 말릴 것 같았다. 아무런 투지나 기세도 느껴지지 않는데 이대로 겁을 먹고 물러설 수는 없었다. 그랬다가는 광혈풍에게 목이 달아날 터였다.

"쳐라!"

가렵사가 먼저 뛰어나가고 북해의 무사들이 뒤를 따랐다.

별 표정이 없던 문원의 눈가에 노기가 어렸다.

"이 시주들이나 저 시주들이나, 너희들 눈에는 소림사가 그리 우습게 보이니?"

가렵사는 간담이 서늘해졌다. 문원은 분명히 작은 체구인데 갑자기 일주문을 꽉 막은 듯 점점 몸집이 커져서 거대해지고 있었다.

"이, 이익! 어디 사술 따위를!"

가렵사의 미늘창이 위에서부터 아래로 크게 반원을 그렸다. 북해 무사들의 칼도 사방에서 쏟아지고 있었다. 문원은 금방이라도 다져진 고깃덩이가 될 것 같았다.

하지만 문원은 빗자루를 던지고 마보에서 힘껏 진각을 밟았다.

쿵!

엄청난 진각소리가 울리고.

동시에 문원이 주먹을 뻗었다.

주먹이 전혀 닿지 않을 거리, 아직 가렵사의 미늘창도 닿지 않을 거리에서 문원의 소맷자락이 크게 펄럭였다.

백보신권!

가렵사의 눈이 크게 떠졌다.

'이것은……!'

우드득! 강력한 권풍이 가렵사의 갈비뼈를 파고들었다. 너무 빨라서 가렵사가 대처할 틈이 없었다. 권풍은 가렵사의 호신기까지 부수고 갈비뼈를 으스러뜨렸다.

"크아악!"

가렵사는 달려들다가 말고 외마디 비명을 지르며 그대로 튕겨져 나갔다. 심지어는 무인의 분신과도 같은 미늘창마저 놓쳤다.

문원은 주먹을 거두며 다시 한 번의 백보신권을 사용했

다. 앞서 달리던 북해의 무사는 가렵사와 다를 바 없이 권풍에 배를 얻어맞고 뒤로 날려졌다.

"우웩!"

쓰러진 북해의 무사가 바닥을 구르며 구토하기 시작했다. 시뻘건 피와 내장 조각이 섞여 나왔다.

다른 북해의 무사들이 더 이를 악물고 문원을 공격했다.

문원은 빠르게 호흡을 들이쉬더니 소림 대나한신공(大羅漢神功) 사자후(獅子吼)를 힘껏 내질렀다.

**소림이 허락하지 않은 자! 누구도 소림의 문을 넘을 수 없다!**

제4장

북해의 무력

"크으……!"

북해 무사들은 가슴을 쥐어뜯었다. 혼백이 날아간 듯한 표정으로 식은땀을 흘리기 시작했다.

"크흑, 흑."

"끅끅."

골이 흔들리는 건 둘째 치고 숨을 쉴 수가 없었다.

문원의 사자후에 심장이 멈춰버린 것이다!

그것은 마치 작은 동물이 커다란 사자의 앞에서 옴짝달싹 못하고 숨을 죽이는 것과 비슷했다.

저 작은 체구의 어디에서 이런 힘이 나온단 말인가!

북해의 무사들은 순식간에 얼굴이 하얗게 질려갔다.

문원이 그들을 노려보았다.

"돌아가. 나는 스님이 아니라서 살계도 두려워하지 않어."

하나 그들 역시 척박한 북해에서 살아온 거친 무인들이라 쉽게 문원의 말을 따르지 않았다.

북해의 무사들은 이를 악물고 자신의 가슴을 쳤다.

퍽 퍽!

뼈가 부서져라 쳐댔더니 멈췄던 심장이 겨우 뛰었다. 북해의 무사들은 숨을 몰아쉬며 문원을 경계했다. 싸우자니 부담스럽고 물러나자니 후환이 두려웠다.

아니나 다를까. 그들의 뒤쪽에서 섬뜩한 소리가 들려왔다.

"돌아오면 내 손에 죽는다."

광혈풍의 목소리였다.

그가 허언을 하지 않는다는 건 북해의 무사들도 잘 알았다. 이제 그들에게는 선택의 여지가 없어졌다.

"이야아앗!"

광혈풍과 삼천 명의 무사들이 지켜보는 가운데, 아홉 명의 북해 무사들은 문원에게 달려들었다. 문원은 그들의 눈빛에서 두려움이 사라진 것을 보고 죽기를 각오했다는 걸 알았다.

문원은 공력을 끌어올리며 단단한 궁보의 자세로 한 손

은 날을 세워서 앞으로 하고 다른 손은 주먹을 쥐어 뒤로 뺐다.

 북해 무사 아홉 명이 삼중으로 문원을 둘러싸고 합격을 시도했다. 번갈아가며 공격해 서로의 빈틈을 메우려는 생각이었는데, 문원은 채 둘러싸이기도 전에 거침없이 그 안으로 뛰어들었다.

 놀란 북해의 무사들이 칼을 내질렀다. 문원이 허공으로 뛰어오르자 발밑으로 여섯 개의 칼이 교차되어 지나갔다.

 문원은 천근추의 수법으로 칼날을 밟고 내려섰다. 북해의 무사들이 묵직한 무게를 버티지 못하고 칼을 놓쳤다.

 카장창! 문원에게 밟힌 칼이 바닥에 뉘어지며 깨지고 부서졌다. 그 순간 문원이 번개처럼 바로 앞에 있는 무사의 무릎을 밟고 뛰어올라 턱을 차고, 허공에서 제비를 돌아 다음 무사의 어깨를 뒤꿈치로 내리찍었다. 무사가 양팔을 치켜들어 팔뚝으로 막았으나 우지끈 소리와 함께 팔목이 분질러졌다.

 내려서면서는 몸을 낮추어 바닥을 쓸듯 발을 휘저었는데, 거기에 걸린 무사의 발목이 여지없이 뚝 소리를 내며 부러졌다.

 "아악!"

 칼을 든 무사가 사선으로 칼을 긋자 폴짝 뛰어 피해낸 후 바닥에 머리를 대고 양손을 짚으며, 발을 위로 올려찼다.

문원의 키가 워낙 작았기 때문에 문원의 발은 무사의 사타구니에 걸렸다.

쩍!

"끄아아아아!"

듣기에도 처량한 비명과 함께 무사가 나동그라졌다. 문원은 나동그라지는 무사의 등을 밟고 튀어나가 또 다른 무사를 향해 무릎을 세우고 날아갔다. 표적이 된 무사가 급히 권을 뻗었으나 문원은 무사의 주먹을 무릎으로 밀어버렸다.

우드득! 주먹이 부서지고 손가락이 기이한 방향으로 뒤틀리며 팔꿈치가 반대로 꺾였다. 문원은 그대로 나아가 반대쪽 무릎을 무사의 안면에 꽂아 넣었다. 코가 주저앉으며 코피가 한 번에 왕창 쏟아졌다.

피하기에는 너무 재빠르고, 막는 건 소용이 없었다.

문원이 다른 한 무사의 대퇴골을 으스러뜨리며 차버렸을 때 이미 그의 주변에는 한 명의 무사밖에 남아있지 않았다.

한 걸음에 한 번의 발길질, 소림의 팔보연환각(八步連環脚)!

단숨에 여덟 명의 무사를 행동불능으로 만들어 버린 문원이다.

"으아아!"

마지막 남은 무사가 칼을 곧추세우고 동귀어진의 일격을

감행했다. 문원은 번개처럼 몸을 틀어 손바닥으로 칼의 옆면을 밀어내며 진각을 밟고, 반대쪽 주먹으로 무사의 옆구리를 내질렀다.

소림장권(少林長拳).

뻐엉!

북 터지는 소리가 나고 무사는 선채로 일장을 넘게 밀려났다가 그대로 고꾸라졌다.

휘리리리.

무사가 들었던 칼이 허공에 떴다가 뱅글거리고 돌며 떨어졌다.

문원은 떨어지는 칼을 잡았다. 그리곤 광혈풍과 삼천의 무사들이 보란 듯 칼을 잡아 부러뜨렸다.

우지끈!

어지간한 공력이 없고서야 휘휘 휘어지기도 하는 철검을 맨손으로 부러뜨리긴 어렵다.

문원이 말 대신 행동으로 경고를 보낸 것이다.

광혈풍은 바닥에 쓰러져 신음을 흘리는 북해의 무사들은 쳐다도 보지 않고 문원에게만 시선을 보내고 있었다.

그러다 갑자기 큭큭대고 웃었다.

"중도 아니면서 중놈들의 무공을 중놈보다 더 정확하게 펼치는 노인네를 무어라 불러야 하나?"

문원은 광혈풍을 째려보았다.

"다른 사람 목숨가지고 장난하는 나쁜 시주에게 해 줄 말이 뭐 있겠니?"

"흐흐, 그런 말을 하는 노인네치고 손속이 지독한데?"

"너가 몰라서 그러는데 원래 소림의 무공은 이래."

"외공을 익혔으니 뼈를 부러뜨리고 살점을 터뜨리는 게 당연하겠지. 그런데 말이야. 그러니까, 요즘 추세 같지 않은 소림사의 무공을 통달한 노인네가 우리 앞길을 달랑 혼자서 막고 있다는 건 어떻게 봐야 하느냐는 거지."

"더 이상 못 간다는 뜻이야."

잠시 생각하고 있던 광혈풍이 도끼를 빼들었다.

스르릉.

광혈풍의 눈에서 으스스한 살기가 폭사되었다.

"이제야 알겠다. 소림사의 전대 고수로군. 어쩐지 중놈들이 코빼기도 안 보인다 싶었지."

생긴 것치고 눈치가 빨랐지만 문원은 별로 개의치 않았다.

"아냐. 그냥 나 혼자 알아서 밥값 하는 중이야. 오늘은 매우 중요한 날이거든."

광혈풍은 손에서 도끼를 빙글빙글 돌렸다.

"젯밥을 혼자 챙겨먹겠다는 장한 생각은 칭찬해주지. 내 그 점을 높이 사서 특히 고통스럽게 패 죽여주마."

문원이 짜증을 냈다.

"말로 해서 듣지 않는 시주는 꼭 눈앞에서 부처님을 만나야 정신을 차리더라?"

광혈풍이 고함을 질렀다.

"노인장이야말로 눈앞에서 부처를 보고도 알지 못하는구나! 노인장이 있든 없든 소림사가 잿더미가 되는 건 변하지 않는 사실이다."

광혈풍이 도끼를 쳐들었다.

"전군 공격! 노인장은 신경 쓰지 말고 소림사를 쓸어버려라!"

"와아아아아!"

북해의 삼천 무사들이 밀물처럼 밀려들었다. 일주문을 가로막고 있는 점 하나에 불과한 문원은 금방이라도 파도에 쓸려버릴 것 같았다.

문원의 늘어진 눈꺼풀이 살짝 떨렸다.

광혈풍이 생긴 건 무식해보여도 보통 영악한 게 아니었다. 한 명씩 상대하면서 시간을 끌면 초조해지는 건 상대일 텐데, 반대로 이러면 심리적으로 밀리는 건 오히려 문원이다.

문원은 허리춤에 손을 댔다가 당겼다.

피리릭, 피리리릭!

가볍게 팔을 흔드는 문원의 손짓에 바람이 날카롭게 베어지는 소리가 났다. 낭창거리는 연검이 이리저리 굽어지며 내는 소리였다.
 곧 문원의 수천 배나 되는 사람의 그림자가 문원을 뒤덮었다.
 그 가운데로는 살기등등한 모습으로 광혈풍이 문원을 향해 곧장 달려오고 있었다.

*　　*　　*

 삼황선원의 금분세수식장에서도 싸움이 한창이었다.
 소림사의 행사에 참관을 온 이들과 북해의 무사들 간에 접전이 벌어지고 있었다.
 한데 싸움의 양상은 치열하다고까지 말하긴 어려웠다.
 금천문의 나기검 화우도 한 명의 북해 무사를 상대하다가 예기치 않은 사태를 만나 난감해하는 중이었다.
 "아니?"
 그는 방금 북해의 무사 한 명의 가슴에 정확히 팔성 공력을 담은 일장을 내질렀다. 마음을 단단히 먹고 쓴 내가중수법이었으니 상대는 내장이 녹아서 즉사해야 정상이었다.
 그런데 북해 무사는 조금 컥컥거렸을 뿐, 금세 회복해서 다시 칼질을 해댔던 것이다.
 오히려 장을 친 화우의 손목이 부러질 듯 시큰거렸다. 게다가 손바닥은 피투성이가 되어 있고 한기가 치밀어 뼈까지 시렸다.

"이, 이게 대체……!"

화우뿐만이 아니었다. 무기가 없는 대부분의 참관 무인들이 맨손으로 북해의 무사들을 공격했다가 되려 피해를 입고 당황한 모습이 역력했다. 일부는 미처 대응을 못하고 칼을 맞기도 했다.

그것은 무기를 들지 않은 최고수들도 마찬가지여서 대체로 소림사 측의 공격이 통하지 않고 있는 양상이었다.

"아무래도 이상하군!"

수상함을 느낀 혈랑자가 조법으로 북해 무사 한 명의 옷을 찢어내 보았다. 북해 무사는 몸통에 푸른빛이 도는 가죽 조끼를 입고 있었는데, 눈에 잘 보이지 않는 작은 가시들이 빼곡하게 박혀 있었다.

그것을 본 순간, 혈랑자는 손가락 끝에서 뭉글뭉글 샘솟는 핏방울도 의식하지 못한 채 소리쳤다.

"천저빙룡갑(天底氷龍甲)!"

최고수들과 일부 참관객들이 천저빙룡갑을 알아보고 크게 놀랐다.

북해의 얼어붙은 수만리 빙하.

그 가장 심연에서 산다는 빙룡의 가죽으로 만든 갑주였다. 일반적인 장력은 거뜬히 막아내고 가시가 박혀있는 데다 가죽이 질겨 도검도 잘 통하지 않았다.

참관객들은 무기를 강제로 맡기고 온 탓에 쓸 수 있는 게 권장법뿐이었다. 그런데 북해 무사들이 몸에 저런 걸 착용하고 있으니 당연히 제대로 된 공격이 될 리가 없었다.

게다가 북해의 무사들이 그리 호락호락한 실력도 아니었다. 강호에서 족히 일류로는 봐줄 만한 실력을 가지고 있었다. 실력이 뛰어난 이들을 골라서 데려온 터라 단순한 실력으로 비교해도 참관객들의 무공이 부족한 편이었다.

때문에 연거푸 밀리는 쪽은 참관객들이었다.

금분세수식장은 온통 비명과 함성으로 아우성이 되었다.

운일도장이 난감한 얼굴로 이를 갈았다.

"천저빙룡갑을 뚫고 상처를 입히려면 최소 검기 정도는 낼 수 있어야 하는데……."

가뜩이나 그리 넓지 않은 행사장이라 수백 명이 얽혀 싸우기에는 무리가 있었다. 한데 일부러 북해의 무사들이 난전을 유도하고 있어서 최고수들은 옆 사람이 다칠까 검기도 못 내고 있었다.

참다못한 운일도장이 외쳤다.

"감당이 어려운 동도들은 일단 뒤로 물러나시오!"

하지만 그의 앞에 소리도 없이 흰 그림자 하나가 일렁였다.

"어딜 물러나?"

백귀살이 운일도장을 노리고 다가왔.

기세만으로 고수라는 걸 알아챈 운일도장은 별 수 없이 나뭇가지에 검기를 불어넣었다. 주변에 있던 이들이 싸우다 말고 기겁해서 옆으로 비켜났다.

"오너라!"

운일도장은 백귀살을 상대로 처음부터 맹공을 펼쳤다. 검기를 머금은 나뭇가지가 백귀살의 팔방을 차단하며 짓쳐들었다.

운일도장이 펼치는 청운적하검법은 가히 신묘하기 그지없었으나 백귀살의 신법도 그에 못지않았다.

백령무의귀천공으로 신체 능력을 극대화시킨 백귀살은 청운적하검법의 빈틈을 요리조리 빠져나갔다. 여차하면 다른 이들을 방패로 삼아 숨어버리기까지 했기 때문에 운일도장은 검을 마음껏 쓰기가 고역스러웠다.

어느 순간 틈이 보인다 싶자 백귀살이 쾌속하게 손을 뻗었다.

운일도장이 미끄러지듯 뒤로 물러나며 검기가 어린 나뭇가지로 백귀살의 손목을 휘감았다. 절묘한 한 수였으나 백귀살은 나뭇가지를 대뜸 잡아버렸다.

백귀살이 힘을 주자 와작 소리를 내며 검기와 나뭇가지가 같이 박살났다.

백귀살의 손은 하얗게 서리가 앉아 뼈가 다 보일 정도로 투명했다.

"한백소수!"

한백소수는 검강 급의 소수공(素手功)이라 검기가 통하지 않는다.

운일도장은 백귀살의 공력이 생각 이상이라는 걸 깨달았다. 장건에게 크게 당하긴 했어도 본래는 우내십존과 동수를 이룰 정도의 고수인 백귀살이다.

"으음."

운일도장이 낭패하여 침음성을 흘리며 물러나자 백귀살이 연신 쌍장을 퍼부어댔다.

"조심하게!"

반오가 화룡소로 탄지를 쏘아냈다.

백귀살이 귀찮다는 투로 손바닥을 펼쳐 탄지를 튕겨냈다. 백귀살의 무위가 둘로 감당하기 힘듦을 안 황보성이 옆에서 가세했다.

"여기에도 있다!"

세 명이 백귀살을 협공하면서 그나마 잠시 동수가 이루어졌다.

하나 그 사이에도 참관객들은 계속해서 북해의 무사들에게 밀리고 있었다.

그리고, 그 와중에 냉고사와 적수의가 격전의 한복판을 가로지르는 중이었다.

그들의 시선은 사람들의 가장 뒤쪽에 앉아 있는 장건을

향해 있었다.

 장건은 어떤 자세에서도 운기조식을 취할 수 있었으나, 가장 빠른 회복을 위해서 가부좌를 틀고 앉아 있는 채였다.

 냉고사가 인상을 쓰고 말을 내뱉었다.

 "회복하도록 그대로 둘 것 같으냐?"

 장건의 막강한 무위는 아까 문사명과 고현을 통해 이미 드러났었다. 비록 현재까지는 북해빙궁이 매우 유리하고 만일의 사태에 대비해서 다중의 안배도 갖추어 놓았지만, 장건이 내공을 회복한다면 또 모르는 일이다.

 적수의도 문각에 대한 두려움을 떠올리며 씹듯이 말을 내뱉었다.

 "반드시 잡아낸다."

 하나 살기등등하여 다가서는 둘을 원호가 막아섰다.

 "멈추시오."

 냉고사가 귀찮은 파리를 쫓듯 원호를 향해 유빙장을 내질렀다.

 "꺼져라."

 소림사의 방장이 안중에도 없다는 안하무인의 태도였다. 원호로서는 당연히 화가 날 수밖에 없지만 당장에 냉고사의 장력을 무시할 수가 없었다.

 원호는 쌍장으로 유빙장을 정면에서 받았다.

 펑!

장력이 워낙 강해 원호는 마주친 그대로 바닥에 끌리며 뒤로 밀렸다. 얼음조각들이 비산하며 눈부시게 반짝거렸다.

 원호는 승복의 소맷자락을 다섯 번이나 휘둘러 겨우 장력을 해소시켰다.

 한 눈에도 내력의 차이가 극명했지만 원호는 움츠러들지 않았다.

 "이 정도로 물러설 듯싶으냐!"

 일장으로 원호를 보낼 수 있을 거라 생각했던 냉고사가 의외라는 얼굴로 걸음을 멈추었다.

 적수의가 냉고사에게 고개를 끄덕여 보이며 원호를 지나치려 했다.

 원호가 적수의의 앞마저도 막아섰다.

 "그냥은 못 간다!"

 원호는 장건이 운기조식을 끝낼 때까지 지켜야만 했다. 그대로 지나보내면 장건은 그야말로 죽은 목숨이나 다름없다.

 냉고사 한 명도 쉽지 않은 마당에 적수의까지 동시에 상대해야 하는 어려운 상황이었다.

 적수의의 눈꼬리가 푸르스름한 인광으로 빛났다.

 "무리하는군."

 적수의가 손가락을 갈고리처럼 움켜쥐고 원호의 얼굴을

할퀴었다.

 원호는 옆으로 허리를 틀며 고개를 뉘여 적수의의 손가락을 피하려 했다. 한 뼘 정도의 거리를 두고 피해내는가 싶었는데, 돌연 적수의의 팔이 길게 늘어나더니 원호의 뺨을 긁었다.

 찌익!

 원호의 뺨이 찢기며 네 줄기의 혈흔이 남았다.

 "으음."

 원호는 신음을 흘리며 연속으로 세 번의 발길질을 했다. 적수의가 슬쩍 뒤로 반걸음을 물러나자 거리가 확연히 멀어져서 원호의 공격은 헛발질이 되었을 뿐이었다.

 반면에 적수의가 선 채로 손을 펼치자 그의 공격은 분명히 피했다고 생각한 원호의 어깨를 찍었다. 원호가 뒤로 물러나자 적수의의 팔이 그보다 빠르게 늘어났다.

 적수의의 팔은 원호의 어깨를 넘어서서 뒤쪽 어깻죽지의 비파골(琵琶骨)에 박혔다.

 적수의는 앞에 있는데 그의 손가락은 마주선 원호의 등짝에 박혀 있는 것이다!

 "이런 괴이한 사공을!"

 원호가 고통을 참고 권풍을 날렸다. 거리를 벌리려는 셈이었는데 적수의는 교묘한 보법으로 근거리에서의 권풍을 모두 피해냈다. 여전히 손가락은 원호의 비파골에 박혀 있는 중이다.

 적수의가 비파골을 찍은 손가락에 내공을 흘려 넣자 원호는 힘이 빠져 한쪽 무릎을 꿇었다.

 "크윽."

 원호는 그제서야 적수의를 제대로 볼 수 있었다. 기가 막히게도 적수의의 팔은 관절이 빠져서 길게 늘어져 있는 채였다. 그러니까 원호가 도무지 거리를 맞출 수 없었던 것이다.

 "인간의 신체는 참으로 오묘하고 신비하기 이를 데 없지."

 적수의가 온 몸의 뼈를 두둑거리면서 다가왔다. 빠졌던 팔의 관절도 스스로 맞춰지며 거리가 좁혀진다. 원호는 비파골을 꿰여 한쪽이 거의 마비된 상태였다.

 원호는 암담한 심정으로 장건이 있는 쪽을 쳐다보았다. 소왕무와 대팔이 결사적인 표정으로 장건의 앞을 지키고 있었다. 그러나 그 둘이 아무리 애를 써봐야 이들을 막기는 어려울 터였다.

 '이대로 죽지 않는다!'

 우둑 뚜두둑.

 적수의가 원호의 등 뒤로 돌아오며 관절을 맞추는 소리가 들려온다.

 원호는 무릎을 꿇은 채 바닥의 흙을 집어 뒤쪽으로 던졌다. 삼류 잡배도 아니고 소림사의 방장이 그런 짓을 할 거라곤 전혀 생각하지 못했기에 적수의도 조금 당황했다.

"허! 소림사의 방장이란 작자가 죽기 싫어 추잡하게 발버둥을 치는구나."

적수의 역시 우내십존에 준하는 고수.

적수의는 입으로 힘껏 내공이 담긴 바람을 불어 흙을 날려버리고는 원호의 정수리에 손가락을 뻗었다.

"에잉, 더러운 짓 말고 그냥 죽어라."

한 손은 비파골에 박아 넣은 채 다른 손가락으로 머리를 찍었다. 두개골에 다섯 개의 구멍을 내 죽이려는 악랄한 수법이다.

원호는 기다렸다는 듯이 몸을 숙였다가 오히려 허리를 펴서 뒤로 박치기를 했다. 사람의 뼈에 아무렇지 않게 구멍을 내는 적수의의 손가락이 원호의 머리통과 부딪쳤다.

카칵!

어이없게도 불꽃이 튀며 금속성이 울렸다.

"아닛?"

적수의는 손가락이 부러질 듯 저릿저릿해 고통스러운 표정을 지었다. 그가 잠시 몸을 움츠린 동안 원호는 어깻죽지에 박힌 손을 빼고 몸을 피했다.

적수의가 당황스러워 원호의 머리를 쳐다보았다. 계인 위로 자신의 손가락 자국이 남아있고 살갗도 찢어졌다.

하지만 그 이상의 깊은 상처는 없었다.

원호의 등, 비파골을 뚫고 휑하니 난 다섯 개의 구멍에서 피가 줄줄 흐른다. 그걸 봐도 뼈가 무쇠로 된 것이 아님에는 분명한데 기이한 노릇이었다.

적수의는 탄성을 냈다. 오래 전에 들었던 얘기가 기억났다.

"아아, 그거였군. 철두공(鐵頭功)."

외가공부가 극에 이르면 머리로 물구나무를 서서 잠을 자고, 이마로 바위를 부순다는 철두공이다.

예전에는 입문 제자 때부터 수련하는 과정이었으나 근래에는 소림사에서도 잘 가르치지 않는 무공이었다. 내가장력에 취약한 단점이 있어 고수가 되면 거의 쓸 일이 없는데다, 절정의 내공을 지닌 우내십존이 군림하는 시대를 겪으며 내가고수를 선호하는 면이 커졌기 때문이었다.

하나 원호는 성정이 본래 불같아 차분히 내가공부를 쌓지 못하고 외공에 치중했는데 철두공도 그중 하나였다.

"쯧, 철두공을 할 줄은 생각도 못했더니만."

적수의로서는 생각도 못한 방법에 불의의 반격을 당한 셈이었다.

원호가 한숨을 쉬며 머리를 쓸었다. 피가 흥건히 묻어나왔다. 겨우 한 번의 위기는 넘겼으나 아직 사태는 나아지지 않았다.

냉고사가 바로 지척에서 무표정한 얼굴로 손바닥을 쳐들고 있었다.

원호는 아직 호흡도 채 고르지 못해 막아낼 수 있을 지 자신이 없었다. 일단 공력을 있는 대로 끌어 모아 권을 뻗었다. 냉고사가 손바닥을 위에서 아래로 내려찍듯이 쳤다.

퍼엉.

원호의 권은 튕겨나가고 몸은 바닥에 눌렸다.

"으윽!"

원호의 몸이 그대로 얼어붙으며 짓뭉개지려는 찰나 냉고사가 장력을 거두었다.

쏴아!

원호의 머리 위로 새하얀 강기의 물결이 스쳐 지나갔다. 그것 때문에 냉고사가 공격을 포기한 모양이었다.

냉고사는 두 번의 장력을 퍼부어 강기를 무력화시키면서 자세를 바로 잡았다.

"흠."

냉고사가 깊은 눈으로 뒷짐을 지고 전면을 응시했다.

조금은 무기력한 느낌으로 고현이 검을 들고 있었다.

"거기까지만."

원호가 몸을 추스르며 감사의 인사를 했다.

"고맙소. 몸은 괜찮소?"

고현이 알쏭달쏭한 표정을 지었다.

"모르겠군요. 문 소협에게 당한 상처 말고 내상은 별로 입지 않았는데 솔직히 말하자면 굉장히 피곤합니다."

금방이라도 쓰러져 자고 싶은 고현이었다. 고현은 심지어 하품까지 했다. 그 모양으로 잠깐이나마 운기조식을 해서 기운을 차린 것도 용했다.

냉고사가 갑자기 끼어든 고현을 보고 짧게 물었다.

"결국은 배신하는 건가?"

"배신?"

그 말에 놀란 건 원호를 비롯한 주위의 사람들이었다.

"설마 고 문주! 저들과 손을 잡았단 말이오?"

"어떻게 그럴 수가!"

원호가 고현을 의심스런 눈초리로 쳐다보았다. 지금 냉고사의 저 말이 무슨 뜻이냐는 눈빛이다.

고현은 힘없이 고개를 저으며 원호가 아닌 냉고사에게 말했다.

"나는 세상을 바꿀 수 있다면 맹주가 아니라 악역까지도 자처할 자신이 있었지만, 적어도 내가 꿈꾸던 세상에 이런 끔찍한 학살극은 없었소. 그건 내가 원하는 세상이 아니오."

"배신을 정당화하려는가?"

"뭐라 말해도 좋소! 더 이상 당신들과는 함께 하지 못하겠소. 북해든 육검문이든, 그게 어느 쪽이든."

고현이 장건 쪽을 힐끔 쳐다보며 말을 이었다.

"그리고 무엇보다도…… 내게 소중한 그 누구를 위해서라도 장 소협이 당신들의 손에 해코지를 당하도록 두고 볼 수가 없겠소이다."

고현이 고개를 돌려 원호를 보았다.

"안심하십시오. 내 숨이 붙어있는 동안은 장 소협을 지키는 일을 도울 것입니다."

원호가 물었다.

"고 문주. 때가 좋지 않음은 아나 한 가지만 묻겠소이다."

"하문하시지요."

"고 문주에게 소중하다는 그 분이 혹시 본사의……"

고현은 갑자기 자신의 손바닥을 천룡검으로 베었다. 싹 소리가 나며 피가 배어나왔다. 정신이 좀 들었는지 눈에 생기가 돌았다.

"미안합니다. 더 대화를 나누기엔…… 지금은 너무 졸립니다. 오늘 일이 끝난 후에나 말씀을 드릴 수 있을지 모르겠군요."

정말로 고현은 최선을 다해 졸음을 쫓고 있는 중이었다. 대체로 장건에게 당한 이들이 어떠했는지 원호는 잘 알았기 때문에 더 이상 고현을 다그칠 수 없었다.

"음…… 기다리고 있겠소."

의문은 뒤로 미뤄둔 채, 원호는 적수의와 맞상대에 나섰다.

고현은 길게 숨을 내뱉은 후에 냉고사와 싸울 준비를 하며 잠깐 생각을 했다.

'어디에 있는 거요, 태상……. 보고 있긴 한 거요?'

최근 태상의 몸 상태는 매우 악화되었다. 수시로 피를 토하며 급격하게 생기를 잃어가는 중이었다. 하지만 고현은 태상이 근처 어딘가에서 보고 있을 거라 확신했다.

'태상, 내게 새 삶을 준 당신을 위해서라도 난 장 소협을 끝까지 지킬 것이외다. 고맙소.'

고현은 천근만근인 눈꺼풀을 겨우 열며 내공을 끌어올렸다. 잠깐 휴식을 취하긴 했으나 소모된 내공을 모두 채울 순 없어 기세는 대단하지 않았다.

고현의 상태를 눈치 챈 냉고사가 비릿한 살소(殺笑)를 지었다.

"어차피 일이 끝나면 모두 죽여 없앨 생각이었으니 지금 이 자리에서 너 또한 죽여주마."

\* \* \*

상황은 북해빙궁에 매우 유리했다.

하지만 싸움을 지켜보는 야용비의 표정은 그리 밝지 못

했다. 어쩌면 조금은 초조해 보이기도 하였다.

곁에 있던 사갈마존이 낮은 소리로 웃었다.

"흐흐, 걱정스러운가?"

"조금은 그렇군요."

"빨리 내 차례가 왔으면 좋겠군."

"사갈마존을 모신 건 저지만, 저는 그런 일이 없었으면 좋겠는데요."

"흐흐흐."

사갈마존이 다시 웃었다.

"뇌음사와 야율본이 왜 북해의 뒤통수를 치려했는가 소문이 돌더라고. 저 소림소마란 꼬마가 북해의 약점을 쥐고 있다면서?"

야용비가 코웃음을 쳤다.

"사갈마존에게까지 소문이 들어갔을 줄은 몰랐군요."

"소문의 진위야 삼 할도 믿을 바가 못 되지. 하나 북해의 최고 고수인 저 둘이 꼬마를 잡으러 간 것만 봐도 알 수 있지 않겠나."

사갈마존의 말대로 냉고사와 적수의에게 내려진 명은 오로지 장건 하나였다.

반드시 장건을 잡아 무공의 비밀을 풀어내야 했다.

그렇지 않으면 뇌음사와 야율본처럼 약속을 어기고 뒤통수를 치려했던 일은 언제고 다시 발생할지 모른다.

장건이 금분세수를 하든 뭘 하든, 살아있는 이상 북해는 매번 다른 세력들에게 약점을 잡히지 않을까 전전긍긍할 수밖에 없게 된다.

거기다 실은 장건뿐만 아니라 소림사도 문제였다. 문각의 무공이 굉장히 까다로워 전수가 어렵다고는 하나, 그래도 또 언제 장건 같은 무인이 탄생할지 모르는 노릇이었다.

하여 소림사도 마냥 내버려둘 수는 없었다.

때문에 야용비는 오늘 두 가지의 목표를 세웠다.

하나는 장건을 사로잡아 비밀을 캐거나 혹은 죽이는 것이고, 다른 하나는 불안의 근원지인 소림사를 아예 없애버리는 것이었다.

마침 황제는 장건 때문에 무림 고수들이 한 곳에 모여들자 극도의 불안 증세를 보이고 있었다. 그들이 언제 황위를 찬탈하는 도적 떼로 변할지 모른다며 잠도 이루지 못하였다. 종암과 유장경을 불러다 수시로 독촉한 것도 그 때문이었다.

야용비가 오히려 이를 기회로 무림의 최고 고수들을 일거에 몰아서 죽일 수 있다고 황제를 설득하자, 황제는 길게 고민도 않고 즉시 승인했다. 소림사의 멸문은 덤이었다.

야용비로서는 눈엣가시 같던 문각의 전승자와 소림사를 동시에 없앨 수 있는 좋은 기회가 생긴 셈이었다.

삼황선원에서 벌이고 있는 이 복잡한 일들은 어찌 보면

전부 장건 하나 때문에 꾸몄다고 해도 과언이 아니었던 것이다.

그만큼 오늘의 일은 중요했다. 북해빙궁의 미래를 가리고 있는 암막(暗幕)을 거두어낼 수 있느냐 마느냐의 기로다.

그런데 그런 북해빙궁의 의도를 황궁의 세력들이 모를 리 없었다.

특히나 동창은 기가 막히게 냄새를 맡았다. 그들이 오히려 앞장서서 이번 일에 나선 것에는 다 이유가 있었다.

야용비는 행사장을 둘러싼 낮은 담을 슬쩍 쳐다보았다. 담 위에는 동창과 황도팔위의 오십 명 고수들이 싸움을 시작한 이래 한 발짝도 움직이지 않고 있었다.

마치 방관자, 혹은 경계병처럼 행세하고 있는 듯했다.

그러나 그들이 노리는 바는 명확하다.

장건이다. 기회를 보다가 때가 되면 움직여서 장건을 포획하려는 생각일 게 분명했다.

장건의 신병을 확보해 무공 비밀을 알아내기만 한다면 그들은 북해빙궁이라는 거대 세력을 아무런 힘도 들이지 않고 좌지우지할 수 있게 되는 것이다. 더불어 무림삼분지계에 의해 북해가 가질 무림의 절반에 해당하는 통제권을 자연히 취득하게 될 것이고.

그러니 야용비가 그들을 신경 쓰지 않을 수가 없었다.

사갈마존이 말했다.

"내가 아는 걸 저들이 모른다고 생각할 수 없겠지. 안 그런가?"

"맞아요."

야용비가 순순히 수긍했다.

"그래서 사갈마존이 필요한 거예요."

야용비는 손바닥에 손톱만 한 환단을 올렸다.

"동창에 넘겨준 나기니분의 해약이죠."

사갈마존이 날카롭게 눈을 빛냈다. 한눈에 그것이 제대로 된 해약이 아니라는 걸 알아보았다.

"큭큭. 노부가 준 환단이 아니로군."

야용비가 가짜 환단을 만들어 건넨 것이다!

그것은 곧 사갈마존이 공반나수를 살포했을 때 동창의 고수들 또한 혼루쌍독에 중독될 거란 뜻이었다.

하지만 사갈마존은 별로 개의치 않는 듯했다.

"나야 원하는 것만 얻으면 그만이지. 오늘 일이 마무리되면 삼 년 내에 천 명의 동남동녀(童男童女)를 구해주기로 한 약속만 지켜라. 노부의 천년시독(千年屍毒)을 위해서는 반드시 신선한 재료가 필요하다. 흐흐흐."

"물론이지요. 하나 약속을 지키기 위해선 우리가 무림을, 나아가 관부까지도 통제할 수 있어야 해요. 그것을 위해 오늘 전승자와 소림사는 필히 처리되어야 합니다. 누구의 방해도 받지 않고 말이죠."

"걱정 마라. 내가 나설 때만 귀띔해주도록. 약속컨대 그 순간 전승자를 비롯해 저 무대 위의 인간들은 더 이상 살아 있는 인간이 아닐 것이다."

사갈마존은 살기 어린 웃음을 지으며 손을 비볐다.

"설사 그것이 멀쩡한 놈이든 사내구실을 못하는 놈들이든 상관없이 말이야."

오랜 시간 동안 독을 연구하며 산 나머지 시커멓게 변한 손톱과 누렇게 변색된 손끝은 그의 자신감을 대변해주는 듯했다.

야용비는 사갈마존의 말에 미간을 찌푸렸으나 금세 안도의 표정을 지으며 싸움으로 시선을 옮겼다.

\* \* \*

장건은 가부좌를 틀고 운기조식을 하고 있었다.

하나 쉽사리 정신을 집중하기 어려웠다. 눈앞에서 피가 튀고 비명이 들려오는데 몰두할 수 있을 리가 없었다.

상황이 소림사 쪽에 매우 불리하다는 것도 장건이 마음을 차분히 가라앉힐 수 없는 이유 중 하나였다.

게다가 단전이 워낙에 넓어져서 단순한 단전호흡으로는 내공을 채울 수가 없었다. 사람 키보다 큰 항아리에 물 한 바가지 붓는 정도나 마찬가지였다.

'큰일 났네. 어쩌지?'

장건이 제아무리 최선을 다한다 하더라도 단전을 채우는 동안 다른 이들이 버틸 수 있을 것 같지가 않았다.

'적당히는 안 돼.'

북해 측의 세 고수를 모두 상대하려면 거의 완전한 상태가 되어야 했다.

그래도 지금으로서는 다른 도리가 없었다.

장건은 최대한 집중하려 애를 썼다.

꼬르륵.

엎친 데 덮친 격으로 끼니때가 되었는지 배까지 고파왔다.

\* \* \*

최고수들이 분전하고 있었으나 전황은 나아지지 않았다.

대부분의 무인들이 북해의 무사들에게 밀려서 점점 몰리고 있는 형국이었다. 벌써 크고 작은 부상을 입은 이들이 오륙십 명이 되었다. 그에 비해 북해 무사들의 부상은 손가락에 꼽을 정도나 될까 했다.

"아무래도 안 되겠네. 누가 이쪽을 잠시 맡아주시게!"

운일도장, 황보성와 함께 백귀살을 상대하고 있던 반오

가 몸을 빼냈다.
 "제가 선배님들을 보필하겠습니다!"
 무당파의 청우가 상황을 보고 있다가 끼어들었다. 청우는 머리띠를 풀어 내공을 주입했다. 묵색의 머리띠가 빳빳해지며 검기를 머금었다.
 "받아라!"
 청우가 칠성검법(七星劍法)으로 빠르게 백귀살을 몰아쳤다. 백귀살이 한백소수로 칠성검법을 상대하고 그 사이 반오는 옥소(玉簫)를 들고 뒤로 훌쩍 물러났다.
 반오가 단상 위로 올라서서 옥소를 입에 댔다.
 며칠씩 머물고 있던 최고수들도 오늘만큼은 대부분의 무기를 압류 당했기 때문에 반오의 화룡소만 겨우 남아 있었다.
 반오가 화룡소를 물었다.
 삐리리리.
 단아한 옥소의 음이 혼잡한 장내에 울리기 시작했다. 음공의 고수인 반오가 연주를 시작한 것이다.
 반오가 음률에 내공을 실어 퍼뜨리며 교묘하게 북해의 무사들이 대거 몰린 쪽으로 소리를 집중했다.
 북해의 무사들이 거칠 것 없이 소림사 측 무인들을 몰아치다가 놀라서 주춤거렸다.
 "으……!"

"으음……."

단전의 내공이 들끓으면서 날뛰는 탓에 북해 무사들의 얼굴색이 붉으락푸르락해졌다.

북해의 무사들 내공도 보통이 아니었으나 반오의 음공에 공격을 당하면서 제대로 팔다리를 놀리긴 어려웠다. 북해 무사들의 손발이 어지러워지자 소림사 측 무인들이 잠시나마 한숨 돌릴 수 있었다. 음공이 피아(彼我)를 가리는 건 아니기 때문에 그들 역시 섣불리 반격에 나설 계제(階梯)는 아니었다.

반오의 연주가 계속되면서 북해 무사들의 상태는 점점 더 나빠졌다. 일부는 그 자리에 주저앉아 운기를 할 정도였고 일부는 눈코입귀의 칠공에서 피를 흘리기도 했다.

반수가 넘는 북해 무사들이 대번에 무력화되었다. 반오의 연주를 이대로 내버려두면 완전히 복구불능이 되어버릴 수도 있었다.

"내 손을 빠져나갈 수 있을 듯싶으냐!"

백귀살이 치욕스럽다는 투로 말을 내뱉더니 백령무의귀천공을 한계까지 끌어올렸다.

백귀살의 목표가 반오라는 걸 알아챈 운일도장이 반쪽만 남은 나뭇가지에서 극대로 검기를 뽑아내었다. 두 자가 넘는 검기가 나뭇가지에서 솟구쳤다.

"이자를 막아야 하네!"

황보성이 황보가의 태산장(泰山掌)을 날리고 청우가 소청검법을 펼쳐 백귀살의 운신할 수 있는 행로를 차단했다.

이어 운일도장이 나뭇가지를 든 채 몸을 날렸다.

신검합일(神劍合一)!

짧은 거리에서 빛살처럼 운일도장이 날아가 검기와 하나가 된 채 백귀살의 몸을 관통할 듯 쏘아졌다.

"흥!"

백귀살이 청우를 향해 일장을 내뻗었다. 한백소수의 강함을 익히 안 청우가 백귀살의 일장과 마주치지 않으려 하면서 검세가 어지러워졌다. 백귀살을 위협하던 소청검법의 검초가 느슨해지고 공간이 열렸다.

순간 백귀살이 최대의 신법을 펼치면서 몸이 세 갈래로 갈라지고 흐릿한 잔상이 생겨났다. 세 개의 잔상이 세 고수를 거의 동시에 상대했다.

퍼펑!

황보성은 백귀살이 쌍장으로 맞서자 내력에서 밀려 피를 토하며 뒤로 밀려났고, 청우는 백귀살의 선풍각을 막다가 팔이 부러졌다.

와지끈!

신검합일로 날아들던 운일도장은 백귀살이 위에서 아래로 한백소수로 내려치자 검기가 와해되었다. 검기를 머금은 나뭇가지가 형체도 찾아보기 어려울 정도로 산산조각이

났다.

그 위로 백귀살이 청우를 잡아 던지듯 내리꽂았다. 운일도장은 날아들던 그대로 청우를 안고 바닥에 처박혔다.

쿠웅!

"크윽."

내공을 실어 던진 것이라 청우는 거의 수백 근 무게의 돌덩이와 같았다. 운일도장은 등이 부서지는 충격에 숨도 제대로 쉬기 힘들었다.

"이럴 수가!"

반오가 있어 겨우 유지하던 평행선은 빈틈이 보이기 무섭게 무너졌다.

순식간에 세 명의 고수를 쓰러뜨린 백귀살은 한 모금의 진기를 머금고는 곧바로 반오를 향해 달려갔다.

의협심 높은 참관객 둘이 백귀살을 가로막았다. 무산노인(巫山老人)과 파라수(把羅手) 악읍이라 불리는 이들이었다.

"못 간다!"

"죽어라, 이놈!"

무산노인이 지팡이의 손잡이를 돌리자 안에서 긴 송곳이 튀어나와 백귀살의 눈을 찔러갔고, 파라수가 몸을 낮추어 기이하게 구부린 손가락으로 백귀살의 발목을 낚아챘다.

백귀살이 코웃음을 치며 뛰어오르더니 양손을 튕겼다.

허공에 하얀 서리의 파편들이 지나가며 공기가 얼어붙었다.

찌이익.

얼어붙은 공기의 두 줄기 궤적이 무산노인과 파라수 악 읍을 향해 이어졌다. 날아가던 송곳마저 얼어붙어 도중에 멈추었다.

무산노인이 대경하여 지팡이를 놓고 마구 장풍을 날렸으나 백귀살의 빙장은 아랑곳 않고 날아들었다. 무산노인과 파라수 악읍은 각기 어깨와 가슴을 얻어맞았다. 둘이 휘청거리며 물러나다가 주저앉았다. 어깨와 가슴의 옷이 얼어붙어 깨지고 드러난 살은 동상에 걸린 듯 푸르스름했다.

반오는 더 이상 음공을 지속하지 못하고 다시 백귀살과 싸울 수밖에 없었다. 육망지와 북무선생이 반오의 위기를 보고 달려와 거들었다.

백귀살이 얼굴을 찌푸리며 한백소수로 세 최고수의 공격을 상대했다.

그제야 백귀살의 발을 잠시나마 다시 묶어둘 수 있었다.

하지만 그것도 잠시 뿐.

뾰족한 수가 생기지 않는다면 시간이 지날수록 상황은 더욱 나빠지기만 할 터였다.

\* \* \*

냉고사가 꽃가루를 뿌리듯 냉기를 뿜어냈다. 수많은 장력의 줄기가 절묘한 방위에서 고현을 덮쳤다.

고현은 무당파 보법인 제운종의 묘리로 사문(死門)을 생문(生門)으로 바꾸어 장력을 벗어났다. 냉고사가 고현을 가로막고 북해의 금나수로 팔뚝을 찍어오자 모용가 유성검법의 묘리로 검결지를 쥐고 냉고사를 공격했다. 전면 혈도 십개 사혈을 동시에 공격하는 유성검법의 쾌속함을 지법(指法)으로 응용했다.

두터운 나무에도 손가락을 박아 넣을 수 있는 단목가의 천심지(穿心指)였다. 냉고사가 손바닥으로 고현이 곧추 세운 검지와 중지를 막았는데, 놀랍게도 공력이 깃든 냉고사의 손바닥에 고현의 손가락이 파고들었다.

냉고사가 흠칫하며 빠르게 손바닥을 떼고는 반대쪽 손으로 고현의 머리를 후려쳤다. 고현이 신법을 이용해 몸을 피하려 하였으나 냉고사의 손바닥에 박아 넣었던 손가락 끝에서부터 전해진 냉기가 몸을 굳게 만들었다.

펑!

고현은 아슬아슬하게 관자놀이를 비꼈으나 옆머리를 얻어맞고는 나뒹굴었다.

"헉헉……."

누운 김에 잠을 자고 싶다는 생각이 간절했다. 눈이 가물

거리고 정상적인 판단을 할 수 없을 정도로 정신도 흐릿해졌다.

타 무공 초식들에 대한 깊은 이해도와 몸에 익은 반사 신경이 아니었다면 이만큼이나 버티기도 어려웠을 것이다.

하지만 그나마도 이제 한계였다.

내공은 거의 바닥났고 온몸은 눈이라도 맞은 마냥 서리가 잔뜩 앉았다. 눈썹도 얼었고 입김도 하얗게 새어나온다. 이상하게 뼛속까지 한기가 치밀어 견딜 수가 없을 정도였다.

한데 사실 냉고사도 고현을 상대하면서 조금 이상하다 생각하고 있었다.

방금 말고는 한빙장을 제대로 맞춘 적이 없는데도 아까부터 고현이 유독 심하게 추위를 타고 있었기 때문이다.

고현의 입술이 파래진 지 벌써 한참 전이다.

'묘하군.'

아무리 생각해봐도 북해의 빙공을 사용하니 주위 온도가 낮아져서 추위를 느끼는 것 같은데, 이 정도는 보통 사람들이라도 오들오들 떨기나 하지 이빨까지 딱딱 치면서 떨 정도는 아니었던 것이다.

냉고사는 비몽사몽으로 무기력하게 쓰러져 있는 고현을 일장으로 쳐 죽이려다가 마음을 바꿨다. 아무래도 장건에게 얻어맞은 게 영향이 있는 듯싶었다. 살려 놓는다면 장건의 무공을 파헤치는 데 도움이 될 지도 몰랐다.

"음."

냉고사는 고현이 더 이상 움직일 수 없다는 걸 확인하고는 잠시 주위를 둘러보며 전황을 살폈다.

많은 소림 측 인사들이 쓰러져 있고, 북해의 무사들은 계속해서 밀어붙이고 있었다. 최고수들이 간헐적으로 대항하고 있으나 저지선은 끊임없이 밀리는 중이었다.

어쨌거나 냉고사의 목적은 장건이었다.

산 채로, 여의치 않을 땐 반드시 죽여 없앤다.

장건의 앞은 또래의 소년 둘이 막고 있었지만, 냉고사에게 그 정도는 문제가 되지 않았다.

다만 만신창이가 되어서 적수의를 막고 있는 원호가 조금 거슬릴 뿐이다.

원호는 아까부터 기가 막힌 대응으로 적수의의 혼을 쏙 빼놓고 있었다.

적수의가 원호의 팔을 금나수로 붙들었더니 자기 팔을 스스로 탈골시키면서까지 적수의의 미간을 철두공으로 박아버린다던가 하는 등의 수법을 사용하는 것이다.

덕분에 적수의는 이마가 깨져 피를 줄줄 흘리고 있었다. 확연한 무력 차이에도 불구하고 적수의가 쉽게 원호를 제압할 수 없는 이유였다.

"이익!"

적수의는 치가 다 떨린다는 듯 이를 갈았다.

이제껏 적수의가 본 소림사의 덕이 높은 고승들은 차분하고 고고한 수법만을 썼는데, 원호는 진흙탕의 길거리 싸움꾼처럼 무공을 쓰고 있다.

물론 그것만으로 승부를 뒤집긴 어려웠다.

원호는 이리저리 긁히고 뜯겨서 너덜너덜해졌다. 팔이 부러진 데다 승복도 죄다 찢겨져서 낭패한 몰골이었다.

냉고사는 원호가 자신을 신경 쓰지 못하는 걸 알고 대번에 옆으로 다가갔다.

"여기까지다."

냉고사가 아무런 거리낌도 없이 일장을 들어 쳤다.

원호의 정수리를 움켜쥐듯 내려치는 구부린 손가락 사이로 새하얀 냉기가 흘렀다. 적수의만 신경 쓰던 원호가 깜짝 놀라 피하려 했을 때에는 이미 반응이 늦었다.

원호도 이제 끝인가 싶을 때.

"방장 사백니이이임—!"

장건이 온 힘을 다해서 달려와 둘 사이로 끼어들었다. 원호의 위기를 보고 마냥 편하게 운기조식만 하고 있을 수가 없었던 것이다.

냉고사의 입장에서는 굴러들어온 떡이나 다름이 없었다.

냉고사는 조소를 지으며 장력을 한층 강하게 내뿜었다. 장건이 아니라 원호를 향해서였다.

장력의 목표가 장건이었다면 장건도 어떻게든 피하거나 할 수 있었겠지만 원호가 대상이니 손을 쓸 수 있는 방법에 한계가 있었다.

별 수 없이 장건은 원호의 앞을 가로막고 냉고사의 장력을 유원반배와 태극경으로 흘려보내려 하였다.

하지만 냉고사 뿐 아니라 적수의도 있었다.

냉고사와 적수의는 둘 다 우내십존에 버금가는 무인.

적수의는 원호를 밀어버리고 장건의 등 뒤에서 명문을 움켜쥐었다. 장건이 금강부동신법으로 몸을 돌리며 적수의의 조법을 피하려 들자 옆구리가 죽 찢겼다. 그리고 그때 냉고사가 장건의 마혈을 찍었다.

"아!"

장건은 몸이 뻣뻣하게 굳는 것을 느끼며 고꾸라졌다.

제5장

드러낸 야욕

"건아!"

소왕무와 대팔이 뒤늦게 소리쳐보았으나 이미 장건은 냉고사의 손에 뒷덜미를 잡힌 채였다.

"건이가 당했다!"

최고수들이 장건이 당한 걸 보고 도우려 하였으나 그들의 상황도 여의치 않았다. 도무지 몸을 빼낼 틈이 없었다.

아니, 설사 몸을 빼낸다 한들 냉고사와 적수의의 손에서 장건을 구하는 것도 쉬운 일은 아닐 터였다. 당장에는 주변에 있는 이들을 돌보는 것조차 버거웠다.

"이놈들!"

원호가 몸을 일으키며 고함을 질렀다.

적수의는 번개처럼 달려가 원호를 발로 걷어찼다.

퍽.

"큭!"

원호는 짧은 신음소리를 내며 나가떨어졌다.

냉고사가 말했다.

"가지."

목적을 이루었으므로 다른 데 신경 쓰기도 귀찮다는 표정이었다. 냉고사는 장건을 들거나 하지 않고 뒷덜미만 잡고서 걸어갔다. 장건은 짐짝처럼 바닥에 질질 끌리며 붙들려 갔다.

장건이 잡히자 북해 무사들은 압박의 강도를 낮추었다. 소림 측 인사들도 잠시나마 숨을 골랐다.

장내가 적당한 소강상태에 접어들었다.

혈랑자가 입가의 피를 닦으며 주위를 둘러보았다. 북해 무사들이 경계하며 서 있는 모습이다.

"망할. 놈들이 건이를 노린 게 정말이었어?"

산산노사도 의아한 표정을 지었다.

"대체 무슨 이유인가 모르겠네."

황보성이 피가 섞인 침을 뱉으며 말했다.

"어쨌거나 우리의 목숨이 놈들의 손에 달려있다는 건 확실하군. 놈들이 원하는 바를 얻었으니 조용히 물러가진 않을 게야. 우리가 알고 있는 게 많으니 살인멸구도 개의치 않을 걸세."

최고수들이 고개를 끄덕이며 이후의 계획에 대해 서로 전음을 주고받았다. 자신들이 죽는 건 상관없었다. 하나 아직 채 피워보지도 못한 각 파의 후기지수들까지 죽일 순 없었다.

곧 철담공이 일부러 뒤로 물러서 있게 했던 각 파의 후기지수들에게 넌지시 전음을 보냈다.

『듣거라. 이제 기회는 마지막 한 번 뿐이다. 놈들이 손을 쓰기 시작하면 우리가 담장까지 길을 열 테니 너희들은 흩어져 달아나라.』

죽림옹도 전음으로 뜻을 전했다.

『벽호공을 알면 절벽을 타고, 경공이 가능하면 소림사로 가는 서쪽 잔도를 타라. 원호 방장이 소림사의 나한승들을 대기시켜두었다 했으니, 그나마 그쪽으로 가는 게 가장 나을 게다.』

각 파의 후기지수들은 비장한 얼굴로 고개를 끄덕였다. 몇몇은 난전 중에 큰 상처를 입었기 때문에 도주도 거의 불가능한 지경이다. 그런 이들은 동료들의 도주를 위해 목숨을 던질 생각이었다.

사실 북해 무사들의 포위망을 뚫는 것도 쉽진 않지만 그 이후도 문제였다. 담장 위를 점령한 동창 무인들과 황도팔위의 고수들 또한 가만히 있진 않을 것이기 때문이었다.

하지만 한 명이라도 이곳을 빠져나가 강호에 이 일을 알려야 했다. 그렇지 않으면 황궁과 북해에 의해 제이, 제삼의 삼황선원과 같은 일이 벌어질 것이다.

최고수들과 후기지수들의 시선은 자연스레 담장을 향했다.

한데 그때까지 한 걸음도 움직이지 않고 있던 황도팔위가 담장 위에서 훌쩍 내려오고 있었다.

최고수들이 급히 눈빛을 교환했다.

'아예 끝장을 볼 셈인가?'

'어서 준비들 해!'

최고수들과 후기지수들, 그리고 그들의 뜻에 동참하기로 한 소림 측 인사들이 암암리에 공력을 끌어올리고 있는데, 뜻밖에도 황도팔위는 야용비를 향하고 있었다.

냉고사와 적수의가 묘한 분위기를 느끼고 멈추어 섰다.

황도팔위가 야용비와 사갈마존을 부채꼴로 감싸며 서 있는데 냉고사나 적수의를 가로막은 듯한 형태다.

황도팔위 중 수장 격인 구유신장(九幽神將)이 무뚝뚝한 얼굴로 냉고사에게 말했다.

"수고 많으셨소이다. 놈을 본인에게 넘기시오."

냉고사의 눈썹이 꿈틀거렸다.

적수의가 비틀린 입술로 물었다.

"지금 뭐하자는 짓인가? 우리가 다 해놓은 밥상에 숟가락만 올리겠다고?"

구유신장은 대답 없이 야용비 쪽으로 고개를 돌렸다.

"소궁주. 어찌할 것이오?"

사실 야용비는 이미 이 같은 일을 예측했다. 때문에 놀란 척 하면서도 흐릿한 미소를 짓고 있었다.

"소림소마를 어째서 데려가시려는지, 이유라도 말씀해 주시지요."

구유신장이 강한 어조로 말했다.

"환우신장 악천과 무훼신장 삼전! 측공 몽경! 황상을 모시는 충성심 높은 신하이자 둘도 없는 우리의 동료 셋이 이 소악귀 한 명 때문에 명부에서 사라졌소. 소악귀는 그 대가를 치러야만 하오."

야용비가 여유 있게 대답했다.

"그 대가. 제가 대신 치러드리지요."

구유신장은 단호했다.

"이것은 본인의 뜻일 뿐 아니라 황상의 뜻이기도 하오!"

"흠차태감의 뜻이기도 하겠지요."

구유신장이 흠칫했다. 하나 물러설 리가 없었다. 구유신장은 오히려 잘 됐다는 듯 한쪽 입술만으로 미소를 지었다.

"잘 알고 있구려. 그렇다면 흠차태감의 뜻을 거역했을 때 어떻게 되는지도 잘 알고 있을 것이오."

"물론이지요."

야용비가 너무나 여유 있게 대하고 있자 구유신장이 소매를 하늘로 힘껏 들어 올렸다.

펄럭!

구유신장이 소맷자락을 펄럭임과 동시에 담 위에 있던 동창의 무인들이 담장을 뛰어내렸다.

어찌 보면 북해 무사들을 포위하고 있는 듯한 형국이었다.

짜라랑!

동창의 무인들이 늘어뜨린 소매에서 온갖 병장기가 다 튀어나왔다. 생김은 달라도 하나같이 시퍼런 날을 가진 명검보도(名劍寶刀)였다. 한눈에 봐도 북해의 천저빙룡갑을 상대하기 위한 것임을 느낄 수 있었다.

"황궁보고(皇宮寶庫)를 몽땅 털어오기라도 한 모양이군요?"

조롱하듯 묻는 야용비의 말에 구유신장이 음산하게 웃었다.

"천저비룡갑과 같은 기물에 비할 리 있겠소?"

야용비의 눈이 가늘어졌다.

"만일 내가 소림소마를 넘기지 않겠다고 한다면?"

"흠차태감은 자신을 따르는 자에게는 한없이 너그러우시나 그렇지 못한 자에게는 지옥불보다도 무서운 분이시오. 조용히 소림소마를 넘긴다면 북해는 차후 흠차태감의 힘을 등에 업고 강호 무림에 훨씬 더 막대한 영향력을 갖게 될 거요."

구유신장이 재촉했다.

"자, 알았다면 어서 소림소마를 넘기도록 하시오."

야용비가 대번에 구유신장의 말을 일축했다.

"거절하죠."

"흠차태감의 뜻에 반할 셈이오? 소궁주는 이 삼황채 밖에 무엇이 있는지를 잊으면 아니 될 것이오."

일천 금위군과 이천 궁수, 일만의 도부수가 천라지망을 펼친 채 기다리고 있다.

야용비가 계획한 것이니 잊을 리가 없다.

하나 야용비는 차갑게 냉소했다.

"소림소마가 본궁의 손에 들어왔다고 알려줄 사람이 있어야 밖에서도 본궁이 다른 속셈인지 아닌지를 알고 움직일 거 아닌가요?"

"뭣이?"

구유신장의 인상이 험악하게 일그러졌다.

상황이 요상하게 흘러가자 소림 측 무인들은 숨을 죽이고 지켜보았다.

북해고 동창이고 황도팔위고, 모두가 장건을 노리고 있었다. 심지어는 그 때문에 서로 간에 알력다툼까지 벌어지고 있다.

장건이 지금 사건들의 중심에 있는 핵심인물이라는 건 어쨌든 확실해졌다.

 한쪽에 조용히 있던 소왕무도 금세 그 사실을 알 수 있었다.

 소왕무가 대팔에게 조용히 귀엣말을 했다.

 "야, 대팔아. 이대로 있을 거냐?"

 "안 있으면? 우리가 뭘 어쩔 수 있는데, 임마. 아까 방장 사백님 당하는 것도 못 봤어? 우리가 방장 사백님 보다 세?"

 "아니지. 지금 저 북해랑 황궁 고수들이 건이를 두고 싸우는 거잖아."

 "근데."

 "그러니까 우리가 건이만 어떻게든 데려올 수 있으면?"

 "응?"

 "그러면 저놈들도 꼼짝없이 우리 말을 들어야 할 거라고. 안 그래?"

 "우리가 살자고 건이를 팔아넘기잔 얘기야?"

 "아니, 이 멍청아. 일단 건이를 구하고 시간을 끌자고. 나머지는 방장 대사님이나 다른 분이 어떻게 해 주실 거야. 건이가 회복해야 우리가 살지, 아니면 어차피 다 죽어."

 대팔은 떨떠름한 얼굴로 소왕무와 멀리 냉고사를 번갈아 보았다.

"아…… 아무리 봐도 안 될 거 같은데…….."

소왕무가 냉고사 쪽을 보며 결연한 얼굴로 주먹을 쥐었다.

"내가 어떻게든 할 테니까 넌 건이만 데리고 이쪽으로 튀어."

"진짜? 괜찮겠어?"

소왕무가 끄덕였다.

"건이만 구해오면 우린 영웅이 되는 거야."

대팔은 '크으' 하고 고개를 숙였다.

"젠장. 니까짓 것도 하겠다는데 이 몸이 안 할 수가 없잖아."

"그럼 간다. 바로 따라와."

소왕무와 대팔은 한 발 한 발 앞쪽으로 이동했다. 워낙에 존재감이 없었기 때문에 굳이 둘을 지켜보고 있던 이들도 없었다. 대부분은 야용비와 구유신장에게 이목이 집중되어 있었다.

나한승들이 문득 북해 무사들 쪽으로 슬금슬금 움직이는 소왕무와 대팔을 보고 전음을 보냈다.

『이 녀석들! 뭣들 하는 거냐! 당장 그만두지 못해?』

그 순간 소왕무가 대팔에게 눈짓을 하고는 온 힘을 다해 땅을 박차고 뛰었다.

"뛰엇!"

드러낸 야욕 177

소왕무는 자신이 할 수 있는 최대의 보법을 써서 냉고사를 향해 달려들었다.

갑작스럽게 벌어진 일이라 해도 냉고사와 소왕무의 무력 차이는 비교할 바가 아니었다. 훤한 대낮에 몰래 다가왔다고 모를 리가 없었다. 소왕무가 공력을 일으키고 달리는 순간부터 알아채고 있었다.

하지만 황도팔위와 미묘하게 대치하고 있는 상황에서 함부로 움직이기가 껄끄러웠다. 어차피 바로 앞에 와서 주먹질을 한대도 충분히 감당할 수 있는 수준이라 그냥 내버려 두고 말았다.

소왕무와 대팔이 북해 무사들의 머리 위를 넘어 냉고사에게 날아가는 것을 보곤 조금 떨어진 곳에 서 있던 적수의가 코웃음을 쳤다.

"그래도 소림사의 제자라고 제법 한가락 하는구나."

둘의 기습적인 행동이 적어도 북해 무사들에겐 통한 듯싶었다. 나름대로 소림 속가 제자들 중 수위에 꼽히는 실력들인 것이다.

하나 적수의도 적극적으로 둘을 제지하진 않았다. 냉고사의 생각과 같았다. 소왕무나 대팔이 둘 다 덤벼도 냉고사라면 손가락 하나로 처리하고도 남는다.

중요한 건 황도팔위와 동창의 움직임이다. 생쥐 두 마리 잡자고 섣불리 움직였다가 더 큰 걸 잃을 수 있었다.

황도팔위와 구유신장 역시 흥미 있는 눈으로 지켜보기만 할 뿐이다.

"건이를 놔줘!"

어느덧 냉고사의 바로 앞까지 달려간 소왕무가 공격을 개시했다. 소왕무는 정면을 보이고 서 있는 냉고사의 뒤로 돌아가 등허리를 주먹으로 질렀다.

제법 빠르고 강맹한 권초인데다 요혈을 노리고 있어서 어지간한 고수들도 경시하기는 어려운 수법이었다.

하지만 상대는 우내십존에 비할 실력을 가진 고수.

"흥."

냉고사는 가볍게 몸을 틀더니, 장건의 뒷덜미를 여전히 붙든 채로 다른 손을 휘저었다.

위력적인 바람이 일어나 소왕무를 덮쳤다. 소왕무는 기다렸다는 듯 땅을 밟고 도약하며 냉고사의 얼굴을 걷어찼다.

칠성권의 번등퇴가 멋들어지게 펼쳐졌다. 만약 적당한 관계의 비무였다면 냉고사도 한 마디쯤 칭찬을 해주었을 터였다. 하나 지금은 전혀 그럴 만한 때가 아니었다.

냉고사는 피하지도 않고 뒤로 휘젓던 손을 꺾어 위로 올렸다. 장력의 방향이 바뀌어 소왕무의 번등퇴를 밀치며 가슴팍을 가격했다.

그런데 분명히 번등퇴를 밀어냈는데 거기에서 발 하나가

더 튀어나온다. 말 그대로 하늘에서 떨어진 것처럼 갑자기 툭 튀어나온 것이었다.

'후소퇴?'

평범한 발차기지만 절대로 지금의 소왕무가 하고 있던 자세에서는 나올 수 없는 동작이었다.

냉고사는 황급히 고개를 젖혔지만 소왕무의 발바닥에 뺨을 맞고 말았다.

팍!

냉고사의 고개가 조금 돌아갔다. 소왕무는 가슴을 양팔로 막았지만 장력의 힘을 못 이기고 삼장이나 날아갔다.

"크악!"

소왕무는 다섯 바퀴나 바닥을 구르고 두 번이나 피를 토한 후에도 억지로 히죽 웃었다.

"한 대 때렸다."

냉고사는 크게 분노했다. 맞은 데가 얼얼하긴 했으나 실질적으로 아무런 피해가 없는 거나 다름없었다. 하지만 그 같은 고수가 소왕무에게, 그것도 발따귀를 허용했으니 자존심이 심하게 상했다.

"감히…… 더러운 발로……!"

"여기도 있다!"

소왕무가 주의를 끈 사이 대팔이 냉고사에게 접근해서 주먹을 날렸다. 소홍권으로 원을 그리며 장건을 붙든 냉고사의 오른팔 어깨를 쳤다. 큰 원 사이로 작은 원이 여러 개 그려진다. 대팔의 소홍권 실력이 범상치 않다는 건 냉고사도 알 수 있었다.

그러나 그래봤자 소홍권은 소홍권이다. 냉고사는 자유로운 왼팔을 치켜들어 대뜸 대팔의 머리를 후려쳤다. 별다른 초식도 없는 평범한 일장이었지만 대팔이 받아낼 수 있을 리 만무하다.

기본적으로 냉고사가 훨씬 동작이 빠른데다, 원을 그리는 대팔의 주먹보다 짧은 호를 그리는 냉고사의 손바닥이 빠를 수밖에 없었다. 냉고사도 그렇게 생각하고 평범한 수를 쓴 것인데, 뜬금없이 소홍권의 원들 사이로 대팔의 주먹이 튀어나와 날아오고 있었다.

'이게 무슨!'

참으로 절묘한 수법이었다. 냉고사가 판단컨대, 정통 소림사의 권법은 결코 아니었다.

하나 그것이 반드시 위협적이라고 할 수는 없었다. 감탄할 만한 권초이긴 한데, 애초에 공력 차가 너무 크기 때문에 냉고사가 호신기만 펼쳐도 대팔의 주먹은 반탄력에 의해 부서질 게 뻔하다.

냉고사는 움직이지 않고 호신기를 펼쳤다.

그런데 조금 불안한 마음이 든다 싶더니, 아니다 다를까! 대팔은 주먹을 끝까지 내밀지 않고 도중에 자세를 확 낮춰 팔을 접었다. 그리곤 팔꿈치로 아래에서 위를 올려쳤다. 보통은 하단전을 노리는 수법인데 지금은 자세가 너무 낮아 고환을 치게 되어 있었다.

금계정주(金鷄頂肘)의 변형 초식!

냉고사는 기가 막혀서 속으로 탄성을 냈다.

'허?'

도대체 소홍권에서 금계정주가 어떻게 이어질 수 있는지 모르나 비슷한 실력의 무인이라면 결코 막아내기가 쉽지 않을 터였다.

물론 냉고사 정도의 고수라면 고환을 몸 안으로 당겨 넣어 타격을 받지 않을 수도 있다.

하지만 방금도 새파랗게 어린 핏덩어리에게 발로 얼굴을 채여서 자존심이 상했는데 고환까지 공격하게 둘 수가 없었다. 아마 두고두고 놀림을 받을 일이 될 것이다.

하여 냉고사는 굉장한 수치심을 느꼈다.

'감히…… 나를 뭘로 보고…….'

냉고사가 끓어오르는 분노를 참지 못해 두 눈을 치켜뜨고 발을 치켜들었다. 어마어마한 무게가 들어 올린 발에 실렸다. 대팔의 등짝이나 머리를 진각으로 밟아서 납작하게 만들어버릴 셈이었다.

한데, 대팔은 이미 냉고사가 발을 드는 순간에 벌써 다른 초식을 쓰고 있었다!

쩌적, 하고 바닥에 금이 갈 정도로 힘을 다해 땅을 딛고는 몸을 일으켰다. 순식간에 팔꿈치를 거두고 어깨를 비틀면서 등으로, 온 힘을 다해 냉고사를 들이받았다.

퍼엉!

냉고사의 상체가 크게 휘청였다. 보통 사람이었다면 갈비뼈가 완전히 으스러졌을 정도의 힘이 가해졌다. 대팔도 반발의 충격으로 엉덩방아를 찧으며 주저앉았을 정도였다.

지켜보던 소림 측 인사들도 당황했다.

"아니?"

"저, 저!"

어지간한 고수들도 건드리기 힘들었던 냉고사를 속가 제자 둘이서 낭패하게 만들었다니!

냉고사는 장건을 잡고 있던 손까지 놓치며 허리가 완전히 젖혀져 허우적대고 있었다.

대팔은 신이 나서 소리쳤다.

"해냈다!"

소왕무와 함께 장건에게 특훈을 받았던 것이 이렇게까지 효과가 있을 줄은 대팔 자신도 생각하지 못했었다.

냉고사는 대팔을 밟겠다며 한 발을 들고 있기까지 했으니 날아가지 않고는 배길 수 없을 것이었다.

소왕무가 외쳤다.

"정신줄 놓지 말고 건이부터!"

"알았어!"

대팔은 뻣뻣하게 굳은 장건을 붙들었다.

그리곤 막 대팔이 장건을 안고 피하려 하는데.

갑자기 소름끼치는 살기가 온 몸을 저몄다.

"어……?"

대팔은 움직임을 멈추고 천천히 고개를 들었다. 냉고사의 서늘한 눈빛이 대팔을 노려보고 있었다. 지금쯤 뒤로 나뒹굴든 나가떨어지든 했어야 할 냉고사가 그대로 보고 있는 것이다.

냉고사는 딛고 있던 발 한쪽 끝만 땅에 겨우 붙어 있었다. 소가죽으로 만든 신발의 앞이 터져 있는데, 그 사이로 드러난 엄지발가락이 바닥에 박혀 있었다.

"저, 저걸로 안 날아가고 버, 버텼어?"

게다가 다른 한 발을 들어 올린 채 몸도 뒤로 날려지려던 그대로 비스듬히 눕혀져 있는 상태, 거기에서 딱 멈춰 있다.

"어어……, 이게 아닌데?"

대팔은 망연자실해서는 냉고사를 바라보았다.

이윽고 묘기를 부리는 것처럼 냉고사의 몸이 서서히 세워졌다.

순전히 엄지발가락만으로 지탱하여 전신을 일으킨 것이다.

탁.

들어 올리고 있던 발까지 해서 두 발을 모두 땅에 내리는데 그 작은 소음이 대팔에게 그리 크게 들릴 수가 없었다.

씹어 먹을 듯한 눈길로 노려보고 있는 냉고사의 얼굴은 지독한 분노로 시뻘겋게 달아올라 있었다.

말 한 마디 안하고 있는 게 더 무서웠다.

냉고사가 대팔을 노려보며 느릿하게 손을 치켜드는데, 손바닥이 얼어붙어서 새하얀 서리가 가득했다.

대팔은 분명한 입장 차이를 깨달았다. 소왕무나 대팔이 냉고사에게 아무리 수를 쓰고 세게 때려도 작은 상처조차 입히기 힘들지만 냉고사가 한 대 치면 소왕무와 대팔은 끽 소리도 못 내고 즉사한다는 것이다.

꿀꺽.

대팔은 마른침을 삼켰다. 삽시간에 이마와 등이 땀으로 흠뻑 젖었다.

"에라 모르겠다. 이래 죽으나 저래 죽으나 마찬가지지!"

대팔은 장건을 안고 뛰었다.

소왕무를 비롯한 소림 측 인사들은 다시 한 번 당황했다.

"야, 임마! 거기로 가면 어떡해!"

대팔은 북해 무사들로 가로막힌 소림 측이 아니라 황도 팔위와 동창 쪽으로 뛰고 있었다!

대팔의 이 돌발적인 행동으로 말미암아 동창과 북해빙궁

간에 유지되고 있던 긴장이 한 순간에 깨졌다.

냉고사도 당황하긴 마찬가지였다.

"이놈!"

냉고사는 황도팔위의 반응을 보려다가 무심코 구유신장과 눈이 마주쳤다.

흠칫.

"……."

"……."

아주 잠깐 냉고사도 움직이지 않았고 구유신장도 아무 말을 하지 않았다. 잠깐의 어색한 침묵이 갑자기 행동으로 발화(發火)되었다.

누가 먼저랄 것도 없이 냉고사가 몸을 날리고, 동시에 구유신장이 함께 날아오르며 외쳤다.

"전승자를 데려와!"

황도팔위가 구유신장의 뒤를 따라 뛰었고, 북해 무사들이 그들을 막기 위해 몰려왔다. 동창의 무인들도 병기에서 푸른 도기와 검기를 뿜어내며 북해 무사들을 향해 쇄도했다.

그 순간 소림 측에서도 행동을 개시했다.

원호가 몸을 일으키며 피를 토하듯 소리쳤다.

"녀석들을 도와야 한다!"

일전을 준비하고 있던 최고수들도, 각 파의 제자들도, 나머지 참관객들도 얼떨결에 달리기 시작했다.

엄청난 혼잡양상이 벌어졌다.

가장 먼저 맞선 건 구유신장과 냉고사였다. 허공으로 뛰어오른 둘이 손을 맞교환했다.

"지옥이나 가라!"

구유신장이 성명절기인 구마라수(鳩摩羅手)를 펼쳐 냉고사의 어깨와 가슴을 찍고 냉고사는 한빙장으로 구유신장의 머리와 팔뚝, 갈빗대를 쳤다.

퍼퍼펑!

허공에서 구유신장과 냉고사가 엇갈려 지나면서 연신 폭음이 울렸다. 구유신장이 내려서면서 다리를 휘청거렸다. 냉고사에게 얻어맞은 세 군데가 얼어붙어서 운신이 고역스러운 듯 했다. 벌써 냉기가 파고들어 혈도를 상하게 만들고 있었다.

"타핫!"

구유신장은 기합과 함께 몸 안에서 공력을 끌어올리며 냉기를 털어냈다.

파사삭.

얼어붙은 옷과 얼음덩어리들이 깨져서 흩어졌다.

서로 몸을 돌봐가며 싸울 상황이 아니었기 때문에 냉고사도 멀쩡하지 못했다. 가슴으로 들어오는 구마라수는 막았으나 어깨의 살점이 한 뭉텅이나 떨어져나갔다.

하지만 구유신장과 달리 냉고사의 발밑에는 황도팔위가 있었다.

냉고사는 자신의 발등을 자신이 밟고선 한 번 더 재도약했다. 황도팔위 중 적호신장(赤虎神將)과 귀검신장(鬼劍神將)이 양옆에서 뛰어올라 냉고사를 추격했다.

냉고사는 손으로 공을 움켜쥐는 듯한 모양을 하고 있다가 숨겨둔 수를 꺼내었다.

극지신공(極地神功) 만년빙핵(萬年氷核)!

지독하리만치 한기를 풍기는 둥그런 백색 고리가 냉고사의 손바닥에 맺혀 있었다.

"흡!"

냉고사가 짧은 호흡과 함께 양방향으로 쌍장을 뻗었다.

적호신장이 쇠로 만든 갈고리로 냉고사의 목을 긁으려다가 급히 추슬러서 막았다. 갈고리는 냉고사의 장력에 닿자마자 하얗게 얼어붙더니 쨍! 소리를 내며 깨져버렸다. 그러고도 장력이 멈추지 않아 팔까지 타고 올라가며 적호신장을 얼렸다. 팔 하나가 통째로 어는 데 걸린 시간은 촌각에 지나지 않았다.

"크악!"

적호신장이 비명을 지르며 추락했다.

반대쪽에 있던 귀검신장은 빠르게 검을 펼쳐서 검막을 만들었다. 냉고사의 장력이 검막을 무지막지하게 깨부수고

들어오자, 귀검신장은 아예 목숨을 도외시하고 동귀어진의 수로 검을 뻗었다.

귀검신장이 든 검은 황궁의 보검이다. 냉고사의 내공이 만들어낸 호신기를 무시하고 쑥 파고들어서 복부를 관통했다.

하지만 귀검신장도 냉고사의 손을 완전히 피할 순 없었다. 심장 부근을 정확히 격중당했다.

"끄억."

귀검신장은 칼을 놓치고 가슴을 부여잡으며 땅으로 떨어졌다. 다른 황도팔위의 고수들이 귀검신장을 받아냈다. 그나마 검막으로 기세를 완화시킨 데다 냉고사가 귀검신장을 공격한 게 다친 쪽 어깨였던 탓인지 장력의 힘이 약하게 들어와 목숨은 건질 수 있었다.

냉고사가 땅에 착지해 자신의 배를 관통한 검을 내려다보았다.

황도팔위의 남은 고수들이 배에 칼을 꽂은 냉고사를 향해 달려들었다. 적수의가 그 앞을 막고 손을 썼다.

"물럿거라!"

그 사이 냉고사는 검의 손잡이와 날을 맨손으로 잡고는 빙공으로 검을 얼렸다. 그리고는 검날과 손잡이를 부러뜨렸다.

뚝!

배에 박힌 부분을 제외하고 튀어나온 부분을 부러뜨리는데 독하게도 신음소리 한 번 내지 않는 냉고사다. 눈썹만 잠깐 꿈틀거렸을 따름이었다.

냉고사는 주변 상황을 살폈다.

챙챙챙!

연신 부딪치는 쇳소리와 비명소리, 장력이 터지는 폭음소리가 울리고 있었다.

동창의 환관들과 북해 무사들, 그리고 소림 측 무인들까지 엉켜서 난리법석이었다. 하나 그가 찾는 건 따로 있었다.

장건을 데려간 소림사의 속가 제자!

대팔은 황도팔위가 싸우는 틈을 타서 방향을 꺾어 난전 중으로 뛰어들려 했다. 하지만 황도팔위의 고수들과 북해 무사들, 동창 환관들이 앞다투어 쫓는 바람에 뱅뱅 돌기만 할 뿐 멀리 달아나지 못했다. 오히려 지금은 야용비와 동창, 북해 무사들의 중간쯤에서 오도가도 못 하는 처지였다.

"살려주세요!"

대팔이 장건을 안고 소리치자 소림 측 무인들이 기운을 내어 더욱 깊숙이 파고들었다.

"조금만 기다려라!"

북해로서는 자칫 장건을 빼앗길 수도 있는 상황이었다.

설상가상으로……

금분세수식장 밖에서 나한들까지 몰려들어왔다. 원호가 선원 앞 구름다리 밖에 대기시켜두었던 이백 명의 나한들이었다. 원래 그곳은 동창에서 막고 있었는데 결국 뚫고 들어온 것이다.

"나한진을 펼쳐라!"

나한승들이 우르르 곤을 들고 와 사방을 에워싸기 시작했다.

가장 외곽에 있던 동창 환관들도 오히려 안쪽으로 밀려나서 앞뒤로 포위당한 형국이 되었다.

금분세수식장이 넓은 편이 아니었기 때문에 식장 내의 무인들은 서로 엉킨 채 몰려서 어깨까지 부딪칠 정도였다.

나한들도 다 들어오지 못했다. 일부는 동창이 그랬듯 담 위로 올라가기도 했다.

포위를 당하고 있으니 저절로 싸움이 느슨해질 수밖에 없었다.

최고수들이 '호오' 하고 감탄성을 내며 원호를 보았다. 어쨌든 원호의 안배가 그들을 위기에서 구한 것이다.

원호가 사람들의 시선을 받으며 몸을 추슬렀다.

북해도 황궁 고수들도 원호를 볼 수밖에 없었다. 원호가 어떤 말을 하고 어떻게 나오느냐에 따라서 대응해야 했다.

하지만 원호는 한 모금의 진기를 머금고는 사자후로 외쳤다.

**모두 제압하라!**

참관객들은 어이없다는 표정을 지었고, 최고수들은 소탈하게 웃었다.

"역시 방장 대사답군!"

싸움을 멈추라는 둥 따위의 말을 하는 게 아니라 그냥 바로 제압부터 하라는 말이 원호의 성격을 말해주는 듯했다.

나한들이 매서운 눈빛을 빛내며 곤을 들었다. 일부는 동창 환관들이 보관하고 있던 병기를 빼앗아와 나눠줄 준비를 하고 있었다.

나한진들이 앞으로 조금씩 밀고 들어오자 동창 환관들이 주춤대다가 싸울 태세를 갖추었다.

다시 싸움이 벌어지기 직전이었다.

그때 냉고사가 야용비를 쳐다보았다.

야용비가 냉고사의 뜻을 알아듣고 고개를 끄덕였다.

곁에 서 있던 사갈마존이 히죽 웃었다.

"드디어 노부가 나설 때가 되었군?"

야용비가 차갑게 말했다.

"시행하시죠."

"물론이지."

사갈마존은 소매에서 약병을 꺼내어 뚜껑을 열었다.

그리고는 거꾸로 들어서 투명한 액체 한 방울을 똑 떨어뜨렸다.

액체가 바닥에 떨어져 닿더니 순식간에 기화하여 사방으로 퍼졌다. 눈에 보이지 않지만 다른 어떤 독연(毒煙)보다도 훨씬 빠르고 넓게 퍼지는 성질이 있었다.

"후후후."

사갈마존은 가볍게 웃으며 약병의 뚜껑을 닫았다.

야용비가 눈살을 찌푸렸다.

"왜 그러죠?"

"한 번에 죽여 버리면 재미가 없잖은가. 놈들이 왜 죽는지는 알고 죽어야지. 자아, 내게 맡겼으니 그저 지켜보기만 하라고."

그 순간, 사방에서 기침 소리가 들려왔다. 야용비와 사갈마존에 가장 가까이에 있던 황도팔위의 고수 셋과 동창의 환관들이 기침을 시작하더니 곧 피거품을 토했다.

"크헉!"

주변에 있던 이들의 눈이 휘둥그레졌다.

"독이다!"

황도팔위와 동창의 중독된 고수들은 장소를 가릴 겨를도 없이 제자리에 주저앉아 가부좌를 틀었다. 독을 몰아내려 운기를 시작한 것이다.

시간이 얼마 지나지도 않았는데 벌써 얼굴이 시커멓게

변해 있었다.

 황도팔위의 다른 고수들은 경악했다. 겨우 한 방울의 독액으로 삼장 안에 있던 이들이 중독되었다.

"지독한 독!"

 소림 측 인사들은 또다시 벌어진 의외의 상황에 잠시 머뭇거렸다. 원호가 손을 들어서 나한들의 진격을 멈추게 했다. 극독이 살포되었으니 함부로 들어설 수 없었다.

 하나 도대체 이게 어떻게 돌아가는 일인가?

 물론 이유를 알고 있는 황도팔위와 동창의 무인들은 사갈마존을, 그리고 옆에 있는 야용비를 자연히 노려보게 되었다.

 분명히 아침에 해독제를 받아 복용했는데도 중독되었으니 그게 의미하는 바는 뻔한 것이다.

 구유신장이 노해서 부르짖었다.

"감히! 해독약에 수작을 부리다니!"

 야용비가 싸늘하게 답했다.

"누가 먼저 수작을 부렸는가를 생각해보면 응당히 받을 대가였다는 생각은 들지 않고요?"

 구유신장이 소리를 질렀다.

"아까 한 말이 이런 뜻이었구나. 하나 뜻대로는 되지 않을 것이다!"

 으드득!

구유신장은 부서져라 이를 갈았다. 사갈마존의 독이 얼마나 독한지 익히 알고 있었다.

"우리 중에 한 명이라도 살아나간다면, 네놈들은 삼황채에서 한 발도 벗어나지 못하고 천라지망 안에서 고혼(孤魂)이 될 것이야!"

구유신장의 말은 소림 측 이들에게도 큰 충격이었다.

"천라지망?"

"삼황채 밖에 천라지망이 펼쳐져 있단 말인가?"

구유신장이 소림 측 이들을 보며 말했다.

"그렇다. 본래 너희들은 오늘 이 자리에서 뼈를 묻었어야 했다."

의외로 순순히 인정하는 듯했지만, 말투가 묘했다. 일부러 천라지망을 언급한 투가 역력했다.

그의 속셈이 다른 데 있다는 걸 원호도 금세 알아챘다. 구유신장이 원호에게서 시선을 떼지 않고 있었기 때문이다.

나한진이다. 사갈마존의 독을 피해 달아나는 데 있어서 금분세수식장의 담을 경계로 펼쳐진 나한진이 부담스러울 수밖에 없을 터였다.

최고수들도 눈치 빠르게 상황이 돌아가는 걸 알았다.

"아무래도 이제부터는 방장 대사의 역할이겠구려."

최고수들과 참관객들이 한걸음씩을 물러나고 원호가 대

치선의 앞으로 나갔다. 원호는 북해 무사들로 가로막힌 벽 너머로 구유신장을 보고 다짜고짜 말했다.

"두 가지를 요구하겠소."

구유신장이 인상을 찌푸렸다.

"그냥 죽고 싶은가?"

원호는 코웃음을 쳤다.

"그럼 다 같이 죽던지. 어차피 우리야 달아나지도 못하는걸."

원호가 그냥 들어가려 하자, 구유신장은 욱 하고 성질이 치밀었다.

'뭐 저런 새끼가!' 하는 말이 목까지 치밀었다. 하지만 원호의 성정이야 강호에 다 알려진 바고, 지금은 그런 일로 싸울 때가 아니었다.

구유신장이 다급하게 원호에게 전음을 날렸다.

『나한진을 물린다면 함께 포위망을 열어주겠다.』

그제야 원호가 돌아섰다.

원호 역시 전음으로 뜻을 전했다.

『첫째, 본사의 안위를 보장하시오. 그것은 공격당하고 있는 본사와 여기 있는 이들의 탈출로를 확보하는 것 또한 포함하오. 둘째, 역시 이곳을 벗어난 후에 오늘 일의 전모를 상세히 밝히시오.』

구유신장이 결정할 수 있는 일이 아니었다. 특히나 두 번째의 조건은 더욱 그러했다. 황제가 강호 무림을 좌우지 하려 했다는 말을 어찌 하겠는가! 그랬다가는 강호를 침공 했다느니 어쩌니 하면서 난리가 날 게 뻔한 일이다.

하나, 구유신장은 고개를 끄덕였다. 빠져나가기만 하면 약속 따위야 어떻게 될지 모르는 일이다.

『둘 다 보장하겠다.』

『좋소. 그럼 때가 되면 나한진을 물리도록 하겠소.』

구유신장은 안도의 숨을 내쉬었다. 외곽을 포위하고 있는 나한들만 없으면 충분히 달아날 만하다. 물론 그 전에 소림사를 도와 북해의 포위망을 뚫어야 한다는 전제가 있지만, 그래도 서로 버티다가 다 죽는 것보다 반만 죽는 게 낫다.

구유신장은 야용비를 노려보면서 비릿한 미소를 짓고는 소매를 찢었다.

찌익.

구유신장이 찢은 천으로 입을 막고 전음을 날렸다.

『들어라! 황도팔위와 동창 위사들은 소림사를 도와 북해의 포위망을 뚫은 후에 각자 산 아래 연화사로 집결하라!』

구유신장은 찢은 천으로 입을 막고 달아날 준비를 했다.

찍! 찌익!

여기저기서 옷을 찢는 소리가 들려왔다. 소림 측 인사들도 서둘러 옷을 찢어 입을 가렸다.

하지만 그때.

"킬킬."

사갈마존이 웃었다.

소름끼치는 사갈마존의 웃음소리에 달아나려던 이들이 흠칫했다.

"혹시나 노부의 독을 피해 달아날 수 있다는 생각을 하고 있는 게야? 내가 하독하는 동안 길을 뚫어보겠다……, 뭐 그런 생각?"

황도팔위를 비롯한 소림 측도 분명히 그런 생각 중이긴 했지만 굳이 긍정도 부정도 하지 않았다.

사갈마존은 보란 듯 천천히 독병을 들었다.

"그래, 그래. 모르는 건 죄가 아니야. 모르면 그럴 수도 있지."

사갈마존이 독병의 뚜껑을 열며 말했다.

"잠시 짬을 내서 이 혼루쌍독에 대해 말하자면 말이야. 우선, 이게 공반나수야."

똑.

한 방울의 독액이 떨어졌다. 근처에 있던 황도팔위와 동창의 무인들이 크게 놀라 운기조식 중인 동료들을 끌고 뒤로 물러났다.

하지만 아무 일도 일어나지 않았다.

사갈마존이 말했다.

"한 방울이 삼장의 범위를 날아가지."

조금 전 중독되었던 이들이 서 있던 범위였다. 그래서 이번엔 삼장 밖으로 물러서자 중독이 되지 않은 것이다.

"그럼 이렇게 하면 어떨까?"

사갈마존이 독병을 기울여 두 방울의 독을 떨어뜨렸다.

똑 똑.

황도팔위와 동창의 무인들이 촉각을 곤두세웠다.

갑자기 그들의 발밑에서 흐릿한 아지랑이가 피어올랐다. 자세히 보지 않으면 알 수 없는 희미한 아지랑이였다.

반경 육장 안에 서 있던 동창 무인들이 '억!' 하고 외마디 비명을 지르며 고꾸라졌다. 하지만 함께 서 있던 북해의 무사들은 멀쩡했다.

황도팔위의 고수들이 눈을 부릅떴다.

독장(毒掌)을 쓰는 것도 아니고 독액 두 방울을 떨어뜨린 것뿐인데 반경 육장 안에 있던 이들이 거의 동시에 중독이 된 것이다. 이러면 하독하는 걸 보고 피하는 건 무리다. 독의 확산이 신법보다도 더 빠르다.

"어떻게 그리 날아가는지 궁금하지?"

이번엔 사갈마존이 다른 손의 소매를 흔들었다. 아주 작은 분말 가루들이 쏟아져 나와 바닥에 깔렸다.

"이것은 나기니분이야. 노부가 귀찮음을 무릅쓰고 며칠 전 이 삼황선원 전체에 살포해두었던 것이지."

사갈마존이 독병을 기울였다.

"거기에 이 공반나수를 떨어뜨린다면?"

또도도독.

몇 방울의 독액이 나기니분 위로 떨어지자 눈에 보일 정도로 엄청난 아지랑이가 불타듯 화르륵 피어올랐다.

그러면서 덩달아 주위에까지 가공할 속도로 확산되며 퍼졌다.

구유신장이 대경하여 소리쳤다.

"모두 물러나라!"

구유신장의 외침에 북해 무사들을 제외하고 누구라 할 것 없이 모두 물러났다.

"크크큭. 노부가 아무 이유도 없이 독을 두 가지로 만든 게 아니야. 사실상 나기니분은 독이라기보다 공반나수의 수월한 하독을 위한 밑거름이랄까? 지금처럼 나기니분과 공반나수가 만나면 격렬한 반응이 일어나며 순식간에 독이 퍼지는 게지. 극소량만으로도 충분히."

"물러나! 어서!"

소림사의 나한들도 담 바깥쪽으로 훌쩍 물러났고 황도팔위와 동창 그리고 소림 측은 오히려 안쪽으로 더 밀려났다.

사갈마존은 안됐다는 투로 혀를 찼다.

"물러나? 아직도 그 정도로 노부의 이 혼루쌍독을 피해 살 수 있을 거라 생각하고 있어? 쯧쯧. 네놈들이 서 있는 그곳에 나기니분을 다 뿌려두었대도?"

북해 무사들을 제외하고는 모두가 공포에 질린 눈으로 사갈마존을 쳐다보며 계속해서 물러났다.

사갈마존은 그들의 경외감이 담긴 시선을 즐기려는 듯 눈까지 감았다가 떴다.

"정말 좋군. 이 기분. 내 손짓 한 번에 네 놈들 수백 명의 숨이 꺼지느냐 마느냐가 달려있다는 것이."

사갈마존이 독병을 더 기울이자 독액이 방울지며 좀 더 빠른 속도로 떨어졌다.

또르륵.

할짝.

사갈마존은 허리를 세우고 조소했다.

"못 덤비겠나? 물론 안 되겠지?"

사갈마존이 황도팔위와 동창 무인들을 광오하게 쳐다보며 독병을 좀 더 기울였다.

또르르륵.

할짝할짝.

더 이상 달아나거나 물러날 곳도 없는지 황도팔위와 동창, 소림 측은 얼굴이 새파래져서 제자리에 멈추어 섰다.

사갈마존은 신이 났다.

"자, 그럼 이제 그만 죽을 시간이다!"

주르륵.

독액이 아예 줄기가 되어 떨어졌다.

할짝할짝할짝.

황도팔위와 동창, 소림 측의 표정들이 기묘해졌다. 아무도 움직이는 이가 없었다.

사갈마존이 껄껄대고 웃었다.

"아예 포기했느냐?"

황도팔위와 동창, 소림 측의 표정들이 다시 변했는데, 그건 모든 것을 포기하고 죽음을 맞겠다기보다는 마치 자신들의 죽음을 의심하는 듯한 그런 표정으로 보였다.

"흥."

사갈마존은 그들의 표정이 마음에 들지 않았다.

곧 죽을 자들의 겁먹은 표정치고는 너무 담담하다고나 할까?

상황을 즐기고 있던 사갈마존은 조금 김이 샜다.

"본좌의 해독약을 복용한 자들을 제외하고! 이 한 병으로 삼황채에 살아 있는 생명체는 더 이상 하나도 남아있지 않게 될 것이야!"

사갈마존이 남은 독액을 계속해서 쏟아 부었다.

주르르륵!

할짝할짝할짝할짝!

"절망하라! 숨을 거두어라! 본좌의 독공이야말로 천상천하유아독존(天上天下唯我獨尊)이니라! 크카카카!"

주르르르륵.

할짝할짝할짝할짝할짝!

"카카카······."

주르륵.

할짝할짝.

사갈마존의 웃음소리가 작아졌다.

"카카······."

주륵.

할짝.

"······."

사갈마존이 웃음을 거두고 인상을 썼다. 그리곤 뒤를 돌아보며 빽 소리를 질렀다.

"어떤 후레자식이 아까부터 신경 쓰이게 혀를 할짝거려서 본좌의 기분을 망치려 드느냐!"

뒤에 서 있던 북해 무사들은 하얗게 질린 얼굴로 사갈마존을 쳐다볼 뿐이었다.

사갈마존이 눈을 부라리다가 야용비를 보았다.

야용비 역시도 마음에 들지 않게 질린 얼굴을 하고 있었다. 사갈마존의 독을 무서워하거나 경탄하는 그런 류의 표정이 아니어서 사갈마존은 기분이 확 상했다.

"흥, 이놈이나 저놈이나."

사갈마존이 코웃음을 치며 고개를 돌리려는데 이유 모를

불안함이 뒷목을 슬금슬금 타고 올라왔다.

하지만 아무리 생각해도 불안할 이유가 없었다. 혼루쌍독은 그의 평생 최대 역작이었다. 당장에 해독약을 먹은 자들 빼고는 아무도 근처에 다가올 수 있는 자가 없지 않은가?

'나의 이 혼루쌍독에는 아무런 문제가 없는데……. 내가 너무 기분을 냈나?'

사갈마존은 찜찜해져서 그냥 끝내버리려고 독액을 빨리 부었다.

"에잉, 귀찮다. 그냥 다 죽어라."

주르르륵.

할짝할짝할짝.

예의 혀를 할짝대는 소리가 다시 들려왔다.

"이익, 진짜! 혀를 확 뽑아버릴까!"

사갈마존은 화를 내다가 문득 드는 괴리감을 느꼈다.

사갈마존을 쳐다보는 군중의 시선 속에서 느껴지는 당황함들.

사갈마존은 주위를 둘러보다가 문득 고개가 절로 갸웃거려졌다.

'뭐지? 뭔가 이상한데?'

두어 번 다시 둘러보며 생각하던 사갈마존은 괴리감의 이유를 깨달았다.

북해 무사들 가운데에 멀뚱히 혼자 서 있는 어린 녀석이었다. 황도팔위와 동창도 물러난 곳에 북해 무사들과 함께 서 있는 것이다.

"넌 뭐냐?"

"저요?"

대팔이 얼떨떨하게 대답하는 걸 보던 사갈마존은 전면에 멀쩡히 서 있는 황궁과 소림사의 무인들을 보고 다시 한 번 의문을 떠올렸다.

"응?"

이미 죄다 시꺼먼 얼굴로 죽든가 쓰러져 있어야 할 이들이 아직까지도 눈을 똥그랗게 뜨고 서 있질 않은가!

그건 분명히 이상한 일이었다.

"아, 아니?"

사갈마존이 당황해서 야용비를 쳐다보니 야용비의 시선이 사갈마존의 아래를 향했다가 위로 올라왔다가를 반복하고 있었다.

뭔가를 번갈아 보는 듯한 눈길이다.

사갈마존은 극도로 불안한 마음에 시선을 천천히 아래로 내리다가, 갑자기 확 내려다보았다.

바닥에 누워서 혀를 낼름거리며 쩝쩝대던 장건과 사갈마존의 눈이 마주쳤다.

"……."

"……?"
장건이 어색하게 혀로 입술을 핥았다.

**할짝.**

제6장

장건의 위진사해(威振四海)

 자신의 독공에 도취되어있던 사갈마존은 혼루쌍독이 미치는 권역에 누군가 살아서 다가올 거라고는 조금도 생각지 못했다. 특히나 바로 아래에서 독을 받아먹을 거라고는 꿈에서조차 생각해 본 적이 없었다.

 그래서 마침내 장건이 발아래에 와 있는 걸 발견하게 되었을 때에도, 그는 자신의 독에 무슨 일이 생긴 것인지 납득하지 못하고 한동안 고민해야만 했다.

 "음……."

 잠시간 멍해 있던 사갈마존은 '아무리 생각해봐도 불가능한 일이지만' 어쨌든 장건이 운 좋게 독무(毒霧)를 피해 다가왔을 거라 생각했다. 자신이 떨어뜨리는 독액을 중간에 가로챘다던가 해서 나기니분과 공반나수가 일으키는 확산 반응을 방해했을지도 몰랐다.

하지만 왜 혀를 할짝거리고 있었는지는 굳이 생각하고 싶지 않았다…….

"시도는 좋았다. 칭찬해주마."

사갈마존은 애써 침착한 얼굴을 하고는 장건의 얼굴을 진각으로 밟았다.

쿵!

장건은 밟히지 않았다. 데구르르 구른 것도 아닌데 옆으로 피해 있었다.

"얼레?"

사갈마존이 다시 발을 들어서 밟았다.

쿵! 발바닥이 청석 바닥을 으깨며 박혔다. 하나 이번에도 장건은 누운 채로 다시 옆으로 이동한 후였다.

"……."

사갈마존은 기분이 매우 나빠졌다.

"이놈이이이이이!"

발을 힘껏 들어서 장건을 마구 밟으며 쫓아갔다.

쿵쿵쿵쿵쿵!

바닥이 마구 부서지며 돌조각이 비산했다.

장건은 누운 채로 꼼짝도 않고 있는데 잘도 이동해서 사갈마존의 발을 피하고 있었다. 그냥 위를 본 채 누워 있을 뿐인데 이리저리 움직여 다니니 그걸 기어 다닌다고 할 수도 없고 구른다고 할 수도 없었다!

굳이 표현하자면 누워서 미끄러지고 있다고 할 수 있었다.

그것은 사갈마존의 현실적인 감각을 모호하게 만드는 기묘한 광경이었다.

사갈마존은 가슴이 꽉 막혀서 답답해졌다.

"크억! 이놈이 나를 놀려? 어디 죽어봐라!"

사갈마존은 독병을 들어서 안에 있는 독액, 공반나수를 흩뿌렸다. 이러면 장건이 공반나수가 바닥에 떨어져 나기니분과 반응을 일으키는 걸 막지 못할 것이다.

그 순간 장건이 번개처럼 움직였다.

샤샤샥. 샤샤샤샥!

누운 채로 입을 벌리고는 이리저리 이동해서 떨어지는 독액을 다 받아먹는다!

할짝할짝할짝!

장건은 독액을 한 방울도 놓치지 않으려는 듯 혀로 핥으면서 돌아다니는데, 어찌나 속도가 빠른지 순간적으로 둘 셋으로 나뉘어 보이기까지 했다.

신법 중에 최고봉인 이형환위를 누워서? 사람이 누워서 저렇게 빨리 움직일 수 있는 건가?

사갈마존은 뒷골을 잡았다.

"커헉!"

몇몇 사람들은 장건이 하는 행동을 보고 기가 막혀서 말도 못 하고 있었다.

눈에 보이는 게 사람인지 인간 지네인지 의심스러웠다.

특히나 원호는 장건의 '앉아서 나한보'를 알고 있어서 황당함이 더 했다.

장건이 움직이는 형태나 방식을 보니 분명히 나한보였다.

"이젠 누워서 나한보냐……."

그야말로 장건다운 짓이었다.

하지만 장건은 남들이 뭐라고 생각하든 기뻐하고 있었다.

'우와아! 끝내준다. 엄청나!'


원래 장건은 점혈을 당해 마비가 된 상태였으나, 시간이 지나면서 혈도를 막고 있던 냉고사의 내공이 조금씩 흡수되어 마비가 풀리고 있었다.

냉고사나 다른 이들로서는 상상도 하기 힘들었겠지만 따로 해혈법을 쓴 것도 아니었다.

하나 장건은 더욱 괴로웠다. 배가 고플 때 조금만 집어 먹으면 더 배가 고픈 것과 비슷했다. 가뜩이나 허했던 단전이 더욱 심한 허기로 요동을 쳤다.

그때 장건은 누워서 숨을 쉬고 있다가 갑자기 익숙한 기운을 느꼈다. 무취(無臭)였지만 분명히 장건의 코를 간질인 건 알싸한 독향(毒香)이었다.

 하분동과 암자에서 살 때에 자주 가던 독초밭이 눈앞에 떠올랐다. 그때의 독초들과는 비교할 수도 없을 만큼 농축된 독기였다! 냄새를 맡기만 해도 전율이 올 정도로!

 장건은 신이 나서 독기를 빨아들였다. 주변의 독기가 한순간에 장건의 코로 빨려 들어갔다. 함께 있던 대팔이 무사했던 것도 장건이 주변 독기를 모조리 흡입했기 때문이었다.

 그러고도 장건의 몸은 더 많은 독기를 갈구했다. 이 정도로는 장건의 광대한 단전을 채우기에 택도 없었다.

 들려오는 사갈마존의 대화로 유추해보면 독액을 쏟아 붓고 있는 모양.

 장건은 거의 본능적으로 그쪽으로 움직였다. 아직 몸을 다 움직일 수 있는 정도가 아니었기에 누운 채로 등과 손가락, 종아리와 발뒤꿈치의 일부 근육만을 이용해 이동했다. 조금이지만 내공이 생겨서 훨씬 수월하게 움직일 수 있었다.

 샤샤샥!

 장건은 마치 지네마냥 땅을 누워서 기었다.

 그리곤 사갈마존의 앞까지 기어가 그가 떨어뜨리고 있는

독액을 받아먹었던 것이다.

    \*  \*  \*

 장건의 단전은 넘실거리는 기력으로 충만했다.
 실로 어마어마한 기운이었다.
 단전이 넓어진 탓인지 얼마 전처럼 내공을 감당 못 하고 혼수상태에 빠지는 일 같은 건 없었다.
 수백, 수천 명을 죽일 수 있는 독을 먹고도 아직 단전에 약간의 여유가 있었다.
 마비도 한참 전에 풀렸다.
 장건은 몸을 번쩍 일으켜 세웠다.
 "하아! 이제야 좀 살 것 같다."
 팔다리를 털면서 크게 기지개를 켜던 장건이 멀리 밖을 향해 합장하며 고개를 숙였다.
 "감사합니다!"
 심법을 알려준 이름 모를 이에게 다시 한 번 감사하는 장건이었다.
 그가 아니었다면 어떻게 되었을지 생각만 해도 끔찍하다.
 하지만 생각이 아니라 지금 처한 현실이 끔찍한 건 오히려 사갈마존이다.

사갈마존은 어떻게 이런 일이 벌어질 수 있는지 몰라 머리가 복잡했는데 장건이 아까보다 더 멀쩡해져서 인사까지 하자 분통이 터졌다.

"감사해 하지 마!"

"할아버지한테 한 거 아닌데요. 아닌가? 할아버지한테도 고마워해야 하는 건가?"

장건이 사갈마존을 보며 퉁명스럽게 말하다가 고개를 갸웃거렸다.

사갈마존은 이를 갈았다. 몸이 부들부들 떨렸다.

"이, 이놈이…… 어, 어떻게 내…… 내 독을……."

사갈마존은 자꾸만 장건이 혀를 낼름거렸던 이유를 알았지만 그럼에도 불구하고 작금의 상황은 여전히 이해하기가 힘들었다.

삼황선원에 있는 이들 전체를 죽여 버릴 수 있는 만큼의 독을 살포했고, 몇몇은 중독이 된 걸 확인도 했다. 그런데 장건은 멀쩡했다. 아니, 멀쩡한 정도가 아니라 신 난다며 먹고 다니고 있질 않은가!

사갈마존은 머리가 돌아버릴 것 같았다.

"으으으……!"

그리고 그건 야용비도 마찬가지였다.

상황이 엉망이 된 것으로도 모자라 북해빙궁의 천적인 전승자까지 부활시키고 말았다.

장건의 위진사해(威振四海) 215

야용비는 신경질적으로 사갈마존을 향해 소리 질렀다.

"사갈마존!"

질책이 담긴 목소리에 사갈마존은 미친 듯 날뛰며 소매를 털었다.

"크아아아! 아니야! 내 독이 잘못되었을 리 없어! 다 죽여주마!"

사갈마존의 소매에서 온갖 종류의 침과 독병들, 그리고 심지어는 독전갈과 뱀까지 튀어나오려 했다. 독곡에서 자주 쓴다는 독벼룩이 담긴 망낭(網囊)도 보였다.

그런 것들이 모조리 쏟아지면 장건은 몰라도 다른 사람들은 살아남기 어려울 터였다.

원호가 급히 소리쳤다.

"건아!"

장건도 원호의 뜻을 알아들었다.

사갈마존은 바로 지척이었다. 장건은 지체 없이 기의 가닥을 뽑아내어 사갈마존의 소매에서 튀어나오던 것들을 죄다 밀어 넣었다.

후두두둑.

"……"

발출되던 것들이 고스란히 되돌아와 소매 안에 다시 적재되었다. 사갈마존은 어이가 없어져서 장건을 빤히 쳐다보았다.

"뭘 한 거냐, 지금?"

훅!

바람이 불면서 사갈마존의 흐트러진 머리카락이 뒤로 날렸다.

장건이 몸을 엉거주춤 낮춘 채 바로 앞까지 쇄도해 있었다.

사갈마존은 장건이 자신의 어깨를 향해 주먹을 날리는 걸 보았다. 아니, 사갈마존이 보았을 땐 이미 주먹이 뻗어 있는 상태였다.

섬뜩하리만치 빠른 장건의 권초를 본 사갈마존은 정신이 퍼뜩 들었다. 수면 위에서 거론되는 이는 아니지만 그 역시 작금에 어디에서도 명성이 떨어지지 않는 인물이었다.

"이대론 끝나지 않는다!"

사갈마존은 침까지 흘려가며 고함을 질렀다. 어차피 피하기에도 불가능해 보였다. 하여 아예 피할 생각도 하지 않고 양손을 길게 뽑아내어 장건을 찍어갔다.

"멍청한 놈! 너의 여린 손속이 화를 자초할 것이야!"

맹수의 발톱처럼 뾰족하고 단단하게 구부러진 손톱이 독기를 흘리며 장건의 관자놀이과 심장을 노렸다. 어깨 하나 내어주고 대신 장건의 목숨을 취할 생각이었다.

"요혈도 없는 어깨를 공격하다니. 그건 분명히 네 잘못······."

**쩌어억!**

뭔가가 갈라지는 소리가 났다. 몸에서 난 소리가 아닌데 몸에 연결된 무엇인가가 깨지는 듯했다.

사갈마존에게 생소한 감각이 찾아왔다.

그건 마치 추운 겨울날 두터운 겉옷을 갑자기 벗었을 때 마주친 싸늘한 한파(寒波)와 흡사했다.

사갈마존은 자신의 어깨를 쳐다보았다.

장건의 주먹은 어깨에서 한 치가량 떨어져 있었다.

맞지 않았다.

"어……?"

맞지도 않았는데 왜 이런 기묘한 기분이 드는 것일까.

사갈마존은 비틀대면서 뒤로 물러났다. 머리가 핑 돌면서 다리에 힘이 빠져갔다. 금방이라도 주저앉을 것 같아서 억지로 버텨야 했다.

장건이 주먹을 거두고 사갈마존에게 꾸벅 허리를 굽히며 인사를 했다.

"기운이 나게 해주셔서 고맙긴 한데, 좋은 의도로 그러신 건 아니었으니까 고맙다는 인사는 안 할게요."

사갈마존은 혼미한 정신 중에도 울분이 치밀었다.

'방금 인사했잖아!'

정신도 없는데 괜히 화를 냈더니 더 어지러워졌다.

사갈마존은 털썩 주저앉았다.

몸 안에 지니고 있던 독물(毒物)들이 놀랐는지 사갈마존을 마구 깨물었다. 평소라면 사갈마존의 위압감 때문에 꼼짝 못 하던 독물들도 본능적으로 사갈마존이 약해졌다는 걸 알고 있었다.

'앗, 따가워…… 앗 따가워……. 이 망할 놈들이…….'

지니고 있는 독물들의 독에 내성이 있는데도 따갑고 간지러워서 미칠 지경이었다. 죽진 않겠지만 당장은 긁기도 귀찮아져서 견디기가 힘들었다.

"으으음……."

마침내 사갈마존은 앞으로 고꾸라졌다. 엉덩이를 치켜든 엉거주춤한 자세로 추하게 정신을 잃었다.

사갈마존을 일격에 쓰러뜨린 장건의 수법을 본 야용비는 멍해졌다.

"설마…… 이것이……."

문각의 백보신권!

바로 옆에서 지켜보니 확실히 알 수 있었다. 몸에 닿지도 않고 상대를 무력화시키는 신묘하기 그지없는 수법.

일전에 백귀살을 단 일권으로 날려버렸던 바로 그 권이다.

장내가 조용해졌다.

북해 무사들이 마른 침을 꿀꺽 삼켰다. 장건에게서부터 멀어지고 싶은 마음이 간절하나 어차피 그들이라고 달리 갈 데가 있을 리 없었다.

북해 무사들은 야용비의 명령을 기다렸다.

전승자는 완전히 힘을 되찾았고, 황궁 고수들과는 적대적 상태가 되었으며, 주위는 나한들로 둘러싸여 달아날 수도 없는 지경.

그야말로 궁지에 몰린 북해였다.

구유신장이 웃으며 말했다.

"흐흐흐. 그렇군. 이래서 전승자, 전승자하는 거였군. 자, 이젠 어떻게 하실 텐가?"

야용비가 입술을 깨물었다.

"전승자가 살아나면 당신네들이라고 멀쩡할까? 애초에 당신들이 욕심부리지 않았으면 이런 일은 없었어."

구유신장은 잠깐 흠칫했으나 어쩐지 무덤덤해 보이는 장건의 표정을 확인하더니 태연한 투로 답했다.

"북해도 사갈마존을 구워삶아 우리를 죽이려 했으니 피차일반. 어차피 소림사를 공격하고 있는 것도 북해의 무사들이 아닌가. 우리야 이쯤에서 물러나면 그만이지."

"당신네들이? 그럴 리가 없다는 건 누구보다도 내가 잘 알아."

구유신장은 야용비가 줄줄이 말을 늘어놓을까 봐 말을

가로막았다.

"황도팔위와 동창은 들으라! 이제 사갈마존의 독도 없으니 모두 북해를 공격……."

그때 갑자기 어디선가 이를 가는 소리가 들려왔다.

빠드득.

백귀살이었다.

백귀살은 장건이 사갈마존을 쓰러뜨리는 광경을 본 순간 과거의 기억에 사로잡혀 있었다.

그때 당한 수모가 갑작스럽게 분노를 급상승시켰다.

"크아아!"

백귀살은 분을 참지 못하고 고함을 지르며 공력을 끌어올렸다.

그리곤 땅을 박찼다. 그림자가 흔들리며 길게 늘어났다.

두말할 것 없이 장건이 목표였다.

"앗!"

장내의 사람들이 놀라서 외치는 순간, 야용비가 이를 악물었다.

최후의 선택을 할 수밖에 없는 순간이 왔다.

"자랑스러운 북해의 무사들이여!"

야용비가 외쳤다.

"어차피 오늘 이후로 소림사는 사라질 터! 전승자만 없어진다면 더 이상 본궁을 위협하는 무공은 남아있지 않게 될 거예요! 우리가 이곳에서 뼈를 묻더라도 본궁의 후사를 위해서 전승자만은 반드시 죽여야 합니다!"

야용비의 절절한 외침에 북해의 무사들이 번뜩 정신을 차렸다.

그들에게는 아직 할 일이 남아 있었다.

전승자를 죽여야 한다! 그래야만 북해빙궁이 언젠가 먼 훗날에라도 다시 한 번 중원을 도모해 볼 수 있게 될 것이다!

생각해 보면 억울하지 않을 수가 없었다.

북해빙궁은 우내십존 급의 고수를 넷이나 보유했다. 강호의 그 어떤 문파와 비교하더라도 단일 세력으로는 최강의 무력을 소유하고 있는 셈이다.

한데 장건 한 명 때문에 그 힘을 마음껏 펼쳐볼 수가 없다는 게 말이나 되는가!

어찌 보면 지금은 문각 이후로 패배감에 젖은 채 살아야 했던 북해빙궁의 운명을 송두리째 뒤바꿀 수 있는 마지막 기회인 것이다.

비록 그것이 죽음으로 달려가는 길이라 할지라도!

"죽여라! 죽여!"

북해 무사들은 눈이 뒤집혀서는 장건을 향해 달려들기 시작했다.

목숨에 대한 집착을 버렸다. 오로지 장건을 죽이겠다는

일념 하나로 살기를 품었다.

 냉고사와 적수의도 장건을 향해 몸을 날렸다.

 근 오십 명의 인원이 동시에 장건에게로 몰린 것이다.

 "헛?"

 소림 측 이들이 신음성을 삼켰다. 장건을 구하러 가기에는 거리도 멀었고 시간도 부족했다.

 "어서 건이를!"

 원호가 소림 측 무인들과 달리기 시작했을 때 벌써 장건은 수십 명의 인원에 파묻히고 있었다.

 '늦었나!'

 원호는 이를 악물었다.

 그런데 그때 아주 잠깐이지만 두터운 사람의 벽들, 그 사이의 틈으로 장건의 눈이 보였다.

 원호와 눈을 마주친 장건은 조용히 고개를 끄덕여 보였다.

 그건 마치 '걱정 마세요.' 라고 말하는 듯했다.

 하지만 원호가 뭐라고 더 말하기도 전에 장건은 완전히 가려져서 보이지 않게 되었다.

 "건아!"

 원호가 안타까운 목소리로 장건을 불렀다.

\* \* \*

장건은 자신을 향해 달려드는 사람의 파도를 보면서도 생각보다 담담한 얼굴이었다.

하지만 북해빙궁의 행동에 화가 나지 않은 건 아니었다.

속마음은 그 누구보다도 끓어오르고 있었다.

무엇보다 자기 자신만이 아니라 소림사까지 공격당하고 있다는 사실이 화가 났다.

장건은 가장 앞서 날아오는 백귀살을 쳐다보았다. 백귀살이 백령무의귀천공을 극대로 끌어올려 장건을 덮쳤다. 원천진기까지 모두 끌어 쓴 그의 몸은 뿌연 안개처럼 흐릿했다. 눈으로 따라잡기 힘들 만큼의 속도로 몸이 흔들리고 있었다.

모든 공격을 회피해버리는 극쾌속의 신법!

세상에 존재하는 그 어떤 무기도 그를 맞출 수가 없을 터였다.

"죽어라! 소림사와 함께 사라져 버려라!"

백귀살이 장건을 향해 신검합일의 자세로 날아들며 한백소수를 뻗어냈다. 손바닥이 둘로 갈라지고, 다시 넷으로, 여덟 개로 갈라지더니 곧 그의 몸처럼 아예 흐릿해져 버렸다.

"소림사가 사라질 거라구요?"

장건이 읊조리듯 묻자 악에 받친 백귀살이 외쳤다.

"네놈도 함께다!"

장건은 백귀살을 노려보았다.

"그런 일은 결코 일어나지 않을 거예요. 내가 그렇게 두지 않을 테니까."

"닥쳐라!"

장건은 입을 꾹 다물고 단전에서부터 내공을 끌어올렸다.

고오오오.

장건이 끌어올린 내공이 주변의 공기를 묵직하게 만들며 저절로 기의 권역을 생성했다. 눈에 보이지 않는 역장(力場)이 둥글게 펼쳐졌다.

백귀살의 한백소수가 장건의 역장을 마구 찢으며 파고들었다.

퍼퍼펑! 퍼펑!

장건은 미동도 없이 서서 그 모습을 바라보고 있었다.

휘잉.

발밑에서 작은 회오리가 일면서 장건의 몸을 타고 올랐다.

장건의 권역을 모두 뚫고 들어온 한백소수가 거칠게 장건의 얼굴을 짓이겼다.

장건의 얼굴이 한백소수의 새하얀 손바닥에 격중되었다싶은 순간, 훅! 하고 장건의 모습이 연기처럼 꺼졌다.

"음?"

백귀살은 장건을 시야에서 완전히 놓치고는 눈을 크게 치켜떴다.

아래에서 무시무시한 기운이 느껴졌다.

백귀살이 급히 한백소수의 방향을 바꿔 아래쪽을 향했다.

몸을 완전히 낮추고 있던 장건이 위로 주먹을 올려치며 일어서고 있었다.

펑!

절묘한 순간에 한백소수와 장건의 주먹이 마주쳤다. 백귀살의 손바닥과 장건의 권이 부딪치며 사방에 얼음조각들이 휘날렸다.

백귀살과 장건은 서로 장과 권을 맞댄 채 공력을 쏟아부었다.

마치 내력대결을 하는 양상이다.

'이번엔 지지 않는다!'

차라리 백귀살은 잘됐다고 여겼다. 지난번에도 자신의 공력이 약했던 건 아니다. 장건의 기이한 수법에 휘말려 패배했던 것뿐이다.

백귀살은 그렇게 생각했지만, 안타깝게도 이번엔 달랐다.

백귀살의 한백소수가 점점 힘을 잃어갔다. 장건의 권에

서 뿜어지는 공력이 검강 급인 한백소수를 억누르며 타오르고 있었다.

상대가 되지 않을 정도로 일방적으로 밀린다는 사실을 믿을 수가 없었다.

'이, 이게!'

터엉!

백귀살의 팔이 튕겨져 버렸다. 백귀살은 급히 다른 손으로 한백소수를 펼치려 했지만 당연히 장건의 권이 먼저 밀고 들어왔다.

그래도 백귀살은 장건의 권이 자신을 맞추지 못할 거라 생각했다. 백령무의귀천공을 이용해서 거의 열 개나 되는 잔상을 만들었다. 잔상이 겹치고 또 겹쳐서 백귀살은 매우 흐릿하게 보였다.

"네놈은 절대로 나를 건드릴 수 없을 것이다!"

하지만 아무리 백귀살이 잔상을 만들어도 위기의 덩어리는 그대로였으니…….

쩌억!

어김없이 장건의 주먹은 전혀 엉뚱한 데에서 뭔가에 적중했다. 백귀살의 신체와는 전혀 관련이 없는 허공이었다.

백귀살은 복부에서 시작된 충격으로 몸 전체에 균열이 생긴 듯한 기묘한 느낌을 받았다.

백귀살의 눈이 일그러졌다.

"마, 망할……."

지난번과 같다.

다만 이번엔 그때보다도 더 강력했다. 저항할 틈도 없이 그의 몸이 휩쓸리고 있었다.

"우아악!"

백귀살은 막대한 힘에 휘말려 튕겨졌다.

팽그르르! 팽이처럼 돌면서 포물선을 그리며 나가떨어지는 백귀살을 보고 북해 무사들이 흠칫했다.

천하의 백귀살이 내력대결에서 밀리고 일권에 날려졌다!

한 번도 아니고 무려 두 번이나!

북해 무사들이 이를 갈았다.

"으아아아!"

"네놈의 손가락 하나만이라도 가져가겠다!"

광기 어린 살기가 장건을 향해 쏟아졌다.

가시가 달린 천저빙룡갑을 입고 있었기 때문에 방어도 도외시하고 몸으로 밀어붙였다. 여차하면 깔아뭉개기라도 할 태세였다. 어중이떠중이가 아니라 북해에서도 고르고 고른 무인들인지라 그 기세가 자못 대단했다.

장건은 더 이상 손에 사정을 둘 수가 없었다.

위험을 무릅쓰고 저들의 사정을 봐주다가 시간이 끌리면 소림사의 사형제들만 위험에 처할 뿐이었다. 지금 이 순간에도 북해의 삼천 무사들이 소림사에서 난동을 부리고 있는 것이다.

장건은 한껏 내공을 끌어올렸다. 기의 가닥을 뽑아냈다. 두 가닥, 네 가닥, 여섯 가닥…… 열두 가닥!

자그마치 열두 가닥이다!

장건은 각각의 가닥을 세 개씩 합쳐 꼬았다. 꼬인 기의 가닥에 힘을 응축시켜 한껏 당겨 두었다. 활의 시위를 팽팽하게 당기는 것처럼 기의 가닥들은 금방이라도 튀어나가려 했다.

"죽엇!"

사방에서 칼날이 번쩍였다. 칼을 휘두르는 게 아니라 칼을 든 사람이 몸을 내던져오는 형태다. 우르르 쏟아지듯 장건을 향해 엎어져 오는데, 자칫 저들에게 깔리면 압살(壓殺)당할 수도 있는 상황이었다.

장건은 금강부동신법으로 눈 깜짝할 사이에 제자리에서 한 바퀴를 돌며 공격해오는 북해 무사들의 위치를 확인했다.

그리곤 당겼던 기의 가닥을 튕겨서 날려 보냈다.

기의 가닥이 만든 기권(氣拳)이 상하좌우로 날아가 북해 무사들에게 꽂혔다.

앞과 우측에서 몸을 던져오던 북해 무사 둘은 각기 목 아래 육중혈(彧中穴)과 명치 옆 늑간 사이의 보랑혈(步廊穴)

밖을 흐르는 위기를 얻어맞았다. 뒤와 좌측에서 오던 북해 무사 둘은 복부와 턱을 가격 당했다.

쩌저적! 퍼퍽!

기권이 발출되어 가격하기까지는 워낙 짧은 순간이었기 때문에 북해 무사들은 맞았다는 것을 곧바로 인식하지 못했다.

장건은 거기에서 멈추지 않고 다시 계속해서 팽이처럼 몸을 돌리면서 기의 가닥을 당겼다가 쏘아내기를 반복했다.

내공을 극대로 활성화시켜 사용하고 있었기 때문에 장건이 회전하는 속도는 가히 빛살과도 같았다. 북해 무사들의 칼이 겨우 한 치를 나아가는 동안 장건은 세 번을 회전했고, 총 열여섯 번이나 기의 가닥을 날렸다.

'상곡혈! 음도혈! 신봉혈!'

장건은 회색 위기의 덩어리들이 보이는 대로 모조리 때려 부쉈다.

쩌적, 쨍! 쨍!

등 쪽이라던가 옆쪽이라 보이지 않으면 그냥 본신을 때려버렸다.

투다다다다!

거의 권막(拳幕)을 둘러치듯 기의 가닥이 펼쳐졌다.

몸을 던져오던 북해 무사들은 알 수 없는 힘에 가로막혀

멈춰졌다. 뒤에서 밀고 오던 후열(後列)의 북해 무사들은 영문도 모르고 앞사람과 부딪쳤다. 덕분에 가장 앞에 선 북해 무사들은 앞뒤로 끼이고 짓눌렸다.

"크윽!"

"끗!"

앞선 북해 무사들의 입에서 뒤늦게 신음이 터져 나오기 시작했다.

구구구구구구.

장건이 계속 회전하면서 둥글게 쳐진 권막은 온통 회오리로 가득 찼다. 북해 무사들은 회오리 안으로는 손가락 하나 들이밀 수가 없었다. 회오리의 막에 찰싹 들러붙어서는 옴짝달싹 하지 못했다.

그 상태로도 장건은 무려 열 바퀴를 더 돌고서야 마침내 멈춰 섰다.

회오리의 막 안은 진공(眞空) 상태처럼 고요했다가 갑작스레 폭발해버렸다.

**콰— 아— 아— 앙—!**

"으아악!"

"크아아!"

북해 무사들은 사방팔방으로 날려졌다.

십 수 명이 허공으로 떠오르며 팔다리를 허우적거리고, 아래로 튕겨나간 이들은 바닥을 긁으며 쭉 밀려났다. 몇몇은 서로 얽혀서 데굴거리고 구르기까지 했다.

"아닛!"

"저럴 수가!"

소림 측 이들은 입을 쩍 벌렸다. 그들을 한참이나 괴롭히던 북해 무사들을 장건은 눈 깜짝할 사이에 대거 날려버린 것이다.

너무 엄청나서 소름이 다 끼쳤다.

더구나 날려진 북해 무사들은 대부분이 무력을 상실했다. 치명상을 입지 않은 것처럼 보이는 무사들조차 일어서지 못하고 있다.

원호와 소림의 나한들은 일전에 진산식 때 지금같은 광경을 본 적이 있는데도 여전히 놀라지 않을 수가 없었다.

슈우우우,

장건을 감싸고 있던 회오리바람이 한줄기 흙먼지의 꼬리를 길게 끌고 맴돌다가 서서히 퍼지면서 사라져갔다.

남은 북해 무사들이 망연한 표정으로 멈춰 섰다.

아무리 초개(草芥)같이 목숨을 버리고 달려들 생각이라 해도, 그것이 뭔가 이루어질 거라는 희망 정도는 있어야 해볼 마음이 드는 법이다.

몸을 내던져도 손끝 하나 댈 수 없으면 무언가 해볼 여지조차 남아있지 않다는 뜻인데 뭘 어떻게 하란 말인가?

 북해 무사들이 멈췄지만 장건은 멈추지 않았다.

 시간이 없다. 어서 이들을 쓰러뜨리고 소림사로 돌아가 사형제들을 구해야 했다.

 장건은 빠르게 나머지 무사들을 향해 움직였다.

 스르륵.

 장건이 미끄러지듯 북해 무사들의 사이를 유영했다.

 퍼버벅! 째쟁! 쨍!

 장건이 지나갈 때마다 깨지는 소리가 난다. 그때마다 북해 무사들이 뒤로 나동그라지는데 장건은 손가락 하나 까딱하지 않고 있다.

 일부는 칼을 휘두르며 반항도 해 보았지만 그야말로 소용이 없었다. 장건은 그들의 칼이 닿는 거리보다 훨씬 멀리에서 위기를 때려 부수었다.

 쩡! 쩌정!

 나가떨어지면 여지없이 몸을 움찔거리며 경련을 일으키다가 한순간에 축 늘어지는 북해 무사들이다.

 자신의 차례가 다가올수록 북해 무사들은 공포로 몸을 떨었다. 자세히 동료를 살펴볼 틈이 없으니 그들이 잠이 들었다고는 생각할 수 없었다. 그저 일격에 죽는 것으로밖에 보이지 않는다.

 아무런 거리낌 없이 사람을 마구 죽여 대는(?) 장건의 잔인함에 없던 공포감마저 생겨났다.

북해 무사들 중 처음으로 누군가 한 명이 무기를 내던졌다.

"하, 항복!"

그러자 나머지 북해 무사들 몇이 연달아 무기를 내려놓았다.

"나, 나도 항복하겠소!"

장건은 잠깐 멈칫했다. 열 명도 채 남지 않은 북해 무사들은 장건이 멈추자 살 수 있다고 생각했는지 서로 항복하겠다며 무기를 놓았다. 전의를 잃은 탓에 그들의 기세와 연결된 위기의 덩어리도 덩달아 색이 연해졌다.

장건은 그들의 위기를 보다가 고개를 끄덕였다.

"죄송한데 제가 좀 바빠서요."

장건은 계속 하던 일을 계속했다.

쩌정! 쩡! 쩡!

위기가 약해진데다 반항을 안 하니 한결 수월하게 위기를 깨뜨리는 장건이다. 북해 무사들은 그 즉시 거품을 물고 눈동자가 돌아갔다. 한순간에 추풍낙엽처럼 쓰러져갔다.

북해 무사들의 얼굴이 파랗게 질리며 일그러졌다.

'그러면 고개는 왜 끄덕……!'

하지만 말을 내뱉기도 전에 모든 북해 무사들은 바닥에

누웠다.

\*　　\*　　\*

 최고수들이 그 모습을 보고 서로 농담 반 진담 반으로 말을 주고받았다.
 "헐."
 "항복하겠다는데 그걸 그냥 패잡네."
 "저놈 저거 생각보다 무자비하다니까."
 "원래 겉으로 순해 보이는 놈들이 내면은 과격한 법이야."
 사실 최고수들도 이미 장건이 쓰는 권법이 어떤 효과를 내는지 안다. 사람을 반병신 만드는 것도 아니고 그냥 무력화시키는 거라 장건은 북해 무사들이 딱히 항복을 하든 말든 상관이 없다고 생각했을 것이다.
 장건이야 별 의식하지 못했겠지만 지켜보던 이들은 어쩐지 속이 다 시원했다.
 하지만 남은 둘이 문제다.
 적수의와 냉고사.
 그 둘이 장건을 협공하고 있었다. 무시무시한 기의 폭풍이 사방에서 몰아친다.
 쾅 쾅!

땅이 부서지고 얼음 파편이 튀며 공기가 펑펑 터졌다.

각 문파의 제자들은 최고수들이 지켜만 보고 있자 안절부절못했다.

"사백조님, 저희도 도와야 하지 않겠습니까?"

최고수들이 고개를 설레설레 저었다.

"아서라, 이놈들아. 성문실화 앙급지어(城門失火 殃及池魚)란 말이 있느니라."

성문에 불이 났는데 불을 끄려고 연못의 물을 퍼다 쓰는 바람에 뜬금없이 물고기가 말라 죽었다고 하는 얘기다. 고래 싸움에 새우등 터진다는 말과도 상통한다.

"너희들은 괜히 끼어들었다가 누구한테 맞았는지도 모르고 급살당한다. 봐라, 방장 대사도 섣불리 개입하지 않고 지켜만 보잖으냐."

원호는 굳이 나서지 않고 행동을 자제하고 있었다.

적수의와 냉고사가 죽음을 각오하고 퍼붓는 무지막지한 공격은 원호나 최고수들로서도 감당하기 어려웠다. 황도팔위조차도 휩쓸릴까봐 멀찍이 물러나서 보고 있을 정도였다.

"녀석이 잘 하고 있으니까 잠깐 기다려 보거라."

최고수들이나 원호가 내린 판단은 같았다.

당장은 장건을 응원할 수밖에 없었다.

"힘내라, 이놈아."

하지만 상황이 바뀌면 언제든 움직일 수 있도록 최고수들과 원호는 조금의 긴장도 놓치지 않고 공력을 끌어올리며 대비하고 있었다.

\* \* \*

장건은 눈앞의 두 고수에게 집중했다.

장력이 맞지 않고 스쳐 지나가는데도 한기가 느껴진다.

입에서 하얀 김이 났다. 냉고사가 빙장을 남발해서인지 주변의 기온이 심하게 떨어져 있었다. 발밑도 여기저기 얼어붙어서 아차하면 미끄러지기 십상이었다.

하나 실제로 냉고사는 공격을 마구 남발하는 게 아니라 치밀한 계산에 따라 움직이고 있는 중이었다. 냉고사가 장력을 쏘아 장건을 일정한 방향으로 몰아놓고 적수의가 치명적인 공격을 가하려는 계획이다.

하지만 냉고사와 적수의의 공격은 계획대로 되지 않았다. 그들의 공격은 장건에게 거의 통하지 않았는데, 장건이 도통 상리대로 움직이지 않았기 때문이었다.

방금도 냉고사가 쌍장을 쏘아 장건을 물러서게 만들었고 그 틈에 적수의가 아래로 파고들어 장건의 오금을 낚아채려 했다. 우내십존 급의 고수 둘이 한 치의 오차도 없이 펼친 완벽한 합공이다.

무릎이 작살나는 건 물론이요, 심하면 무릎 아래로 다리가 통째 뜯겨져 나갈 상황이었다.

그러나 장건은 뒤로 미끄러지듯 물러나다가 순식간에 직각으로 꺾어서 옆으로 비켜갔다. 덕분에 적수의는 어이없이 헛손질을 하고 말았다.

그만한 고수가 완전한 헛손질이라니!

그게 어쩌다 한두 번이 아니라 벌써 여러 번 반복되었다.

적수의로서는 자존심도 상하거니와 당황스럽기까지 하다.

적수의는 사람을 수없이 해체하며 근육과 뼈, 관절이 움직일 수 있는 한계를 모두 알고 있었다. 어깨의 흔들림을 보면 하체에 가해진 힘의 양을 알 수 있고, 발목의 뒤틀림을 보면 보법의 방향과 사용할 권각법의 종류를 예측할 수 있었다. 팔꿈치를 보면 권법의 궤도를 미리 꿰뚫어 볼 수도 있었다.

적수의의 이런 능력이 아주 없던 생소한 것도 아니다. 장건도 같은 원리로 상대의 움직임을 읽는 수법을 종종 사용하곤 한다.

제아무리 내공을 쌓아도 뼈와 근육, 관절로 이루어진 사람이라면 벗어날 수 없는 원리가 있는 법이었다. 어떤 동작을 하려면 바로 직전에 취해야 할 동작이 있을 수밖에 없었다.

그래서 강호에는 상대에게 수를 읽히자 않기 위해 어깨를 움직이지 않고 상대를 발로 차는 무영각이라던가, 시선을 감추는 안법이라던가 하는 수법들도 존재하는 것이다.

그러나 장건은 단순히 무영각 정도가 아니라 그 모든 원리를 무시하고 말도 안 되게 움직여 버린다!

적수의가 생각하고 있는 것과 전혀 다르게!

게다가 눈동자는 어디서 개 같은 안법을 익혔는지 싸우는 내내 사팔을 뜨고 있어서 시선을 전혀 종잡을 수가 없었다.

그러니 적수의가 자꾸만 허탕을 치는 것도 당연한 일이었다.

열이 받친 적수의가 악을 썼다.

"이 교활한 놈들!"

물론 그건 원호부터 시작해서 소왕무나 대팔, 장건을 모조리 싸잡아 내뱉은 말이었다.

"정파를 대표한다는 소림사 놈들은 무슨 마공을 처익혔기에 하나같이 괴상한 짓거리만 골라 한단 말이냐!"

그렇지 않고서야 상대도 안 되는 코흘리개에게 냉고사가 연속으로 낭패를 본 일이라던가 장건의 괴이한 움직임 같은 게 설명되지 않는다.

적수의는 머리끝까지 화가 치밀었다.

가뜩이나 아까부터 원호의 임기응변에 말려서 심기가 불편하던 차다.

상황은 매우 좋지 않았다. 냉고사도 배에 부러진 칼을 박고 있는지라 조금씩 기세가 약해지는 느낌이었다.

이러다간 아무 것도 하지 못하고 놀림거리가 되어 죽을 거라는 생각에 마음이 초조해졌다.

빠드득!

적수의는 이를 갈더니 공력이 깃든 손을 들어올렸다.

그러더니 일말의 주저함도 없이 자신의 양 눈을 찍어버렸다.

푹! 하고 터지는 소리가 나며 시뻘건 피와 맑은 액체가 섞여 흘러나왔다.

"크아아아아!"

적수의가 피눈물을 뿌리며 절규하듯 포효했다.

이 섬뜩한 광경에는 장건도 놀라서 얼어붙을 수밖에 없었다.

"왜, 왜 그렇게까지……."

장건은 멍했다. 한편으론 불쌍하고 안타까웠다.

왜 자기의 눈을 스스로 없애버린단 말인가.

하지만 적수의가 한 행동에 냉고사는 동요하지 않았다. 냉고사는 오히려 기회를 놓치지 않고 장건을 향해 일장을 뻗었다.

장건은 냉고사의 공격도 미처 알아채지 못할 만큼 심한 충격을 받은 상태였다.

"아앗!"

장건은 등허리가 서늘하게 얼어붙어 오는 걸 깨닫고 뒤늦게 보법을 펼쳤다.

아슬아슬하게 반 정도는 비껴냈지만 장력의 일부가 내부로 파고들어 경락을 손상시키며 몸을 뻣뻣하게 만들었다.

어느 샌가 적수의도 두 눈에서 피를 흘리며 달려들고 있었다.

장건은 이번에도 적수의가 예상치 못한 방향으로 몸을 피했다. 서가촌에서 팔각활빙보라고 불렸던 보법이다.

피 묻은 적수의의 손이 장건을 향해 날아들었지만 장건은 벌써 적수의가 뻗은 팔의 궤도에서 벗어난 후였다.

적수의는 헛손질을 하다가 멈추더니 장건이 움직이는 방향을 따라 정확하게 고개를 홱 돌렸다. 눈으로 보고 있지도 않은데 고개를 돌리는 건 아마도 오랜 습관 때문일 터였다.

"이놈! 잡았다!"

정면으로 적수의의 뻥 뚫린 눈을 본 장건은 너무 끔찍해서 소름이 쭈뼛 돋았다. 적수의의 뾰족한 손끝이 장건의 가슴을 긁고 지나갔다. 짐승의 발톱에 긁힌 것처럼 옷이 찢어지고 살이 갈렸다.

"으윽!"

장건은 재차 보법을 밟았다. 방향을 전혀 예측할 수 없는 장건 특유의 몸놀림이었다.

하지만 적수의는 좀 전과 달랐다. 적수의는 장건이 움직여서 피한다 싶은 순간 귀신같이 공격을 멈추고는 곧바로 따라붙었다.

장건이 몸을 팽그르르 돌리면서 배를 찍어오는 적수의의 손톱을 간발의 차로 비껴내려 하였는데, 적수의의 손톱이 장건의 움직임을 그대로 쫓아와 결국은 장건의 옆구리를 뜯어냈다.

찌이익!

장건은 아연실색해서 연속으로 몸을 회전시켰다.

극쾌속인 백귀살의 공격까지도 피할 수 있었는데 그보다 느린 적수의의 손을 피할 수가 없다!

아니, 그러고 보니 아까보다 훨씬 더 빨라진 것 같기도 했다.

적수의는 장건이 어떻게 움직이든 주저함 없이 놀라울 정도로 정확하게 따라온다.

장건은 어깻죽지와 등짝을 각각 한 번씩 더 긁혔다. 언제 자기가 이렇게 당황한 적이 있나 놀랄 정도로 허둥거리는 걸 스스로 느꼈다.

장건의 신법은 미세한 근육들이 섬세하게 합(合)을 맞추어 만들어내는 것인데 마음이 심란하다보니 제대로 제어가 되지 않아 동작도 굼떠졌다.

시간이 없다고 생각하면서도 일단 적수의만 보면 마음이 복잡해지니 어쩔 수가 없었다.

결국 장건은 허둥거리다가 냉고사가 날린 일장을 가슴에 허용했다.

펑!

장건이 실 끊어진 연처럼 허공을 날았다.

"건아!"

소왕무와 대팔을 비롯한 소림 측 이들이 놀라 외쳤다.

다행히도 장건은 금세 일어섰다.

"후우, 후우."

장건이 숨을 내뱉는데 얼어붙어서 빙결된 습기가 반짝거린다. 내뿜는 숨에 핏기가 어려서 붉은 서리가 앉은 것처럼도 보였다. 약간의 내상을 입긴 한 모양이었다.

그러나 냉고사는 일격을 성공했음에도 미간을 찌푸리며 손을 털었다.

장건의 막대한 내공이 일으킨 반탄력에 손목이 시큰거렸다. 방향이 조금만 어긋났으면 되려 자신의 손목이 부러질 뻔했다.

당금 강호에서 어느 누가 자신의 손목을 이렇게 만들 수 있겠는가!

냉고사는 얼굴을 굳히고 혼잣말처럼 중얼거렸다.

"무슨 일이 있어도 오늘 죽이지 않으면 안 되겠군."

약관도 되지 않은 나이에 이 정도의 무위라면 장차 북해에 큰 위협이 될 게 뻔하다. 결코 살려둘 수 없었다.

적수의가 냉고사의 옆에 와 섰다. 적수의는 가만히 기를 퍼뜨려서 장건의 상태를 확인했다.

"크크크, 느껴진다 느껴져. 놈이 힘들어하고 있는 게 느껴져. 아까보다 숨이 거칠어지고 내공의 흐름도 불규칙해졌군. 출혈도 누적되어서 점점 더 힘들어질 게야. 피 냄새가 짙어졌어."

장건은 피눈물을 흘리며 웃고 있는 적수의를 보자 어깨가 절로 움츠러들었다.

최고수들이 원호에게 전음을 보냈다.

『방장 대사! 더 늦기 전에 우리가 손을 써야 하지 않겠는가?』

『우리의 안위는 걱정하지 말게. 우리 중에 몇은 황천을 건너겠지만 살 만큼 살았으니 여한은 없어.』

원호가 고개를 저으며 전음으로 답했다.

『선배님들은 준비가 되셨겠지만 건이는 아닙니다. 우리가 지금 움직이면 건이는 우리를 보호하려 할 테고 오히려 더 위험해집니다. 실력으로는 밀리지 않아요. 다만……..』

원호는 장건의 얼굴 표정을 보고 장건이 크게 심란해하

고 있음을 알았다. 적수의가 스스로 눈을 파냈을 때부터다.

 무인은 단단한 심지도 중요한데 장건은 너무 여리다. 하긴 그래서 무인이 되지 못하겠다고 은퇴를 하겠다던 것이니 장건을 탓할 수만도 없었다.

 원호는 잠시 눈을 감고 생각하다가 그리 크지도, 낮지도 않게 적수의를 불렀다.

 "적수의라 하였소?"

 뜬금없이 자신을 부르자 적수의가 묘한 표정으로 원호가 있는 방향을 향해 고개를 돌렸다.

 "할 말이 있느냐?"

 원호가 사뭇 공손하게 반장을 했다.

 "소승이 오늘 이 자리에서 진정한 무인을 보았소이다. 비록 적으로 만났으나 감탄하지 않을 수가 없소."

 적수의가 고개를 갸웃거렸다.

 "갑자기 왜 나를 두고 금칠을 하는 것이냐?"

 "신체 일부를 훼손함으로써 나머지 감각을 극대화시키는 오감극단(五感極端)의 방법! 누구나 알고 있지만 안다고 해서 아무나 할 수는 없는 방법 아니겠소?"

 "그, 그렇지."

 "한 사람의 무인으로서 승부에 임하는 그대의 진지한 각오를 보니 무인의 귀감으로 불리기에 부족함이 없을 것이오. 그대와 같은 무인이 있어 사람들이 강호를, 무림을 동경하는 것 아니겠소?"

"그게 무슨……."

적수의가 느닷없는 장황한 찬사에 어리둥절해 하는데, 원호가 장건을 불렀다.

"건아."

장건이 흔들리는 눈빛으로 원호를 보았다. 힘들어하는 표정이 역력하다.

원호는 장건을 향해 괜찮다는 눈빛으로 천천히 고개를 끄덕였다.

"적이지만 정말 훌륭한 무인이시다. 너도 무인으로서 예의에 어긋남이 없도록 행동하거라."

"예의…… 요?"

"그래. 무인이라면 '최선'을 다하는 상대에게 똑같이 '최선'을 다하는 것이 최고의 예의이니라."

원호가 유독 '최선'이라는 말을 강조하고 있었다.

잠깐 생각하던 장건은 탄성을 냈다.

"아……."

그제야 혼란스럽던 머리가 정리되는 것 같았다.

듣고 보니 적수의가 자신의 눈을 찌른 이유도 이해가 된다. 눈을 없앤 대신 다른 감각을 극대화시키기 위해서였다. 공기의 흐름, 소리, 냄새, 기의 유동 등을 한층 증폭시켜 느끼면서 장건의 움직임에 훨씬 빠르게 즉각 반응할 수 있었던 것이다.

그건 마치 마음의 허물을 버리고 버릴수록 더 깊은 경지로 나아갈 수 있는 소림의 역근세수경과도 닮았다.

"이게…… 진짜 무인……."

단 한 번의 승부를 위해서 자신이 할 수 있는 모든 걸 건다.

장건은 서서히 피가 끓어올랐다.

처음 무공을 배우고 소왕무와 비무할 때가 생각났다.

소왕무는 장건이 자신을 진지하게 상대하지 않는다고 생각하여 상처를 받았었다.

장건에게 무인이 어떤 존재인지에 대해 생각하게 만든 최초의 사건이었다.

장건의 움츠러들었던 어깨가 서서히 펴졌다.

떨림도 잦아들고 호흡도 안정되었다.

적수의는 뭔가 일이 잘못되어가고 있다는 걸 느꼈다.

"어?"

평정을 되찾은 장건이 적수의를 보며 말했다.

"사과드릴게요. 방장 사백님 말씀이 맞아요. 저도 최선을 다하겠어요."

"어…… 어?"

장건이 차분하게 공력을 끌어올리는데 기세도 확연히 달

라졌다. 단단해서 도무지 파고들 틈이 없는 철벽처럼 느껴진다.

적수의와 냉고사로서는 마른하늘의 날벼락도 이런 날벼락이 없었다.

'이, 이게 아닌데?'

제7장

비장의 한수

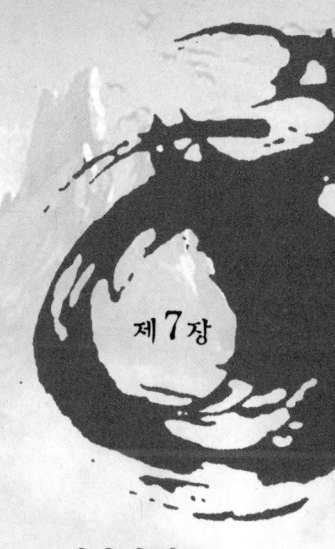

장건은 평온한 상태였지만 기세는 극도에 달해 있었다.

장건이 계속해서 공력을 끌어올리자 바닥이 덜덜 떨리고 흙먼지가 서서히 떠오르기 시작했다.

어지간하면 표정이 변하지 않는 냉고사도 당황한 기색이었다.

"으음."

장건의 존재감 때문에 주변 공기는 급격하게 무거워졌다. 적수의는 눈을 잃고 대신 다른 감각을 비약적으로 높였기 때문에 장건의 변화를 더 크게 느꼈다. 갑갑한 호흡을 감추고 애써 태연한 체 했지만 속으로는 낭패스럽기 그지없었다.

'이 내가…… 숨도 제대로 못 쉴 정도라고?'

적수의는 숨통을 틔기 위해 이를 악물고 소리를 질렀다.

"네 이놈! 네놈이 감히 나를 무시하느냐!"

적수의는 장건이 최선을 다하겠다고 한 말을 두고 무시하는 거냐 표현했는데, 장건은 아까 자기가 주저하던 행동을 두고 하는 말이라 생각했다.

장건은 적수의의 마음을 이해한다는 듯 대답했다.

"무시하는 것처럼 행동해서 죄송해요. 하지만 이젠 할아버지의 생각을 알았으니, 할아버지의 각오가 헛되지 않게 하겠어요."

"……응?"

적수의는 순간 자신이 말을 잘못 들은 줄 알았다.

말은 맞는 것 같은데 뭔가 상황상으론 이상하다.

'왜 내 각오를 니가 헛되지 않게 해!'

대화의 핵심이 어긋난 건 분명한데도 장건이 워낙 진지해 보여서 더 기가 막혔다.

적수의는 눈이 보이지 않는데도 불구하고 원호가 있는 방향을 정확히 쳐다보았다.

이런 상황이 된 건 다 저 간사한 세 치 혀를 가진 방장 놈 때문이 아닌가!

지난 번 진산식 때에 몇 마디 말로 황군을 물렸다더니, 그 말을 새겨들었어야 했다. 결코 과장된 얘기가 아니었던 것이다.

으드득.

적수의가 이를 갈자 원호가 '어흠어흠' 하고 계면쩍게 헛기침을 했다.

"주, 죽여 버리겠다!"

적수의가 평정을 잃자 냉고사가 전음을 보냈다.

『마음을 가다듬으시오. 마지막 한 수를 준비해야겠소.』

적수의는 씩씩대면서 빠득 다시 한 번 이를 갈았다.

『알았다!』

냉고사와 적수의는 내공을 끌어올리면서 일전을 대비했다. 이제 더 이상 물러설 곳은 없었다. 한 번의 출수(出手)가 돌이킬 수 없는 결과를 만들어낼 수도 있었다.

그야말로 최후의 결전이다.

냉고사와 적수의가 움직이기 시작했다.

장건은 고요히 마음을 가라앉히고 다가오는 냉고사와 적수의의 기운을 읽었다.

기감을 느끼고 안법을 써서 위기를 확인했다.

냉고사와 적수의도 최후의 한 수를 준비하고 있기 때문에 어마어마한 공력이 느껴지고 있었다. 하지만 그에 비해 짙은 묵빛의 위기는 거의 변화가 없다.

'역시.'

백귀살을 상대할 때와 다르지 않다. 느껴지는 공력에 비해 위기가 현저히 작다. 음한의 기운을 다스리는 영기가 비정상적으로 발달했기 때문이다.

냉고사와 적수의의 무공은 최고수들보다 훨씬 위에 있고 상대하기도 까다롭지만 오히려 장건이 쓰러뜨리기엔 훨씬 편하다고 할 수 있었다.

곧 냉고사와 적수의가 장건을 향해 쇄도해왔다.

냉고사가 손으로 공을 쥐듯 손가락을 웅크렸다. 손가락 사이로 하얀 빛이 보였다.

"흡!"

냉고사는 양손을 마주쳤다가 이를 악물고 쌍장을 뻗었다. 손바닥마다 순백의 고리가 세 개씩 맺혀 있었다.

극지신공 만년빙핵, 전개(全開)!

냉고사의 쌍장은 그리 속도가 빠르지 않았지만 지나는 궤적을 따라 얼음 꽃이 피어날 만큼 지독한 한기를 머금고 있었다.

적수의는 냉고사와 한 몸처럼 굉장히 가까이에 붙어 뒤에서 따라오고 있었는데, 공격적이라기보다는 장건의 사각(死角)에 숨어서 다가오는 형태였다.

장건은 기다렸다.

적수의가 냉고사의 위로 뛰어올라 아래로 양손을 내려쳤다.

"죽어라!"

단순한 수법이 아니었다. 언제 손을 그었는지 손바닥에서 피가 쏟아져 나오고 있었다. 입을 우물거리다가 입에서도 피를 뿜어냈다.

푸웃!

적수의가 쏘아낸 핏물은 끝이 날카롭게 얼어붙었다.

얼어붙은 핏방울들은 크기도 모양도 제각각이었지만 수가 수백 개나 되어 마치 암기처럼 장건을 향해 쏟아졌다.

바로 지척에서 벌어진 일이라 장건도 무시할 수가 없었다. 보기에도 끔찍한 피의 비가 내리는 것 같았다.

하지만 장건은 동요하지 않고 자세를 바로하고 호신기만으로 피의 비를 버텨냈다.

땅! 따다당!

얼어붙은 피의 비가 장건의 호신기에 부딪쳐 부서지고 튕겨져 나갔다. 일부는 호신기를 뚫고 금종조까지 펼친 옷 위로 박히기도 했다.

따다닥!

피의 비가 계속해서 쏟아지며 장건의 호신기를 깨뜨리고 퇴로까지 차단했다. 그 가운데를 냉고사의 만년빙핵이 모든 것을 얼리며 가로지르고 있었다.

그래도 장건은 물러서지 않았다. 하얀 고리가 다가올 때까지 최대한 기다렸다가 바로 앞까지 다가오자 그제야 움직였다.

한데 갑자기 합장을 하고 고개를 숙이는 장건이다.

살벌하게 쏟아지는 피의 암기와 막대한 위력의 쌍장이 다가오고 있는데 합장이라니!

부드러운 금빛 광채가 장건의 눈가에서 피어나오고 있었다.

원호나 소림사의 무승들은 자기도 모르게 '어?' 하고 의아함을 내뱉었다.

장건의 자세가 굉장히 눈에 익숙했다.

"부보절장의 자세?"

"설마······."

최고수들과 참관객 일부 중에도 장건의 무공을 알아보는 이가 있었다.

"허! 저걸 저놈에게서 보게 될 줄이야!"

"가장 승려답지 않은 놈이 승려다운 초식을 펼치는구나!"

장건이 펼치고 있는 건, 다름 아닌 유원반배였다.

젊은 제자들은 어리둥절할 뿐이다. 유원반배라면 소림사의 수련 초식으로 알려져 있는 평범한 수법이 아닌가!

냉고사의 쌍장은 장건이 내민 손바닥에 맞닿았다.

아니, 완전히 닿진 않았는데 맞닿기 직전에 멈추었다.

*그그그그그!*

손바닥에 맺힌 만년빙핵의 고리가 마구 회전하며 처절하게 한기를 뿌려댔다.

하나 더 이상 앞으로 나아갈 수가 없었다.

어느 순간 쑥 하고 힘이 빨려나가는 듯싶더니, 만년빙핵의 고리가 자신과 장건의 손바닥 사이에서 서서히 틀어지기 시작했다.

"크윽!"

냉고사는 그제야 장건의 수법이 유원반배임을 깨달았다.

냉고사가 방향을 제대로 돌리려 애를 썼지만 소용이 없었다. 물먹은 솜을 치고 있는 것처럼 힘만 빠졌다.

'이럴 수가! 고작 유원반배에!'

사실 절대로 고작이라고 할 수준이 아니었다. 장건의 지금 한 수는, 무당파의 환야와 대등한 수준으로 극한까지 이룬 태극경에 유원반배의 오의(奧義)를 합쳐 고도의 집중력으로 펼친 장건 무공의 정수였다.

그러니 겉모습만 보고 단순한 유원반배라 생각하면 오산이었다.

냉고사는 당황함을 넘어서 두려움마저 느끼고 있었다.

만년빙핵의 고리가 자기 자신을 향해 방향을 틀고 있는데 정작 본인은 아무 것도 할 수 없는 상황이라니!

'안 돼!'

냉고사가 머릿속으로 고함을 지른 순간, 만년빙핵이 완전히 반대 방향으로 돌았다.

자신이 쏟아낸 모든 위력이 자기에게 되돌아왔다.

퍼—엉!

짧은 파공음과 함께 냉고사가 튕겨져 나갔다. 그 충격에 바로 붙어 있던 적수의마저도 휘말려 둘은 동시에 날려졌다.

냉고사는 허공에 날려진 짧은 순간 허탈해 했다.

결국 전승자를 넘어서지 못해 북해의 꿈은 산산조각이 났다.

'졌구나.'

쿠당탕탕.

냉고사는 몇 바퀴를 구르다가 겨우 몸을 일으켰다. 적수의도 곁에서 피를 뱉으며 일어서고 있었다.

공야 선사가 애초에 유원반배를 창시할 때엔 상대를 지쳐서 물러나게 만들 목적이었다.

그러나 지금은 지칠 때까지 할 필요가 없었다.

빙공을 익히고 있어 되돌려진 만년빙핵에 몸이 얼어붙거나 하진 않았지만 장력에 의한 충격은 고스란히 돌아왔다. 내상도 내상이거니와 전신 경맥이 한순간에 파열되어 더 이상 무공을 쓸 수 없는 상태였다.

깨끗이 패배를 인정할 수밖에 없었다.

하지만 냉고사는 이어지는 소름끼치는 느낌을 받고 몸을 움찔했다.

으지직!

몸의 어딘가에서 균열이 생겨난 이상한 기분.

고개를 내려보니, 장건이 주먹을 내지른 채였다.

장건의 모습이 둘로 갈라져 보이는데 하나는 자신의 다리를, 하나는 적수의의 가슴을 치고 있는 중이다.

'생각보다 철저한 놈이군.'

어차피 끝났다고 생각하니 모든 것이 부질없어 허탈한 웃음만 나오는 냉고사였다.

하지만 적수의는 조금 다르게 생각한 모양이었다.

"더러운 놈……, 유원반배로 끝낼 것 같이 하더니 따라와서 또 패……."

냉고사는 억울해 하는 적수의의 목소리를 듣다가 힘없이 고개를 돌려 야용비의 당황한 모습을 보았다.

야용비는 파리한 안색으로 어딘가 안절부절못한 채 자꾸만 시선을 이리저리 돌리고 있었다.

마치 뭔가를 찾고 있는 듯했다.

냉고사는 마지막으로 겨우 힘을 쥐어짜내 전음을 보냈다.

『소주. 전승자를 잡아내지 못하면 소림사를 끝장내도 소용없소. 소림사에서 병력을 물리고 부디 소주만은 본궁으로 살아 돌아가길······.」

정신이 혼미해져가고 몸이 으슬으슬해져오는 와중에 귓가로 야용비의 대답이 아닌 커다란 파열음이 들려왔다.

**쩡!**

그 순간 냉고사는 완전히 늘어지고 말았다.
연이어 적수의도 쓰러졌다.
장건이 쓰러진 둘의 앞에서 가만히 서 있었다.
장내의 분위기는 일순간 한 마디 말도 없이 조용했다. 황궁이고 소림 측이고 할 것 없이 모두가 장건을 바라보고 있었다.
그러다가······
"끄, 끝났다."
누군가가 내뱉은 한 마디 말 이후로 급격하게 술렁대기 시작했다.
저들의 함정은 교묘했고 위협적이었다.
북해의 정예 오십 명과 우내십존 급의 고수 셋, 그리고 어찌 보면 가장 위험한 인물일 수도 있었던 사갈마존까지.
결코 만만한 무력이 아니었다.
자칫 백 명도 넘는 정파의 무인이 한 자리에서 몰살당할 수도 있는 상황이었다. 각 파의 최고수들과 후기지수들까지 있었으니 그들이 살해당했다면 강호 무림으로서는 굉장히 치명적인 손실을 입을 수도 있었다.

장건이 아니었다면 그중 누구도 살아남지 못했을 터였다.

달리 말해서, 장건이 모두를 살려낸 것이다. 강호 무림이 입었을 크나큰 손실까지!

원호는 장건에 대한 뿌듯함을 감추지 못하고 대견스러운 눈길로 장건을 쳐다보았다.

장건은 부상을 당한 소왕무와 대팔을 돌보고 있는 중이었다. 원호는 당장이라도 달려가 장건의 머리라도 쓰다듬어주고 싶었지만, 사실은 아직 모든 상황이 종료된 건 아니었다.

원호는 어쩔 줄 모르고 바들바들 떠는 야용비를 향해 소리쳤다.

"다 끝났소! 속히 연락을 취해 본사에 대한 침공을 취소하시오!"

야용비가 그 말에 고개를 들었다.

"다 끝났다고?"

"그렇소!"

야용비가 시선을 돌려 구유신장을 쳐다보았다.

야용비의 눈빛이 '정말 끝났느냐'고 묻고 있었다.

"으음."

구유신장은 약간 애매한 처지임을 표정에서부터 감추지 못했다. 그 역시 이대로 물러나면 큰 치도곤을 당할 게 분명했다.

하지만 뭔가 일을 도모해볼 수 있는 형편이 아니었다. 황도팔위는 대부분 적잖은 부상을 입었고 동창 무인들 중 일부는 중독되어 생사를 오가고 있었다. 최고수들을 비롯한 정파 무인들은 물론이고 당장 담 쪽에 진을 치고 있는 나한승들 조차 뚫고 나가기 어려운 마당이다.

무엇보다 장건! 저 괴물을 도무지 어찌할 도리가 없었다!

구유신장이 할 수 있는 일이라고는 어떻게든 싸우지 않고 빠져나가는 길 뿐이었다.

'내가 여기를 벗어나기만 하면 네놈들은 모두 죽은 목숨이다.'

원호는 구유신장이 아까의 약속을 지킬 줄 알겠지만, 구유신장은 전혀 그럴 생각이 없었다. 이곳을 나가는 순간 천라지망을 발동시킬 속셈이었다. 천라지망 속에서는 제아무리 장건이라도 살아날 길이 없을 터였다.

그렇지만 그때까지는 북해의 병력이 소림사에서 물러나도록 내버려둘 수 없었다. 천라지망으로 이곳의 무인들을 다 잡아도 소림사가 멀쩡하면 계획은 실패다.

그러니 야용비가 병력을 뺄까봐 '끝났다'고 바로 말할 수가 없었던 구유신장이다.

구유신장은 야용비의 눈치를 보며 시간을 끌었다.

"방장 대사. 우리가 저자를 데리고 가도록 허락해 준다면, 무슨 수를 써서라도 소림사에서 병력을 물리도록 하겠소."

원호는 벌써 둘 사이에 오가는 눈짓을 본 터라 엄히 말했다.

"더 이상 수작을 부릴 생각 마시오!"

"수작이라니…… 그저 외세의 간악한 꼬임에 일이 이 지경이……."

"그만! 황궁은 결코 오늘 일을 허투루 넘기지 못할 걸 각오해야 할 것이오!"

구유신장이 별 수 없이 손을 들었다.

"알겠소."

구유신장마저 포기하자 야용비는 더 크게 손을 떨었다.

어디서부터 일이 잘못된 것인지 생각해보면, 물론 첫 번째는 전승자였다. 전승자의 무력이 전혀 예측 불가능했던 게 첫 번째 문제점이었다.

하나 그렇다고 해도 몇 번이나 전승자를 제거할 수 있는 기회가 있었는데 그 기회가 날아가 버렸던 건 전혀 다른 얘기다. 계획 자체를 아예 엉망으로 만든 건 다름 아닌 사람의 '욕심' 때문이었던 것이다.

"애초에 금의위가 우리를 견제하지 않았더라면…… 야

율본과 뇌음사가 멋대로 굴지 않았었으면…… 동창이 다른 속셈을 품지 않았다면……."

멍하게 중얼거리던 야용비가 갑자기 이를 악물었다.

"아니! 아직 끝난 게 아냐!"

원호가 칼같이 말을 잘랐다.

"그만! 이제 더 이상의 경고는 없다!"

야용비가 앙칼지게 소리쳤다.

"헛소리 하지 마!"

원호의 이마에 핏줄이 돋아났다. 원호는 서슬 퍼런 얼굴로 성큼 걸음을 내딛었다.

"허면 빈승의 인내심도 여기까지다."

팔다리를 부러뜨리든 목을 비틀든 말을 듣게 할 수밖에 없었다.

그 순간, 야용비가 몸을 날렸다.

"음?"

어차피 달아날 데가 없다고 생각했던 무인들이 당황한 외침을 질렀다.

"저런!"

야용비가 움직인 건 남궁지가 늘어진 문사명을 안고 몸을 피해 있던 쪽이었다.

너무 조용히 있어 미처 염두에 두지 못했던 남궁지였다. 남궁지를 인질로 잡고 최후의 저항을 하려는 듯 보였다.

하지만 전혀 뜻밖의 일이 벌어졌다.

"저리 꺼져!"

야용비가 거칠게 남궁지를 걷어차더니 남궁지가 아닌 문사명을 붙든 것이다.

야용비는 문사명의 정수리에 손을 댔다.

고도빙백신공!

파스스스!

머리가 하얗게 얼어붙으며 문사명의 반쯤 감긴 눈이 크게 떠졌다.

"끄아아아아악!"

문사명은 누가 들어도 끔찍해서 몸서리를 칠 정도로 처절한 비명을 질러댔다. 목에서부터 이마에까지 굵은 핏줄이 돋아났다.

원호는 인상을 썼지만 솔직히 말해서 아주 곤란하단 생각은 들지 않았다.

차라리 남궁지가 껄끄럽지, 문사명은 아니다. 문사명은 인질로서 가치가 그리 높다고 하긴 어려웠다.

최고수들도 혀를 찼다.

"하필 인질을 잡아도 저놈이냐. 것도 반쯤 맛이 간 놈을."

"화산파와 소림사의 사이도 그리 좋지 않은 판에 저걸 붙든다고 누가 겁을 먹겠누?"

"그러게. 최악의 선택이구만."

원호는 나한에게 눈짓을 해 남궁지를 안전하게 피신시킨 후 다른 나한들과 야용비를 서서히 포위해 갔다.

야용비는 주변을 마구 둘러보며 이를 악물었다.

두 눈에 잔뜩 독기가 어려 있었다.

원호가 손을 들었다. 나한들이 곤을 치켜들고 원호의 명령이 떨어지기를 기다렸다. 명령이 내려지는 즉시 달려들어 때려잡을 기세였다.

야용비가 악을 썼다.

"나와라!"

야용비의 뜬금없는 외침에 무인들이 의아해했다.

"뭘 나오라는 거지?"

그러거나 말거나 야용비는 계속해서 소리를 질렀다.

"나와! 어서 나오라고!"

그러나 아무 일도 일어나지 않는다.

"나오지 않으면 이놈을 죽일 테다! 나와, 어서!"

야용비가 몇 번을 외쳐도 삼황선원은 새 한 마리 울음소리도 없이 고요하기만 하다.

지켜보던 무인들이 고개를 설레설레 저었다.

"쯧쯧쯧."

그런데 황도팔위와 동창의 움직임이 조금 이상했다. 주위를 경계하며 슬금슬금 물러서고 있었다.

최고수들이 고개를 갸웃했다.

"설마……."

막 손을 내려 명령을 하려던 원호도 주저할 수밖에 없었다. 분위기가 어딘가 모르게 좋지 않았다.

야용비는 고래고래 소리를 외쳐댔다.

"나와! 나오라니까!"

야용비가 내공을 주입하자 문사명이 더 끔찍한 비명을 질렀다.

"끄아아아아아!"

보다 못한 장건이 움직였다.

장건은 미끄러지듯 소리 없이 야용비의 등 뒤로 다가갔다. 어쨌든 문사명을 그냥 내버려둘 수는 없었다.

하지만 장건은 야용비를 겨우 일장 앞에 두고서 멈출 수밖에 없었다.

아무런 전조도 없었다.

언제 생겨났는지도 알 수 없었다.

그냥 원래부터 있었던 것처럼 아주 얇은 은빛의 선 하나가 허공에 미려하게 그려져 있었다.

'어?'

장건은 소름이 끼쳤다.

허공에서 내려온 은빛의 선은 장건의 심장에까지 정확히 이어져 있다.

참으로 희한하다. 만져지지도 않고 감촉도 없는데 은선이 피부를 뚫고 심장에까지 와 닿아 있다는 걸 명확히 느낄 수 있다.

두근.

심장이 요동쳤다.

"아아."

장건은 자기도 모르게 한숨 같은 탄식을 흘렸다.

여기서 이걸 이렇게 보게 될 줄이야.

다시는 보고 싶지 않았던, 하지만 막연하게 언젠가는 볼 수 있기를 바랐던 그것을 하필 지금에…….

절대로 좋은 징조라고는 할 수 없었다.

현재의 상황, 그리고 이 은선이 생겨난 후에 발생할 결과를 생각해보면 더더욱 그러하다.

"그랬구나."

장건은 이제야 얼마 전 자신에게 벌어졌던 일을 이해했다.

"그 사람이 바로……."

짜르르르!

심장까지 이어진 은선이 장건을 전율케 했다. 아니, 정확하게 말하자면 은선에서부터 느껴진 살기가 장건을 전율케 한 것이다.

장건은 물음표부터 떠올렸다.

'왜?'

이럴 거면서 왜 나를 도와주었지?

대체 왜?

장건은 멍했다.

은선이 멀리에서부터 크게 파동을 그렸다.

부정형의 공간과 그에 이어진 공간이 접혀지며 은선이 출렁인다.

뭔가가 다가온다.

그리고 그 뭔가가 무엇인지 장건은 너무 잘 알고 있었다.

'뭘 해야 하지?'

잠시간 머리가 백지처럼 새하얘졌다.

얼마나 많이 이 상황을 그려보았던가. 천 번? 만 번?

하지만 그 수많은 상상의 대결 속에서 장건은 단 한 번도 이 은선을 이겨낸 적이 없었다.

그렇다고 이대로 죽어야 하나?

아무 이유도 모른 채?

당연히 답은 '아니오'다.

장건은 이를 악물었다. 주먹을 힘껏 쥐었다.

그리곤 온 힘을 다해 단전에서 한 방울의 내공도 남기지 않고 끌어내었다.

'으아아아아아!'

*　　*　　*

촤악!

또다시 피가 튀었다.

문원은 피를 뒤집어쓰고 야차처럼 눈을 희번덕거렸다.

머리 위로 칼날이 쏟아지지만, 문원은 또다시 바닥을 굴렀다.

카캉! 빗나간 칼들은 헛되이 바닥을 때릴 뿐이다.

문원의 키가 워낙 작은데 잠시도 쉬지 않고 바닥을 구르며 다니기 때문에 북해 무사들로서는 쉽사리 문원을 잡을 수가 없었다. 작은 체구를 이용해서 가랑이 사이로도 지나가기 때문에 서로 엉켜서 칼질도 제대로 하기 힘들다.

게다가 그냥 굴러다니는 게 아니라 연검을 휘두른다. 문원이 손목을 한차례 틀 때마다 연검이 다섯 번을 휘어지는데 북해 무사들의 수가 많기 때문에 대충 휘둘러도 열에 아홉이 걸린다.

번쩍번쩍!

연검이 빠르게 튕기며 섬광을 뿌렸다. 북해 무사들의 정강이와 발목이 여지없이 갈린다.

"크악!"

북해 무사들이 비명을 지르며 발목을 붙들고 뒹굴었다.

순식간에 발목에 대여섯 개의 칼자국이 생기는 건 예사

고 심하게 베이면 발목이 덜렁거리기까지 했다.

"으으!"

"아이고!"

문원이 지나갈 때마다 주변은 온통 쓰러진 북해 무사들로 가득해진다. 하나같이 발목에서 피를 뿌리며 아우성을 질러댔다.

광혈풍이 쫓아가면 직접 상대를 않고 달아나며 일반 무사들만 베기 때문에 피해가 더 컸다.

벌써 서른 명 가까이 당했다.

당한 것도 당한 거지만 부상자들이 엎어지며 길을 막는 게 더 큰 문제였다. 차라리 죽으면 모르겠는데 살아서 버둥거리니 밟고 지나가기도 애매하다. 부상자들이 방해물이 되어 진군을 막고 있는 셈이다.

"흥. 교활한 수법이군."

광혈풍이 코웃음을 쳤다.

그렇대도 딱히 동요하진 않았다. 생김이나 과격한 성품과 달리 광혈풍은 수백 번의 전투를 치른 백전노장이며 고수였다.

광혈풍은 가만히 지켜보고 있다가 갑자기 옆의 무사를 들어 던졌다.

"받아라!"

영문도 모른 채 광혈풍에 의해 던져진 무사가 다른 무사들을 덮쳤다.

"어엇!"

무사의 몸에는 광혈풍의 내공이 실려 있어서 다른 무사들이 무게를 감당하지 못하고 우르르 넘어졌다. 괜히 떠밀려서 연이어 넘어진 무사들이 자그마치 십 수 명이었다.

바닥에 거의 붙어 다니다시피 하던 문원으로서는 앞길이 사람의 벽으로 가로막힌 셈이었다. 넘어지고 엎어진 무사들이 바닥에 깔려서 신음을 흘렸다. 깔린 무사들의 시선이 문원의 눈과 똑바로 마주쳤다.

연검이 쓰러진 무사들을 휘젓기 직전이었지만 무사들은 뒤엉켜서도 문원을 향해 칼을 휘둘러댔다.

문원의 미간에 패인 주름이 깊어졌다.

"에이잉."

잠자리의 날개처럼 얇디얇은 연검으로 발목뼈까지 자를 수 있는 문원이었지만, 아무리 내공이 깊어도 연검은 연검이었다. 뒤엉킨 사람의 팔다리나 눈먼 칼에 걸리면 자칫 날이 상하거나 부러질 수도 있었다.

광혈풍이 정확하게 약점을 알고 있는 것이다.

문원이 내공을 거두고 뻗어가던 연검을 회수하는데 갑자기 엄청난 파공음이 들려왔다.

쐐애액!

거대한 도끼가 그야말로 바람을 가로지르며 날아왔다.

문원이 호흡을 억지로 멈추며 연검을 회수하다가 생긴 찰나의 빈틈이었다. 문원은 급히 몸을 틀어 연검으로 도끼를 비스듬히 받아냈다.

 도끼의 옆면을 밀어 방향만 바꿔 날리려는 생각이었지만 도끼에 실린 무지막지한 무게가 문원의 예상을 압도했다.

 까가각!

 도끼는 연검을 갈아버리며 그대로 떨어졌다. 문원은 급히 허리를 눕혔다.

 퍽!

 문원의 어깨 살점이 한 뭉텅이나 떨어졌다. 도끼는 쾅 소리를 내며 바닥에 틀어박혔다.

 "으음……."

 문원은 식은땀을 흘리면서 몇 번이나 뒤로 공중제비를 넘으며 훌쩍 뒤로 물러났다. 하마터면 머리가 그대로 쪼개질 뻔했다.

 광혈풍이 천천히 다가와 바닥에 박힌 도끼를 뽑으며 웃었다.

 "흐흐흐. 시간을 끌 작정이라면 소용없다."

 문원이 투덜거렸다.

 "아니, 아무리 그래도 그렇지. 자기편들도 있는데 무식하게 도끼를 던지는 악독한 시주가 어딨누?"

 말은 그렇게 했지만 과감한 광혈풍의 판단에는 문원조차

등골이 서늘해지는 것이었다.

광혈풍은 부상당한 북해 무사들을 끌어내기까지 잠시 기다리고 있다가 다시 공격명령을 내렸다.

"누가 바닥을 구르든 개의치 않고 앞으로 돌진이다. 알겠나? 쓰러지면 밟고, 엎어지면 넘어서라도 가라. 멈추면 내 손에 죽는다."

광혈풍이 선두로 달렸다.

"공격!"

전열을 재정비한 북해 무사들이 광혈풍의 뒤를 좇아 함께 달리기 시작했다.

"와아아아!"

문원이 달려드는 광혈풍과 북해 무사들을 보고 중얼거렸다.

"난감하네……."

넋두리처럼 던진 말과 달리 표정은 결연하다.

문원은 목을 양옆으로 움직여 뚜둑 소리를 냈다. 너덜너덜해 쓸모없어진 연검은 던져버리고 기둥에 세워두었던 빗자루를 들었다. 빗자루 앞을 부러뜨리고 허리춤에서 창날을 꺼내 달았다.

휘리리리!

묵직하게 창을 휘두르는 문원의 모습은 사찰을 지키는 금강역사상처럼 단단해보였다.

곧 창날에 뿌연 기운이 어린다.

어차피 목숨을 걸고 자리에 나선만큼 물러설 생각은 조금도 없었다. 다만 얼마나 더 막아설 수 있느냐가 관건일 뿐이다.

아니, 다시 생각해보니 지금 죽기는 조금 아까웠다.

문원은 멍하니 하늘을 보았다.

"그 아이를 보고 가야 하는데……."

장건의 금분세수식이 한창일 터였다. 물론 소림사의 본사가 이지경인 것으로 보아 삼황선원이라고 멀쩡할 리 없다는 건 알지만, 그래도 사람 마음이란 게 그렇다. 배웅은 못해도 이왕이면 장건이 멀쩡한 모습으로 집에 가는 모습까지는 보고 싶었던 것이다.

한데.

돌연 문원은 가슴이 지잉— 하고 울리는 걸 느꼈다. 진득하게 핏물이 흐르는 팔뚝 위로 소름이 돋았다.

깜짝 놀란 문원이 고개를 돌렸다.

삼황채, 삼황선원이 있는 방향이다.

"이, 이건!"

가슴이 마구 뛰었다.

정확하게 뭔가를 느꼈던 것도 아니었다. 그런데도 분명히 느낌이 있었던 건 아니었다. 일종의 육감이다. 위험을 감지하는 비슷한 종류의 육감이 문원을 불안하게 만들었다.

　광혈풍과 북해 무사들이 지척까지 들이닥쳤는데도 문원은 멍하니 고개를 돌리고 있었다.


　한편, 소림사의 외원에서 문을 단단히 틀어막고 적들을 기다리던 원 자 배와 무 자 배의 승려들은 아리송한 생각이 들었다.
　"무슨 일이지?"
　벌써 쳐들어오고도 남았을 시간이 한참이나 지났다.
　다른 데로 빠지는 길이 있는 것도 아니었다.
　그런데 여전히 적들은 모습을 드러내지 않고 있었다.
　"이상하군."
　자세히 들어보면 싸우는 소리가 희미하게 들려오는 듯하니, 잔뜩 곤을 꼬나 쥐고 긴장하며 벽 뒤에서 대기하던 승려들은 더욱 의아하다.
　"아무래도 나가 보는 게 좋겠습니다."
　원주들이 책임자 원락을 쳐다보았다.
　"음."
　원래는 최대한 피해를 줄이기 위해 수비적으로 원호를 기다리는 것이 우선이었으나 새로운 상황이니 파악을 하지 않을 수도 없었다.
　원락이 눈짓을 해 문을 열도록 했다.

외원의 정문을 열었으나 적들은 보이지 않았다. 하지만 그게 더 이상했다.

 원락이 몇몇 원주들과 함께 문을 나섰다.

 "가보세."

 원주들이 외원의 문 밖으로 달려 나가 보았다.

 얼마 지나지 않아 그들의 눈에 들어온 광경은 실로 충격적이라고 할 수밖에 없었다.

 "으아악!"

 "죽여!"

 피와 비명, 고함소리가 난무하는 가운데 일주문의 기둥 사이를 꽉 채운 인원들이 조금도 앞으로 들어오지 못하고 있었다.

 단 한 명.

 작은 체구의 노인 단 한 명이 굉장한 속도로 움직이며 창을 휘두르고 있다.

 거대한 도끼를 휘두르는 적장을 상대하며 동시에 다른 적들이 일주문을 지나지 못하도록 완전히 일주문 전체를 틀어막았다. 노인의 모습은 서너 개로 갈라졌다가 합쳐지기를 반복하고, 그때마다 창은 거의 수십 개로 늘어나 일주문을 가득 메웠다. 일주문에는 마치 폭풍이 휘몰아치는 듯했다.

 일주문의 공간적 한계가 있다고는 해도 실로 엄청난 무

용이었다.

"대체 누구……."

묘한 것이, 삭발도 하지 않은 긴 머리에 허술한 복장인데 누가 보더라도 한 눈에 알 수 있는 소림사의 정통 곤법, 창법을 쓴다.

어딘가 익숙하긴 하지만 누구인지 딱 잘라 말할 수가 없다.

하지만 이내 원주 몇몇은 노인의 정체를 떠올려냈다.

"아……."

어쩌다 가끔 지나쳤던 불목하니였던 것이다!

원주들의 입에서 저도 모르게 신음과도 같은 탄성이 흘러나왔다.

"설마."

마치 전설로만 존재하던 무엇인가를 본 것 같은 기분이었다.

가슴이 먹먹해지며 목이 메어왔다.

"정말로…… 계셨었구나."

어렸을 적, 혹은 살다보면 드문드문 들어왔던 얘기였다.

> 평소에는 눈에 띄지 않게 숨어 계시다가 정말로 우리 소림사가 위험에 처하면 나타나 제자들을 위기에서 구하신다고 하지. 그분, 혹은 그분들을 은노라

고 부른단다.

 전해오는 기록에도 은노의 흔적이 남아 있긴 했다. 특히나 오래전 마교의 침공을 소림사의 정문에서 막아낸 정체 모를 은거고수의 이야기는 강호에서도 유명한 비사였다.
 물론 매번 은노의 활약이 성공적이었던 건 아니었다. 때로는 알려지지 않은 채 은노가 적들에게 사망하는 경우도 있었기 때문에 은노의 존재는 몇 세대 동안 전혀 드러나지 않은 적도 있었다.
 어쨌거나, 원주들도 철없던 어린 시절엔 대체 그런 사람이 어디 있나 경내를 샅샅이 뒤지고 다니곤 했다. 어린 마음에 남들이 찾지 못한 걸 자기가 찾아내겠다고 욕심을 부린 것인데, 아무도 '은노'를 찾아낸 이는 없었다.
 그런데 이제 왜 은노를 찾아낼 수 없었는지 알 것 같았다.
 처음부터 평범하게 곁에 있었기 때문에 애초에 다른 데서 찾아봐야 소용이 없었던 것이다.
 원주들은 옛 생각을 하다가 뭔가 갈구하는 눈빛으로 원락을 쳐다보았다.
 원락도 원주들이 무엇을 말하려는지 알 수 있었다.
 저런 피 끓는 광경을 보면 누구라도 같은 생각이 들었을 터였다. 무인으로서든 남자로서든, 아니면 한 문파의 제자로서든.

원주들은 불목하니 은노의 사투를 보며 안타까워했다.

"점점 수세에 몰리고 있습니다!"

안타깝게도 이번의 은노는 운이 좋은 편이 아닌 듯했다. 부상을 입은 것도 그렇고 그리 오래 버티기 어려워 보였다.

"나도 아네. 하지만……."

원락은 쉽사리 결정을 내리기 어려웠다. 제자들을 지켜야 하는 책임을 무시할 수가 없었다.

다른 원주가 주장했다.

"소림을 지켜야 하는 건 우리 모두의 책임입니다! 우리 모두의 소림이지 누군가 한 명의 소림이 아닙니다. 설사 은노가 계시다 하더라도 한 사람에게 모든 걸 맡겨버리면 무슨 의미가 있습니까? 한 사람이 죽어가는 걸 모른 척 방관하면서 겁쟁이처럼 살아난다고 하여 우리가 자랑스럽겠습니까?"

원주들이 분연히 외쳤다.

"여기에서까지 물러서면 우린 정말로 끝입니다!"

"전각과 건물들은 멀쩡히 남아도 살아남은 제자들의 가슴속에는 피멍울이 들겠지요. 평생 안고 살아도 지울 수 없는 피멍울이요."

원주들이 타오르는 듯한 눈으로 원락에게 요청했다.

고민하던 원락도 마침내 고개를 끄덕였다.

"알겠네. 자네는 외원으로 돌아가 제자들을 인솔하고, 나머지는 급한 대로 나와 함께 은노를 도와 적들을 막읍세. 우리 소림이 결코 겁쟁이가 아님을 알려줄 것일세!"

원주들은 비장한 얼굴로 곧바로 동작을 개시했다.

때로는 안정적이고 초라한 생존보다 불안하지만 불꽃같은 죽음이 더 큰 삶의 이유가 될 수도 있는 법이다.

지금 원주들은 그 어느 때보다도 활력에 찬 눈빛을 하고 있었다.

\* \* \*

풀썩.

풀과 나뭇가지로 위장하고 있던 도부수(刀斧手)가 영문도 모른 채 바닥으로 쓰러졌다.

곧 쭈글쭈글한 손이 튀어나와 건장한 도부수를 풀숲으로 끌어당겼다.

혼절한 도부수를 뉘여 놓은 죽립인(竹笠人)이 도부수의 소매와 품을 뒤졌다.

작은 연통과 손바닥만 한 노란 깃발, 손가락 마디 하나 길이의 호각(號角)같은 것들이 있었다.

죽립인이 낮은 침음성을 냈다.

"흠."

연통이나 기, 호각 같은 건 일반적으로 기습을 목적으로 매복할 때 쓰는 물건이 아니다.

죽립인은 도부수가 가지고 있던 물건들을 다시 한 번 확인한 후 중얼거렸다.

"역시나 천라지망인가……."

지금껏 지켜본 주위 상황도, 매복자들이 지닌 물건들도 모두가 수상쩍다. 이것이 도무지 평범한 매복이 아니라는 걸 여실히 드러내고 있었다.

죽립인은 풀숲을 헤치고 밖을 내다보았다. 머잖은 거리에 일정 간격으로 모습을 숨긴 매복병들의 인기척이 미세하게 느껴졌다.

죽립인의 입술이 일그러졌다.

"여기서 무슨 일이 벌어지고 있는 것이지?"

이곳까지 오는 동안 벌써 이십 명이 넘는 매복병을 쓰러뜨렸다.

본래 남들 앞에 모습을 드러낼 수 없었던 죽립인은 험난한 지형을 통해 삼황선원까지 오르려 했다.

하지만 분위기가 심상치 않아 잠시만 주변을 둘러볼까 했던 게 실수였다. 하나 둘 눈에 들어오는 병력을 쓰러뜨리다가, 어느 순간 정신을 차리고 보니 그는 천라지망 속에 들어와 있었다.

아직 발동이 되지 않았기에 달아나자고 하면 달아날 수

도 있긴 했다.

하나 그럴 수가 없었다.

삼황선원에서 행해지고 있는 장건의 금분세수식은 그에게 매우 중요했지만, 이후의 일을 생각하면 이곳의 일을 모른 척 할 수가 없었다. 금분세수식이 무탈하게 끝난대도 그 뒤에 벌어질 일을 막지 못한다면 모든 것이 허사가 될 수도 있는 상황인 것이다.

'으음……'

죽립인은 갈등했다.

혼자서 천라지망을 어떻게든 해볼 것인지, 아니면…….

그런데 그때.

죽립인은 소스라치게 놀랐다.

소름끼치는 기운의 느낌이 어디선가 흘러와 죽립인의 피부를 바늘처럼 찌르고 지나갔다.

죽립인의 머리털이 쭈뼛 섰다.

산 위에서부터 날아온 미미한 기운이다.

일반 사람이라면 모르고 지나갈 만한 감각이었으나 그는 아니었다.

이 끔찍한 기운의 느낌을 어찌 잊을 수 있으랴!

이가 갈리고 치가 떨렸다.

"그놈! 그놈이 어떻게!"

죽립인은 자기도 모르게 큰 소리를 내고 말았다.

바로 사방에서 높고 작은 호각 소리들이 울리기 시작했다.

**삣! 삣! 삐삣!**

호각의 신호소리는 일정한 주기로 멀리 팔방에서부터 하나씩 주고받듯 울려왔는데, 중간이 뚝뚝 끊겨 있었다.

죽립인이 중간중간 쓰러뜨린 자들이 신호를 내지 못하고 있어 생긴 구멍이다!

그 순간 이제까지 들려왔던 것보다 훨씬 더 높고 뾰족한 소리가 울렸다.

**삐이이이이익!**

죽립인이 놀라서 몸을 낮추었다.

천라지망이 발동되고 있다!

하지만 죽립인은 천라지망보다도 방금 느낀 기운의 정체가 더 신경이 쓰였다.

죽립 사이에서 혈광이 피처럼 흘러나왔다.

"이 노옴!"

죽립인, 태상, 한때 홍오라는 법명을 썼던 그는 전속력으로 삼황선원을 향해 질주했다.

제법 거리가 있지만 진기 몇 모금이면 갈 수 있는 거리다.

삐잇! 삣!

호각소리와 함께 사방에서 도부수들이 뛰쳐나왔다.

시시때때로 화살도 날아왔다.

끼아아아!

쏘아진 화살에서 귀곡성이 난다. 화살촉에 뒤틀린 홈과 구멍이 있어 여자의 비명소리가 나도록 만들어졌다. 무림고수를 상대하기 위해 만든 특수한 화살이다. 고막을 뒤흔드는 귀곡성이 청각을 흐리게 만든다.

매복자들의 숨소리, 도부수들이 날리는 손도끼나 칼질소리, 화살의 궤적소리 등 모든 것들이 귀곡성에 가려지고 일그러져 들린다.

그럼에도 태상의 시선은 오로지 멀리 보이는 삼황선원의 하얀 담에 집중되어 있었다.

태상은 크게 포효했다.

"내 앞에서 모두 물러서거라!"

내공이 담겨 있어서 가까이에 있던 도부수들이 귀에서 피를 흘리고 나동그라졌다.

태상은 도부수들의 어깨와 머리를 밟고 훌쩍 뛰었다.

그때 그의 앞을 금의위 고수 한 명이 막아섰다.

"웬 놈이냐!"

태상이 난데없는 천라지망에 놀란 것처럼 금의위 입장에서도 비밀리에 펼치고 있던 천라지망 속에서 태상이 나타나 당황스럽다.

금의위 고수가 한 손에는 칼을, 한 손에는 철망을 든 채 호통쳤다.

"멈춰라!"

금의위 고수의 명령에 태상은 더욱 분노했다.

"물러서라 했거늘!"

태상의 혈광이 짙어지자 흠칫 놀란 금의위 고수가 곧바로 손을 썼다. 그의 한 손에서 쇠그물이 쏟아졌다.

황궁무공 엽도투망술(獵刀投網術)!

여러 개의 추와 갈고리같은 바늘이 곳곳에 달린 쇠그물이 활짝 펼쳐졌다. 질주를 멈추지 않고 있었기에 태상은 스스로 쇠그물에 뛰어드는 꼴이었다. 좌우에서는 도부수들이 칼을 내려치고 있어서 피할 곳도 없었다.

태상은 전혀 동요하지 않고 양팔을 벌렸다. 쌍장에서 엄청난 흡기력이 작용하여 도부수들을 끌어당겼다. 도부수 둘의 칼이 태상의 손바닥에 붙어 버렸다.

"헛!"

"어억!"

도부수 둘이 놀라서 칼을 놓으려는 순간 태상이 교묘하게 손목을 튕겨서 칼의 옆면을 때렸다.

따당!

도부수 둘의 팔이 휘면서 몸이 흔들렸다. 태상은 금나수로 도부수 둘의 팔뚝과 팔꿈치를 밀고 치며 끌어당겼다. 도부수 둘은 마치 빨려든 듯한 모양새로 태상의 손에 어깨와 머리를 붙들렸다.

태상은 둘을 서로 엉키게 해서 거의 커다란 공처럼 만들었다. 그러면서 엉킨 도부수들을 앞으로 내던졌다.

좌르륵!

사람 둘의 무게에 내공까지 실려서 쇠그물은 자연히 오그라들며 도부수들을 옭아매었다. 그러고도 멈추지 않아 금의위 고수까지 밀어버렸다.

금의위 고수의 눈이 휘둥그레졌다.

"괴, 굉장한 고수…… 컥!"

퍼엉!

사람 셋에 그물까지 얽혀서 튕겨진 것이다.

그래도 그 와중에 금의위 고수는 태상의 등 뒤를 향해 엽도를 던졌다. 엽도가 빙글빙글 돌면서 태상을 쓸어버릴 듯 날아갔다.

때마침 화살까지 쏟아져 소름끼치는 귀곡성이 엽도의 파공음을 가렸다.

"갈!"

태상은 사자후를 터뜨려 귀곡성에 대항했다.

핑그르르! 뒤에서 살벌하게 공기를 가르며 날아오는 엽도의 소리가 희미해진 귀곡성 사이로 아스라히 들려온다.

태상은 스스로의 발등을 찍으며 뛰어올라 가까스로 등 뒤에서 날아온 엽도를 피했다.

 퍽!

 살벌하게 공기를 가르며 돌던 엽도가 나무 기둥에 박히자 엽도를 밟고 튀어올라 나무 위로 몸을 날렸다. 손만 대면 부러질 것 같은 가느다란 나뭇가지를 밟고서 나무에서 나무로 옮겨 뛰었다.

 급히 사용한 공력이 가뜩이나 상해버린 몸을 더욱 혹사시켰다. 한순간 어질하면서 태상은 수 장이나 되는 높이의 나무에서 떨어질 뻔했다.

 손가락을 나무에 박아 추락을 겨우 면하면서 태상은 이를 갈았다.

 삶의 마지막 기력까지 태우더라도 반드시 삼황선원을 가야할 이유가 있었다.

 "놈! 기다려라! 절대로 네 뜻대로는 두지 않을 것이야!"

 태상의 다급한 표정 속에서 혈안이 이글이글 타올랐다. 자세를 회복한 태상은 나무줄기를 차고 뛰어오르며 쏟아지듯 삼황선원을 향해 달렸다.

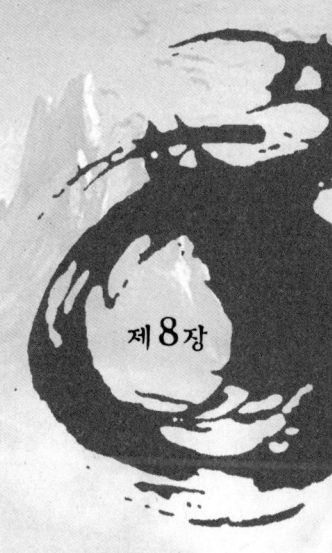

## 제8장

불회(不回), 불회(不悔)…… 불회(不會)

장건은 조금 허탈했다.

'아…….'

설마 했는데 정말 이렇게 되어버렸네, 하고 생각되었다.

예전의 홍오가 그러했듯, 장건도 무기력했다. 도저히 피할 길이 없다는 건 알고 있었지만 그래도 아무 것도 할 수 없을 줄은 생각도 못 했다.

모든 공력을 최대로 끌어올린 후 금종조를 얹어서 호신기를 펼치고 보법을 밟았어도 아무런 소용이 없었다.

장건은 똑똑히 느낄 수 있었다.

누군가 몰래 장건의 가슴에 무엇인가 씨앗을 심고 달아난 듯 심장 옆이 불편한 기분을.

그 불편한 느낌의 씨앗이 돌연 소름이 끼치도록 가공할 살기를 뿌리며 작은 검기로 발아(發芽)한 것을.

검기가 씨앗 안에 극도로 응축되어 있던 기운을 양분 삼아 꽃처럼 활짝 피어나 장건의 내부를 난도질하고선 순식간에 사라져 버린 것을.

그건 아주 눈 깜짝할 사이에 벌어진 일들이었다.

장건이 따로 손을 쓸 시간도 없었다.

아니, 애초에 손을 쓴다는 게 말이 되지 않는 것인지도 모른다.

내부에서 피어나는 검기를 무슨 수로 막을 수 있단 말인가.

'그러니까 온갖 호신기공을 썼어도 소용이 없었지.'

장건은 제법 냉철하게 상황을 보고 있는 자신의 모습이 어쩐지 우습다는 생각이 들었다.

뒤이어 목에서 뜨겁고 비릿한 피가 솟구쳤다.

"컥!"

장건은 허공에 크게 한 번 피를 뿜어내고는 무릎을 꿇었다. 불로 지진 듯한 고통이 전신에 퍼지고 있었다.

겉으로 보기에 장건은 전혀 아무렇지도 않았지만 내부는 엉망진창이었다. 심지어 장건의 눈동자에도 서서히 핏물이 차올랐다.

눈동자로 스며든 피가 욱신거리면서 시야를 가리는데 그 사이로 멀리 누군가가 내려오는 모습이 보인다.

장건은 무릎을 꿇은 채 고개를 들었다.
역시나 그였다.

\*　　　\*　　　\*

그가 도포를 입고 흰 수염을 휘날리며 천천히 절벽을 걸어 내려왔다.

어이없게도 보통 사람이라면 보기만 해도 오금이 저리는 수직의 절벽을, 아무렇지 않게 산책하듯 걸어 내려온다.

아니, 분명히 뛰어 내리는 것인데 걸어 내려오는 것처럼 보일 뿐이다. 절벽에 아주 조금씩 돌출된 부분을 밟으며 내려오는데 조금도 몸이 기울거나 위태위태하지 않다.

그것은 거의 허공답보에 가까운 수준으로, 지금 그의 모습은 그야말로 절대고수의 풍모 그대로였다.

화산파의 검성 윤언강!

소림사에서 압도적인 무위로 홍오를 쓰러뜨리고 공고히 당대의 천하제일로 우뚝 선 거인.

제자인 문사명이 육검문의 제자들과 사고를 친 후에 갑자기 사라져서는 뜬금없이 우내십존들과 생사결을 치르고 다녔던 그다.

그런 그가 장건의 금분세수식이 행해지고 있는 삼황선원에 홀연히 나타난 것이다.

그것도 전혀 길이 없는 삼황선원 뒤쪽의 가파른 절벽으로부터.

단순히 금분세수식을 축하한다던가 하려는 의미에서 모습을 드러낸 게 아니라는 건 명확했다.

그랬다면 아무리 사이가 껄끄럽더라도 오전부터 와서 상석을 차지하고 앉아있었겠지, 야용비가 굳이 협박을 할 때까지 기다리다 나타나진 않았을 것이다.

더구나 그가 나타남과 동시에 장건이 피를 토했다. 물증은 없지만 분명한 의심이 드는 정황이었다.

하지만 왜?

심지어 북해의 야용비는 검성에게 모습을 드러내라고만 했지, 장건을 해치라고 하지도 않았잖은가!

어딘가 아귀가 맞지 않는 부분이다.

삼황선원에 모인 이들 모두가 불안한 의문을 가지고 지켜보는 가운데 윤언강은 절벽을 내려와 사뿐히 담 위에까지 내려섰다.

등에는 커다란 포대 하나를 짊어지기까지 했는데 조금도 무거워하거나 불편해하는 기색이 없었다.

나한승들은 어떻게 해야 할지 몰라 주춤거렸다.

그가 풍기는 분위기는 너무도 정대(正大)해보였다. 설사 그가 장건을 해코지한 것이라고 해도 함부로 진위를 따져 물을 수 없을 정도로 위풍당당했다.

윤언강은 사뭇 담담하게, 하지만 오만하기 그지없는 눈빛으로 장내의 이들을 둘러보았다.

하지만 원호로서는 윤언강이 입을 열기까지 기다릴 여유가 없었다. 원호가 무거운 한걸음을 내딛고 앞으로 나왔다. 사람들은 이 수상쩍고 불안한 기류에 원호가 어떤 말을 꺼낼지 궁금해 했다.

원호는 잠깐 고민하다가 윤언강을 응시하며 말문을 열었다.

"상황이 상황인 만큼 인사치레는 생략하겠습니다. 하나 해명이 필요하실 것 같습니다."

"해명?"

윤언강의 입가가 기묘하게 일그러졌다. 그건 마치 '감히 네가?' 하는 투의 조소와도 같은 느낌이었다.

순간 야용비의 깔깔대는 웃음소리가 정적을 깨뜨렸다.

"보면 몰라? 자기 제자를 구하려고 나타난 거잖아."

원호는 절로 눈에 힘이 들어갔다.

"그 말이 사실입니까?"

윤언강은 한 손으로 포대를 둘러맨 채 다른 손으로 수염을 쓰다듬었다.

"사실이랄 수도, 사실이 아니라 할 수도 없겠군."

원호는 울컥했다.

"지금 상황이 어떤지 몰라서 그리 여유만만하신 거외까!"

윤언강이 무덤덤하게 대꾸했다.

"상황이 어떻든지 그게 무슨 상관인가."

"윤 선배!"

윤언강의 분위기가 굉장히 이상했다. 최고수들도 이마를 찡그렸다. 이쯤 되면 아무래도 윤언강에게 다른 속셈이 있다고밖에 생각할 수 없었다.

그때 야용비가 끼어들었다.

"검성! 더 이상 말을 주고받을 필요 없어요. 어서 전승자부터 처리해요!"

그 말에 원호와 소림 측 인사들이 바짝 긴장했다.

천하의 윤언강이 설마하니 야용비의 명령을 듣는 처지인 것인가?

하지만 윤언강은 야용비의 말에도 원호 때와 비슷하게 반응했다.

"내가 저 아이를 죽인다고 해서 무슨 의미가 있지?"

"뭐요?"

야용비가 이를 갈며 손에 공력을 모았다.

"끄어억!"

예의 문사명의 비명이 울려 퍼졌다. 그러나 윤언강은 조금 눈썹을 찌푸렸을 뿐, 아무런 말도 하지 않았다.

야용비가 외쳤다.

"제자를 죽게 내버려둘 셈이야? 내가 지금 허세 부리는 줄 알아?"

야용비의 위협에도 윤언강은 태연함을 잃지 않았다.

"내가 사명이의 목숨을 구하고자 여기에 와있다 생각하는가."

야용비는 당혹스러움을 드러냈다.

"그, 그게 아니라고? 그게 아니면 뭐지?"

윤언강이 아주 미미하게 입꼬리를 올렸다. 언뜻 웃는 것처럼 보이기도 하는 표정이었다.

야용비는 어딘가 가슴이 섬뜩해졌다.

검성은 절대로 호락호락한 자가 아니라는 사실을 잊었던 건 아닌가!

"하지만 당신…… 우리가 시키는 대로 잘 해 왔잖아. 우내 십존을 하나씩 찾아가 죽인 거, 그거 다 제자 때문에 아니었어?"

야용비가 떨리는 목소리로 내뱉은 말은 다른 사람들의 귀에 청천벽력과도 같이 들렸다.

"뭐, 뭣이!"

"검성이 북해가 시키는 대로 했다고?"

엄청난 충격이 장내를 휩쓸었다.

최고수 중 벽력도가 흥분해서 소리쳤다.

"어이, 윤가! 지금 놈의 말이 사실이냐!"

윤언강은 그 말엔 대답 않고 소리 없이 웃기만 했다.

무영문의 화룡소도 분개했다.

"윤언강! 저 어린놈의 말이 사실이라면 너는 강호를 팔아먹은 역적이 되는 것이다!"

산산노사도 당혹을 감추지 못했다.

"지금 이 자리에서 명확히 사실을 밝혀야 할 거야! 자네의 대답 여하에 따라 자네 뿐 아니라 화산파까지도 정파의 공적이 될 수 있음을 명심하게!"

윤언강의 미간이 조금씩 찌푸려지기 시작했다.

그러다가 문득 미간의 주름을 풀고 혀를 차면서 고개를 젓는 윤언강이다.

"그리 생각한들 어떠하고, 또 아닌들 어떠할까?"

사실을 인정하는 것도 아니고 부정하는 것도 아닌 미적지근한 윤언강의 모습에 뭇 무인들은 분노를 금치 못했다.

전진파의 죽림옹이 꾸짖듯 말했다.

"검성! 상황이 결코 자네에게 이롭지 않은데 어째서 변명조차 하지 않으려 하는 것인가? 스스로 허물이 없다면 응당 이곳에 있는 강호의 동도들 앞에서 자신의 결백을 주장하고 해명하는 게 의심받는 자의 도리일 터!"

윤언강이 한 마디로 잘라 말했다.

"그건 아니지."

"뭐가 아니란 말인가?"

"내가 의심을 받든 말든, 또 해명을 한다고 해서 뭐가 달라지느냐는 말일세."

윤언강은 탈속한 사람처럼 같은 얘기를 반복하는 듯 했지만 최고수들은 윤언강의 진의가 더욱 의심스러워졌다.

단목가의 최고수 혈랑자가 살기를 뿜었다.

"우리와 대화를 할 생각은 딱히 없어 보이고……, 하나만 확실히 하게나. 제자를 구하러 온 게 아니라고 했으니 그럼 내가 북해 놈을 족치다가 제자가 죽어도 상관이 없단 뜻인가?"

혈랑자가 야용비를 향해 살기 어린 시선을 보내자 야용비가 다급해져서 외쳤다.

"검성! 다른 건 필요 없으니 전승자만 우선적으로 처리해줘요! 그래준다면 당신 제자에게 시술한 나라밀대금침술을 풀어주겠어요!"

나라밀대금침술!

최고수들은 그제야 문사명이 어딘가 실성한 사람처럼 보였던 이유를 깨달았다. 무공을 익히다가 괴팍해진 게 아니라 북해의 꼭두각시가 되어 있었던 것이다.

윤언강이 미미하게 고개를 끄덕였다.

"나라밀대금침술…… 그래, 그럴 줄 알았지. 그 정도면 좋은 조건이야. 하나 저 아이, 건이를 처리하는 건 내가 할 몫이 아니다."

"이 와중에 무슨 몫을!"

야용비가 앙칼지게 부르짖는데 어디선가 흘러나온 희미한

한 마디가 모두의 이목을 집중시켰다.

"거짓말……."

장건의 입에서 나온 말이었다.

모두가 장건을 쳐다보았고, 윤언강도 예외 없이 장건을 보았다.

"뭐가 거짓이란 말이냐?"

장건은 무릎을 꿇은 채 온몸이 찢겨지고 불타는 듯한 고통을 참으면서 윤언강을 올려다보았다.

"방금 나를 죽이려고 했잖아요."

"죽지 않았잖으냐. 내가 널 죽이고자 했다면 네가 이제껏 살아있을 것 같으냐?"

윤언강의 뻔뻔한 말이 장건을 화나게 만들었다.

죽일 수 있었던 건 확실했다. 처음 공명검의 의지는 장건의 심장에 확실히 닿아 있었다. 그곳에서 검기가 발화했다면 장건은 십중팔구 즉사했을 터였다.

그러나 직후에 윤언강의 의지는 갑자기 옆으로 옮겨가 심장을 벗어나 검기를 피워냈다.

장건은 이를 악물었다.

"죽이려고 했던 건 사실이잖아요! 마지막 순간에 마음을 바꾼 거잖아요!"

윤언강은 그것마저 부인하진 않았다.

"그랬지."

"왜죠?"

"널 죽일 건 내가 아니니까."

장건은 기가 막혔다.

"하, 할아버진…… 컥!"

장건은 더 말을 잇지 못하고 피를 토했다.

"건아!"

원호와 나한들이 장건을 향해 달려가려 하자 윤언강이 손을 들었다.

"그만."

그와 동시에 끈적끈적한 기의 그물이 허공에 펼쳐졌다. 원호와 나한들은 분명히 느낄 수 있었다.

한 걸음만 더 움직이면 죽는다!

겁을 먹고 말고의 문제가 아니었다. 바로 앞에 칼날이 있어서 발을 올리면 그냥 베이는 것이다.

"윤 선배!"

이게 무슨 짓이냐고 원호가 항의하기도 전에 윤언강이 야용비를 보고 말했다.

"이제 그 아이를 놓아주어라."

"흥, 말도 안 되는……!"

윤언강의 살기가 쏟아졌다. 야용비는 버티려고 온 힘을 다 썼다. 공력을 끌어올리고 있는 중인데도 손이 덜덜 떨렸다. 천하제일인이 내뿜는 살기는 야용비가 감당할 수 있는 성질의 것이 아니었다.

"놓아주라고 했다."

윤언강의 목소리가 야용비의 귀에서 뇌성처럼 울렸다. 야용비의 입가에서 실같은 피가 흘렀다. 하지만 야용비는 윤언강의 살기에 더 잠식되기 전에 마지막으로 힘을 끌어냈다.

"확실히 알아둬! 당신 제자는 당신 때문에 죽는 거야—!"

야용비가 소리 지르며 공력을 극대로 끌어올렸다.

"끄아아아악!"

문사명의 비명소리도 덩달아 높아졌다. 이대로 야용비가 문사명의 머리에 박힌 금침을 자극해 진동시키면 문사명의 머릿속은 곤죽이 될 터였다.

그때엔 설사 대라신선이 와도 살려낼 수 없다.

그런데.

윤언강이 야용비를 향해 메고 있던 포대를 던졌다.

꽤 묵직해 보이는 커다란 포대가 허공을 유유히 날아 야용비를 향해 간다.

"무, 무슨!"

포대는 야용비의 몸집보다도 더 큰데도 사뿐히 야용비의 앞에 떨어졌다.

"열어 봐라."

야용비는 멈칫하다가 문사명의 머리에 얹은 손은 놓지 않고 다른 손으로 포대의 주둥이를 묶은 끈을 당겼다.

포대의 주둥이가 열리면서 그 안의 모습이 보였다.

포대 안을 들여다 본 순간 야용비의 눈이 크게 떠졌다.

"악!"

야용비는 짧게 비명을 지르더니 순식간에 얼어붙었다. 눈에 띄게 몸을 떨면서 윤언강을 쳐다보는데 도저히 믿기지 않는 표정이었다.

"어, 어떻게…… 어떻게 이런 일이……."

원호와 최고수들을 비롯한 소림 측 인사들은 물론이고 황궁의 고수들까지도 어리둥절해했다.

야용비가 새하얗게 질린 얼굴로 다시 포대를 바라보며 중얼거렸다.

"파파(爸爸)……!"

포대 안에는 곰처럼 커다란 체구의 장년인이 고통스러운 얼굴로 처박혀 있었다.

수염은 덥수룩하고 머리칼은 온통 흐트러진 데다 얼마나 오래 씻지 못했는지 얼굴엔 잔뜩 때가 껴 있다.

광대뼈가 드러날 정도로 얼굴이 수척해졌지만 야용비가 못 알아볼 리 없었다. 더구나 입고 있는 꼬질꼬질한 장포는 장년인이 북해에서 늘 입고 있던 백룡포(白龍袍)였다.

북해빙궁에서 백룡포를 입을 수 있는 유일한 신분.

북해의 주인이자 야용비의 부친인 야일첨이다.

야용비도 이 순간만큼은 머리가 백지처럼 새하얘졌다.

불회(不回), 불회(不悔)…… 불회(不會) 303

야용비는 우선 포대 안의 야일첨이 괜찮은지 확인했다.
"파파! 괜찮으세요?"
야용비가 섣불리 문사명을 놓지 못하고 목소리만 높였다.
야일첨은 말을 할 수 없는지 진땀을 뻘뻘 흘리면서 커다란 눈만 더 크게 떠서 야용비를 바라보았다. 보기만 해도 주눅이 들던 부리부리한 호목(虎目)은 온 데 간 데 없고 공포에 질린 촌부의 눈빛만 거기에 있었다.

야용비는 혼란스러운 눈으로 윤언강을 쳐다보았다.
"파…… 아니, 궁주님은…… 무사하신 거겠지?"
윤언강은 웃으면서 혀를 찼다. 그의 조소는 상당히 많은 의미를 담고 있었다.
"북해 최고의 지모를 가졌다더니 틀린 말이었느냐?"
윤언강이 손을 살짝 내밀어 야용비에게 확인하라는 투의 손짓을 했다.

문사명이 인질로 잡힌 상황에서 야일첨을 보란 듯 내던져 주었으니 멀쩡할 수밖에 없지 않으냐고 은연중에 말하고 있는 것이다.

말로는 문사명을 위해서 온 게 아니었다느니 뭐라느니 하고 있지만, 그의 속마음은 말과 다르다는 게 드러나고 있었다. 야용비는 이를 깨물었다. 가증스럽다고 탓할 수가 없었다. 그의 속셈을 모른 척한다면 야일첨이 죽는다.

야일첨을 그냥 내준 게 그것을 증명하고 있었다. 분명한 자신감의 표현이다. 아마도 윤언강만의 독문 수법으로 점혈되어 있을 게 뻔했다.

만일 야용비가 문사명을 내주지 않거나 그의 뜻과 다르게 행동한다면 야일첨은 몸이 굳은 채 서서히 죽어갈 터였다.

하지만 어째서 북해빙궁에 있어야 할 부친이 만리타국(萬里他國)의 멀고 먼 이곳에 이런 꼴로 와 있단 말인가!

윤언강이 야용비가 궁금한 이유를 알겠다는 듯 수염을 쓰다듬으며 부드럽게 말했다.

"영 사람이 살 수 없는 곳은 아니더구나."

윤언강은 크게 껄껄 웃었다.

"덕분에 꽤나 재미있었다!"

야용비는 윤언강의 너털웃음에 피가 차갑게 식으며 퍼뜩 정신이 들었다.

"설마!"

야용비가 부르짖었다.

윤언강이 말하는 곳이 어디겠는가!

윤언강은 살행 도중에 사라졌었다. 독선이 퇴물이 될 만큼의 격렬한 싸움 후였고, 이어 검왕과의 비무 장소에도 나타나지 않아 그에게 문제가 생겼다고만 생각했다. 그의 종적을 찾으려 애썼지만 어쨌든 찾을 수 없었으니까.

게다가 비록 북해에서 정예들을 끌고 나오긴 했으나 빙궁에는 아직도 수많은 고수와 무사들이 남아 있었다. 제아무리 검성이라도 단신으로 수백 명의 고수와 수천 명의 무사들을 뚫고 궁주를 납치하는 건 불가능한 일이었다.

심지어 궁주인 야일첨도 사대고수인 냉고사나 적수의에 버금가는 고수였다. 결코 호락호락하게 당하진 않았을 터다.

그래서 검성 윤언강이 단신으로 북해빙궁으로 직접 갈 줄은 전혀 생각도 못 했던 것이다.

'단신……?'

순간 야용비는 아차 싶었다.

"혼자가 아니었어!"

뇌리에 번개처럼 스쳐가는 의문 하나가 해소되었다.

시체가 발견되지 않은 우내십존들!

마해 곽모수, 오황, 청성일검 풍진과 연화사태가 바로 그들이다.

또 검성을 찾아 스스로 떠난 이들도 있었다.

환야 허량에 이어 검왕 남궁호다.

독선 당사등과 황궁의 무이포신 종암, 금월사자 유장경을 제외한 나머지 우내십존 전부가 사라졌던 셈이다.

"일곱…… 우내십존 일곱이라면."

야용비가 중얼거리는 말을 들었는지 윤언강의 눈이 살짝 둥글어졌다. 흐뭇해하고 있는 것처럼 보이기도 했다. 야용비의 추측이 맞다고 인정하는 것 같았다.

제아무리 빙궁에 수천의 무사가 버티고 있다 하더라도 우내십존 일곱이 나섰다면 얘기가 달라진다.

우내십존 일곱이 뭉쳤는데 그 어떤 집단이 그들을 막을 수 있겠는가! 황궁에서도 그들의 결집이 두려워 강호 무림을 분열시키려 하지 않았던가!

"들린 소문에 검성이 화산파를 떠나며 온갖 영약을 거덜 내다시피 싸들고 나섰다더니……."

야용비는 이제야 감이 잡혔다.

아마도 윤언강 자신과 자신이 부상을 입힌 우내십존들을 치료하는 데에 쓴 모양이었다.

또한 윤언강이 그렇게 미리 준비를 했다는 건 앞으로 벌어질 일들을 사전에 알고 있었다는 뜻이다.

그런데도 그동안 야용비는 윤언강이 알았다는 사실도 전혀 몰랐고, 속셈도 알지 못했다.

왜 진작에 그들이 사라진 걸 의심하지 못했을까?

단순히 시체가 사라졌다고 생각한 이들을 빼고도 우내십존 전부가 사라졌는데 왜 눈치채지 못했을까!

"아!"

야용비는 자신의 실수를 책망하다가 갑자기 탄성을 냈다.

"독선 당사등!"

생각해보니 그가 바로 자신의 눈을 가리는 데에 가장 중요한 역할을 했던 것이다!

윤언강은 지그시 고개를 끄덕거렸다.

"그 친구는, 어떤 면에선 필요가 없었지."

야용비는 윤언강의 의도를 깨닫고 그의 치밀함에 소름이 끼쳤다.

다른 우내십존은 온갖 방법으로 끌어들여놓곤 한랭한 기후에서는 급격히 효용이 떨어지는 독을 다루는 독선은 가차없이 퇴물로 만들어 버렸다. 그리함으로써 남의 눈에는 정말로 생사결을 하고 있는 것처럼 보이게 했다.

독선이 그리되지 않고 여타의 우내십존처럼 사라지거나 했다면 분명히 이상하게 보였을 터였다.

"굳이 소림사 인근에서 오황과 마해에게 손을 쓴 것도 그런 이유였어……."

남들 보기에 정말로 죽자 사자 싸우는 것처럼 보여야 했을 테니까.

'완벽하게 당했어…….'

야용비는 어깨를 늘어뜨렸다.

"그럼 나머지 우내십존은? 그들은 어디에 있죠?"

"좋은 질문이구나."

윤언강이 야용비를 보며 말했다.

"너는 지금 즉시 네 부친과 북해의 삼천 무사들을 데리고 북해로 돌아가야 한다. 만약 한 달 내로 돌아가지 않는다면 빙궁은 여섯의 노괴(老怪)들로 인해 시산혈해(尸山血海)가 되어 있을 것이니라."

"네?"

야용비는 어리둥절했다.

순간 자신이 얘기를 잘못 들은 줄 알았다.

"지금…… 나를 보내주겠다는 얘긴가요?"

"그 말 그대로다. 뼛속까지 얼어붙는 북해의 추위 속에서 살아가는 건 너희의 자유다. 하나 얕은꾀로 강호 무림을 주무르며 분탕질치는 건 용납하지 못한다. 알겠느냐?"

야용비는 이해할 수가 없었다.

많은 것이 밝혀졌지만 윤언강의 행동이나 의도는 아직 이해하기 어려운 부분들이 남아 있었다.

"우릴 살려두겠다는 건 황궁과의 관계 때문인가요?"

"더 이상 알 필요도, 알려고 들지도 말거라."

윤언강은 야용비에게 더 이상의 질문을 허용하지 않겠다는 투로 손을 슬쩍 들어 보였다.

"그 아이를 놓아주면 네 부친은 곧 해혈시켜주마."

어서 문사명이나 놓아주라는 손짓이었다.

야용비는 크게 심호흡을 했다.

지금 이대로 야용비가 할 수 있는 일이라고는 하나 밖에 없었다.

야용비는 문사명의 머리를 놓아주려다가 오히려 붙든 손에 더 공력을 가했다.

"컥! 컥컥!"

문사명이 숨이 넘어갈 듯 비명을 질렀다.

야용비의 이 같은 돌발적인 행동에는 윤언강조차 놀라고 말았다.

"무슨 짓이냐!"

야용비는 대답 없이 더 공력을 가했다.

"끅, 끄윽."

문사명의 눈이 뒤집히고 입에선 피거품까지 새어나왔다.

윤언강이 노해서 부르짖었다.

"내 분명 너와 네 아비, 그리고 빙궁까지도 살려주겠다 약속했거늘! 내 말을 믿지 못하겠다는 것이냐!"

윤언강의 내공이 실린 호통소리에 삼황선원 전체가 울렸다.

야용비는 고개를 좌우로 저었다.

"아니. 검성 당신의 말을 믿느냐 마느냐가 중요한 게 아녜요. 이대로는 어차피 살아 돌아가도 소용이 없다는 게 중요한 거죠."

"감히!"

윤언강의 전신에서 뻗어나오는 살기가 피부를 저미는 듯했다. 야용비는 검성의 살기에 덜덜 떨면서도 끝까지 말을 내뱉었다.

"검성! 전승자를 죽이세요. 그것이 내 유일한 조건입니다."

사실 북해의 입장에서는 일이 여기까지 온 이상 살아 돌아간다 해도 후환을 두려워하지 않을 수가 없었다. 소림사야 거진 봉문된 처지이니 그렇다 쳐도 장건은 아니다.

이후에 우내십존이 은퇴한대도 강호 무림이 장건을 앞세워서 쳐들어온다면 끝장이다. 지금 살아 돌아가는 게 전혀 의미가 없는 것이다.

야용비는 윤언강의 두 눈을 도저히 마주볼 수 없었다. 살기등등한 윤언강의 시선을 마주하니 눈알이 타들어가는 듯 고통스러웠다.

잠깐의 침묵이 흐른 뒤 윤언강이 '하!' 하고 탄식하듯 숨을 뱉고는 대답했다.

"약속하마."

야용비가 말했다.

"지금!"

윤언강은 서서히 검결지를 쥐어 오른손의 검지와 중지 끝을 야용비에게 향했다.

윤언강은 어느 샌가 착 가라앉은 눈빛이었다.

"약속한다 했느니라."

야용비는 심장이 오그라들었다. 전신이 가시가 달린 철망으로 옥죄인 기분이었다. 윤언강이 손가락만 까딱하면 가시가 파고들어 온몸을 찢어발길 것만 같았다.

그런데 더욱 놀라운 건 윤언강이 쏘아내고 있는 일부의 살기는 자신이 아니라 문사명에게도 향해있다는 점이었다.

'더 하면 죽는다……!'

야용비는 본능적으로 깨달았다. 천하제일인의 자존심이란 결코 만만한 것이 아니었다.

더 재촉했다가는 문사명부터 죽이고 자신도 죽일 것이다.

이 정도면 할 만큼 했다.

야용비는 손을 놓으려 했다.

그때 원호가 고함을 치며 끼어들었다.

"잠깐!"

원호도 곁에서 지켜보니 대충 돌아가는 건 알 수 있었다. 원호는 윤언강을 향해 똑바로 보며 짧고 굵게 반장했다.

"본사를, 그리고 나아가 강호 무림을 구하시려 한 윤 선배의 행동에는 실로 깊은 존경을 담아 감사말씀을 올려야 할 것입니다. 하나 모든 사건의 원흉인 저들을 무사히 보낼 수는 없습니다! 더구나 그 대가로 우리 건이를 교환한다는 건 말도 안……."

원호가 윤언강을 향해 한 발을 내딛는 순간, 원호의 허벅지가 갈라졌다.

"커헉!"

얼마나 깊게 베었는지 갈린 승복 사이로 대번에 허연 뼈가 보였다. 원호는 제대로 서지 못하고 무릎을 꿇고 바닥에 손을 짚었다. 허벅지에서 흘러나온 피가 순식간에 승복 자락을 적시고도 모자라 바닥에 작은 웅덩이까지 만들었다.

"윤 선배!"

윤언강은 아무 말도 없이 무심한 눈, 그래서 더 살기 어린 듯 느껴지는 표정으로 원호에게서 고개를 돌렸다.

윤언강이 고개를 돌린 건 황도팔위의 수장인 구유신장 쪽이었다. 구유신장은 윤언강의 시선을 받자마자 흥건히 땀으로 젖었다.

구유신장은 '너도 반대하느냐?'고 묻는 윤언강의 눈빛에 천천히 고개를 저었다.

"우린 이만 손을 떼겠소."

구유신장이 조금씩 뒷걸음질을 치며 다른 황도팔위와 동창의 무인들에게 물러나라는 눈짓을 하는데, 윤언강이 말했다.

"내가 허락할 때까지, 아무도 이곳을 벗어날 수 없다."

구유신장은 꿀꺽 마른 침을 삼켰다. 침 삼키는 소리가 천둥벽력보다도 더 크게 울린 기분이 들었다.

윤언강은 동창의 무인들까지 들으라는 듯 낮은 살기를 담아 말을 더했다.

"황궁과 동창은 강호 무림의 일에 개입한 대가를 치러야 한다."

"이곳엔 천라지망이 펼쳐져 있소! 설사……."

구유신장은 말을 삼켰다. 윤언강이 빤히 바라보는데 도저히 더 말을 이을 수가 없었다. 몸이 살기에 눌려 오그라들었다.

"으음……."

구유신장이 신음을 흘리며 입을 다물자 윤언강은 다시 야용비에게 시선을 옮기려 했지만, 이번엔 최고수들의 반발이 있었다.

운일도장이 외쳤다.

"검성! 정보가 있었으면서 모두에게 알리지 않은 이유는 무엇이오? 마땅히 모두에게 알렸다면 피해가 줄었을 거외다. 어쩌면 북해와 황궁의 발호를 사전에 막을 수도 있었을 거요."

윤언강이 무슨 소리냐는 듯 운일도장을 바라보아서 운일도장이 더 당황했다.

"지금 나를 탓하는 건가?"

"그렇소! 그대는 강호의 웃어른으로서 마땅한 도리를 행하지 않았소!"

"아까부터 심히 불쾌하군."

윤언강의 눈빛이 서늘해졌다.

운일도장 역시 노기가 치밀어 눈을 치켜떴다.

"그럼 그대가 하는 행동이 옳단 말이오? 강호 무림을 위해 진정성 있는 행동을 하지는 못할망정!"

"진정성?"

윤언강이 양팔을 좌우로 벌리고 보란 듯 되물었다.

"어떤 것이 강호 무림을 위한 진정성있는 행동인가?"

"응당 더 크고 많은 대의를 위한 것이오! 이번 사건을 배후에서 조종한 저들을 아무 조치 없이 그냥 놓아주는 것은 결코 옳은 일이 아니오!"

운일도장이 일갈했다.

"그대는 강호 무림을 위해서라는 대의명분으로 북해의 본영을 쳐놓고 이제 와서는 자신의 제자를 위해 그 모든 걸 포기하겠다는 거요? 강호 무림의 안녕을 스스로 똥통에 처박고 있으면서 무슨 낯짝으로 진정성을 운운하는 것이외까!"

운일도장의 거친 말투에 삼황선원은 싸늘해졌다.

윤언강의 손짓 한 번이면 운일도장의 팔다리 하나 잘려나가는 건 일도 아니다.

윤언강의 콧잔등이 씰룩거렸다. 분노해서인지 아니면 우스워서인지 알 수 없는 몸짓이었다.

하지만 윤언강은 이내 길게 숨을 내쉬며 지그시 눈을 감았다.

"그리 생각될 수 있음을 알지 못한 바 아닐세. 하여 말했잖은가. 내가 변명한들 무슨 소용이 있겠느냐고."

운일도장이 단호한 어조로 말했다.

"스스로 할 말이 있다면 해 보시오. 그대의 말대로 변명을 한다고 달라질 게 없다면 내 목을 주겠소이다."

"목?"

윤언강이 묘한 미소를 지었.

불회(不回), 불회(不悔)…… 불회(不會) 315

"자네의 수급이 내게 무슨 의미가 있겠나? 그런 건 자네가 주지 않아도 내가 원하면 언제든 가져갈 수 있지."

운일도장은 숨이 막혔다.

잊고 있던 건 아니었다. 눈앞에 있는 이가 당대의 천하제일인이라는걸. 그가 원한다면 이 자리에 있는 누구도 목을 지킬 수 없다는 건 확실하다.

그래도 운일도장은 자신의 뜻을 굽히지 않았다.

"그대의 계획에 동참한 다른 우내십존들은 어떻게 설득시켰는지 몰라도 빈도는 지금 상태론 절대 동의하지 못하겠다는 거요!"

다행히도 윤언강은 '동의하지 못하면 어쩔 거냐'는 둥의 말은 하지 않았다. 되려 허심탄회한 모습으로 말을 꺼냈다.

"그래. 생각해보니 자네들에게도 그 얘기를 들을 자격이 있는 것 같네. 내 사과하지."

자격?

윤언강이 사과를?

최고수들이 눈짓을 주고받으며 의아해하는데도 윤언강은 개의치 않고 말을 계속했다.

"의아하겠지. 왜 북해의 마졸(魔卒)녀석들을 살려 보내느냐……."

윤언강은 뒷짐을 지고 천천히 산보하듯 걸었다. 그리곤 손자에게 옛날이야기를 해 주는 할아버지처럼 편안하게 말을 시작했다.

"지난 일 갑자 동안 말일세. 무림은 역대 그 어떤 때에도 비할 바 없이 평화로웠다네. 하지만 외부의 적이 없어지자 성장은 정체되고 내부의 갈등은 계속해서 심해지고 있었어. 이번처럼 관부에서 조금만 건드려도 펑 하고 터질 정도로 말이야."

최고수들을 비롯해 모든 이들이 윤언강의 말을 들었다.

"본인도 귀가 있고 사람들이 뒤에서 무슨 말을 하는지 알고 있다네. 무림이 이리 된 데에는 내 탓도 적지 않다는 걸, 나도 너무나 잘 알고 있어."

윤언강의 자조 섞인 말이 이어졌다.

"하지만 그걸 깨달았을 땐 너무 늦은 게지. 우리의 후대를 위해서 내가 무엇을 해야 할까 고민하려 보니 어느새 떠날 때가 되어버린 거야. 시간이 없었어."

그건 최고수들도 충분히 공감하는 부분이었다. 우내십존에 늘 가려져 살다가 어느덧 정신을 차리고 보니 은퇴할 때가 되어 있었고 남겨진 시간은 촉박했다. 그때의 절박함은 아마 겪지 않은 사람은 모를 터였다.

남겨진 시간 동안 무엇을 할 수 있는가…….

최고수들이 공감하는 가운데 윤언강이 말을 이었다.

"하여 나는 다른 여섯 친구들에게 그에 대한 화두를 던져주었다네."

불회(不回), 불회(不悔)…… 불회(不會)

산산노사가 물었다.
"그게 무엇이었는가?"
윤언강은 산산노사를 돌아보았다.
그리곤 나직이, 하지만 모두가 들리도록 대답했다.
"외부의 적이었네. 바로 필요악(必要惡)이지."
순간 최고수들의 눈빛이 깊어졌다.
"필요악……."
죽림옹이 되물었다.
"북해빙궁을 필요악으로 인정한다는 말인가?"
윤언강이 고개를 끄덕였다.
"방식은 달랐지만 우리 일곱 명은 필요악이 있어야 한다는 부분에 대해서는 의견을 같이할 수 있었다네. 그래서 북해빙궁을 남겨두기로 한 것일세."
복잡한 얘기는 아니었다. 윤언강의 선택에 대한 이유도 충분히 이해할 수 있었다.
하지만 윤언강의 이야기는 끝나지 않았다.
"그러나 그냥 내버려두기만 한다고 제대로 된 역할을 할 수 있는가…… 그에 대해서는 좀 더 고민이 필요했지."
윤언강이 힘주어 말했다.
"그래서 결정했네."
화룡소가 물었다.
"무엇을 결정하였단 말인가?"

"당연히 필요악이 필요악으로써 제대로 된 역할을 할 수 있도록 만드는 일이지. 자네들이 지금 보고 있는 것. 이것이 바로 그 과정이며 또한 결과일세."

윤언강의 말에 최고수들을 비롯한 주변인들은 모두 어리둥절했다.

"지금 이게 결과라고?"

"딱히…… 좋아보이지는 않는데?"

최고수들의 표정이 굳어져 가는데 비해 윤언강의 표정은 반대로 밝아져 간다.

"껄껄껄! 그야 자네들을 위한 자리가 아니니까 자네들에게 좋아보이진 않겠지."

틀린 말은 아니었지만 자못 분위기가 이상했다.

어딘가 불안한 기분이 든다.

공동파의 최고수 육망지가 눈썹에 힘을 주고 물었다.

"확실히 해둘 게 있네. 그럼 윤언강 자네는 북해빙궁을 키워줄 작정으로 나섰는가?"

"그럴 리가 있나."

윤언강은 단호하게 확답했다.

"놀이는 적당해야 재미난 법이야. 너무 어려우면 포기하고 너무 쉬우면 하지 않게 되거든."

그 말을 들은 야용비의 표정이 딱딱하게 굳었다.

윤언강의 속셈은 명확했다. 북해빙궁을 남겨둠으로써 강호 무림의 후대를 위한 밑거름정도로 쓰려는 셈인 것이다.

어찌 보면 북해빙궁이 우려했던 상황이다. 그 때문에 강호 무림에 자중지란(自中之亂)을 일으켜서 눈을 밖으로 돌리지 않게 하려했던 이유도 있었으니…….

최고수들도, 원호와 참관객들도 이제야 윤언강의 태도를 이해하게 되었다.

뒤에서 강호 무림을 조종하려고 한 북해빙궁의 꿍꿍이가 드러난 이상, 북해빙궁은 강호 무림의 공분을 피할 수 없게 된다. 수년 내에 토벌대가 조직되고 대규모의 정벌전이 벌어질 게 자명하다.

더구나 북해빙궁과 합작하여 강호 무림을 억누르려 한 황궁 또한 무림과 전면전을 벌일 작정이 아니면 몸을 사릴 가능성이 컸다.

황궁조차도 하나로 결집된 강호 무림을 자극할 수는 없는 것이다.

결국 누구도 강호 무림을 건드릴 수 없게 된다는 건, 강호 무림의 전성기가 다시 한 번 찾아오게 된다는 걸 의미한다!

삼황선원에 있는 이들은 윤언강이 꾸민 이번 일이 결국엔 강호 무림의 이익으로 되돌아오게 될 거라는 걸 충분히 예상할 수 있었다.

최고수들은 낮게 한숨을 내쉬었다.

"그래도……."

황보성이 탄식하며 고개를 저었다.

"이건 결코 정파의 방식이라 할 수 없는데……."

참관객 중 금천문의 나기검 화우가 분에 찬 어조로 말했다.

"그래서 북해의 수작을 진작 눈치챘는데도 일이 이지경이 되도록 내버려두었군! 원한을 맺도록 하기 위해서!"

백학옹도 쓴 소리를 내뱉었다.

"그런 짓을 하고도 떳떳이 하늘을 이고 살 수 있을 것 같소이까?"

윤언강은 부인하지 않았다.

"지나간 일은 이미 돌이킬 수 없으니 불회(不回)하고, 나는 이미 내 길을 후회하지 않으니 불회(不悔)로다."

윤언강이 탄식하듯 말하며 장건을 쳐다보는데 분명히 담담한 시선임에도 불구하고 놀랄 만치 섬뜩했다.

사실 모두가 윤언강이 앞으로 할 행동을 알 수 있었다.

오늘의 일로 후기지수 중의 최고가 누구인지는 명확해졌다. 사실상 놀이판의 승자가 정해진 거나 다름없는 셈이다.

그리고 그건 윤언강이 결코 바라지 않은 부분이다.

장건이 살아있으면 그가 생각한 놀이는 엉망이 된다. 북해의 정복은 너무 쉬워질 테고 강호 무림에서 명성을 쌓기는 너무 어려워질 것이다. 장건 한 사람 때문에.

"하지만……."

벽력도가 어이가 없다는 얼굴로 말했다.

"얘는 오늘 은퇴하잖아?"

윤언강은 표정 하나 변하지 않았다.

"우리 모두 알고 있네. 금분세수가 모든 일의 해결점이 아니며 또한 금분세수가 끝까지 지켜질지 아닐지는 아무도 장담할 수 없다는걸."

원호가 목이 터져라 외쳤다.

"장담할 수 있었소! 건이는 강호를 떠나 집으로 돌아갈 날만을 꿈꾸고 있었 단 말이오!"

윤언강이 딱 잘라 말했다.

"방장 대사는 잊지 말아야 할 것이야! 후배들이 잘 닦인 길을 달릴 수 있도록 거추장스러운 방해물을 치우는 게 우리 같은 선구자들이 할 일이란 것을. 대의를 위해서는 소를 버릴 줄도 알아야 하네."

원호가 뭐라 말을 하려하자 윤언강이 갑자기 하늘을 쳐다보았다.

"벌써 날이 저물어 가는군. 내일은 숭산의 아침 해를 볼 수 있겠는가……."

원호는 순간 말문이 막혔다. 엄연한 협박이다. 소림사를 선택하든가 장건을 선택하라는 투다. 원호가 계속해서 그를 방해한다면 윤언강은 야용비를 이용해서라도 끝끝내 소림사를 쓸어버리게 할 것이다.

최고수들도 눈살을 찌푸렸다. 그러나 그들이 끼어들긴 너무나 애매한 일이었다.

강호무림의 미래와 소림사를 장건 한 명과 비교해서 무게를 재야 한다는 건 잔인하지만 그건 사실 어느 정도 답이 나와 있는 문제일 수밖에 없었다.

원호는 주먹이 떨렸다. 부서져라 이를 갈았다. 계인이 찍힌 민머리에 핏줄이 돋고 진땀이 송글송글 배어나왔다. 차마 장건을 똑바로 볼 수도 없었다. 억지로 고개를 들어 장건을 보니 장건이 애써 웃어 보이고 있다.

원호는 눈시울이 뜨거워졌다.

"검성!"

원호가 절규하듯 외쳤다.

"다시 생각해주시오! 부디! 차라리 내 목을 가져가시오!"

윤언강은 냉정했다.

윤언강은 차갑게 원호를 쳐다보더니 시선을 돌려 야용비를 향했다.

윤언강이 야용비를 향해 손짓했다.

"이제 네가 할 일을 알았을 것이다."

야용비는 이를 꾹 깨물었다. 언젠가, 반드시라고 해도 좋을 만큼 예정된 강호 무림의 공격을 대비해야 한다.

"약속, 잊지 마세요."

야용비는 망설이다가 결국 손을 놓았다.

문사명이 머리를 붙들고 바닥을 뒹굴었다.

"크아아아!"

몸을 보호하는 위기가 깨져 고통이 더 심하게 느껴질 수밖에 없었던 문사명이었다. 누구도 상상하기 어려웠을 고통이다.

"으으으……."

야용비는 문사명을 놓아주고 한 걸음 물러났다. 동시에 윤언강이 손가락을 튕기자 포대가 퍽퍽 소리를 내며 울렸다. 야용비는 윤언강에게 전음을 보냈다.

『나라밀대금침술은…….』

나라밀대금침술의 해법을 알려주려는데 윤언강이 됐다는 듯 손을 휘저었다.

"가라."

야용비는 포대를 벗겨내고 부친을 꺼내기 시작했다.

그사이 문사명은 바닥을 몇 번이나 구르다가 겨우 일어나 앉았다.

"스승…… 님. 전 스승님 말씀대로 했는데……."

문사명이 눈물콧물을 다 흘리면서 비틀거리고 일어났다.

"그런데 이길 수가…… 없었지요. 왜? 스승님께서 이길 수 있다고…… 하셔서 그 말만 믿고 폐관을 나왔는데……."

보기에도 추한 꼴이었기에 윤언강의 미간도 슬쩍 찌푸려졌다.

"사명아."

문사명이 멍하니 서서 윤언강을 쳐다보자 윤언강이 다시 불렀다.

"사명아, 이리 오너라."

문사명이 홀린 듯 윤언강을 향해 이끌려갔다. 윤언강은 문사명의 손목을 붙들고 기를 불어넣어 몸 상태를 확인했다. 그러더니 갑자기 손가락을 펼쳐 허공에 수많은 궤적을 조용히 그려냈다.

"어?"

문사명이 멍청하게 서 있는데 곧 그의 정수리가 갈라지며 불룩해졌다. 비명을 지를 새도 없이 윤언강이 문사명의 정수리에 손바닥을 댔다가 떼었다.

쑤우욱!

윤언강의 손바닥에 한 뼘 가량의 흑색 바늘이 수십 조각으로 가늘게 쪼개진 채 붙어 나왔다. 윤언강은 대단히 혐오스러운 걸 본 듯 손에 힘을 주어 바늘 조각들을 부러뜨렸다.

이 같은 윤언강의 담대한 행동에는 야용비조차 질릴 수밖에 없었다.

'고도빙백신공과 자철석(磁鐵石)도 쓰지 않고 공명검만으로 나라밀대금침을 해체하여 뽑아내다니!'

아무리 야일첨에게 나라밀대금침술에 대해 들었다고 해도 이렇게 망설임 없이 손을 쓸 수 있는 건 그가 윤언강이기 때문일 것이었다.

'하지만!'

야용비는 무슨 말인가를 하려다가 입을 다물곤 가만히 상황을 지켜보았다.

문사명은 아직도 얼떨떨해 하고 있었다. 머리를 만져보았지만 고작 피 한두 방울 겨우 묻어나왔을 뿐이다.

"어어?"

윤언강이 엄히 꾸짖었다.

"정신 차리거라!"

문사명이 움찔해서는 윤언강을 쳐다보았다.

윤언강은 문사명에게 나지막하지만 힘 있는 어조로 또박또박 말했다.

"드디어 본문의 검을 돌려받을 때가 되었느니라."

"본문의 검을……"

문사명의 흐릿한 눈빛이 날카로워졌다. 윤언강의 시선을 따라 고개를 돌렸다. 무릎을 꿇은 장건의 모습이 보인다. 장건의 옆에 떨어져 있는 소요매화검도…….

"할 수 있겠느냐?"

"하, 할 수 있습니다!"

문사명은 정신 나간 사람처럼 중얼거렸다.

"맞아. 우리 대화산파의 보검. 소요매화검. 찾아와야 해. 그래야만 스승님께서 나를……"

"가져오너라."

윤언강의 명에 문사명의 눈빛이 살기를 띠었다.

터덜.

문사명은 금방이라도 쓰러질 듯 휘청대면서도 한 발 한 발 장건을 향해 걸어갔다. 입으로는 끊임없이 뭔가를 중얼거리고 있었다.

위기가 크게 깨졌는데도 이 정도로 움직일 수 있는 것만도 대단한 일이었다.

문사명은 천천히 소요매화검을 주워들었다. 장건은 그 모습을 보고 있었지만 움직일 수가 없었다. 아까부터 윤언강은 지속적인 암경을 쏘아내 장건을 옴짝달싹 못하게 만들고 있었다. 내상을 심하게 입은 장건으로서는 윤언강의 기운에 당해낼 수가 없었다.

스르릉!

검집에서 뽑아낸 소요매화검은 예전에 윤언강이 장건에게 주었을 때처럼 여전히 찬연한 순백의 광택을 뿜어내고 있었다. 아니, 예전보다 더 맑아졌나?

"사부님이…… 이걸 줬어……. 내가 아니라…… 이놈에게……."

문사명은 장건을 내려다보았다.

장건은 빨갛게 피에 물든 눈으로 힘없이 문사명을 올려다보았다. 문사명이 소요매화검을 크게 위로 들어 올렸다.

그리곤 장건의 머리 위로 소요매화검을 내리쳤다.
마치 장건을 반으로 쪼개버리려는 듯이…….
원호와 몇몇 참관객들이 동시에 외쳤다.
"안 돼—!"
그러나 문사명은 그들의 바람과는 전혀 반대로 살심을 마음껏 쏟아냈다.
"죽— 어—!"
내공은 깃들지 않았지만 원래 극도로 단단한 청강석도 자르는 화산의 보검 소요매화검이다.
소요매화검의 순백색 검신이 장건의 머리를 가르기 직전이었다. 원호는 차마 그 광경을 볼 수 없어 고개까지 떨어뜨리고 말았다.
그리고 그의 귀에 마침내 들려온 소리는…….

**딱!!**

이었다.

〈다음 권에 계속〉

DREAMBOOKS

DREAMBOOKS

DREAMBOOKS

DREAMBOOKS